JubiläumsEdition

SERIE PIPER

Zu diesem Buch

Die Begriffe sind jedem geläufig: vom Ödipus-Komplex bis zur Achilles-Ferse, von den Tantalos-Qualen bis zum Trojanischen Pferd oder zum Danaer-Geschenk, was übrigens genau dieses Pferd ist. Aber wer kennt noch all die Sagen und Geschichten, aus denen sie stammen? Wer hat heute noch die griechische Mythologie im Kopf? Von Homer überliefert, läßt Köhlmeier die antiken Götter und Helden ganz anders und neu lebendig werden. Wie die antiken Sänger läßt er sich von den Ereignissen forttragen, erzählt in leichtem Ton die bewegenden, oft grausamen Geschichten aus der Kindheit des Abendlandes: von Europa, König Minos und dem Stier, von der Sphinx, dem delphischen Orakel, von der Entstehung der Welt und den Irrfahrten des Odysseus.

Michael Köhlmeier, geboren 1949, wuchs in Hohenems/Vorarlberg auf, wo er auch heute lebt. Für seine Romane, Erzählungen und Theaterstücke wurde der österreichische Bestsellerautor unter anderem mit dem Manès-Sperber-Preis, dem Anton-Wildgans-Preis und dem Grimmelshausen-Preis ausgezeichnet.

Michael Köhlmeier
Die besten Sagen des klassischen Altertums

JubiläumsEdition
Piper München Zürich

Von Michael Köhlmeier liegen in der Serie Piper vor:

Der Peverl Toni (381)
Die Figur (1042)
Spielplatz der Helden (1298)
Die Musterschüler (1684)
Moderne Zeiten (1942)
Sagen des klassischen Altertums (2371)
Neue Sagen des klassischen Altertums von Eos bis Aeneas (2372)
Telemach (2466)
Trilogie der sexuellen Abhängigkeit (2547)
Dein Zimmer für mich allein (2601)
Neue Sagen des klassischen Altertums von Amor und Psyche bis Poseidon (2609)
Der Unfisch (2765)
Die Nibelungen neu erzählt (2882)
Calling (2918)
Kalypso (2947)
Tantalos (2997)
Geschichten von der Bibel (3162)
Bevor Max kam (3217)
Der Blick in die Weite (3288)
Der Menschensohn (3312)
Moses (3417)
Bleib über Nacht (3462)
Geh mit mir (3553)
Das große Sagenbuch des klassischen Altertums (3804)
Der Tag, an dem Emilio Zanetti berühmt war (3844)
Die besten Sagen des klassischen Altertums (4113)

JubiläumsEdition
Mai 2004

Umschlag/Bildredaktion: Büro Hamburg
Isabel Bünermann, Friederike Franz,
Charlotte Wippermann, Katharina Oesten
Umschlagabbildung: Griechische Vasenmalerei
(»Die Meerfahrt des Dionysos«), Staatliche Antikensammlung
und Glyptothek, München/AKG Berlin
Foto Umschlagrückseite: Peter Peitsch
Satz: Uwe Steffen, München
Druck und Bindung: Clausen & Bosse, Leck
Papier: Munken Print, 70g 1,5 f. Vol., total chlorfrei,
der Papierfabrik Arctic Paper Munkedals AB, Schweden
Printed in Germany ISBN 3-492-24113-1

www.piper.de

INHALT

7 | Die Entstehung der Welt
17 | Götter und Menschen
42 | Europa und ihr Bruder Kadmos
50 | Kreta
64 | Ödipus
88 | Herakles – Kindheit und Jugend
105 | Herakles – die zwölf Arbeiten
121 | Herakles – seine Liebe, sein Ende
135 | Inachos
152 | Die Danaiden
169 | Antiope
186 | Amphion und Zethos
201 | Tantalos und sein Sohn
210 | Atreus und Thyestes
218 | Agamemnon und Orest
227 | Krieg um Troja
243 | Ilias
251 | Odyssee

DIE ENTSTEHUNG DER WELT

Von Gaia und Uranos – Von Kronos und Rhea – Von Zeus und seinen Geschwistern – Von Titanen und Giganten

Am Anfang, so erzählt uns die griechische Mythologie, am Anfang war Chaos. Was in diesem Chaos war, das weiß niemand. Man schreckt auch davor zurück, dieses Chaos als eine Gottheit zu begreifen. Warum aus diesem Chaos irgendwann plötzlich Gaia entstand, nämlich die Erde, das weiß auch niemand. Aber sie war auf einmal da.

Hesiod, der alte Erzähler, der ungefähr ein Zeitgenosse von Homer war, erzählt uns, wie die griechischen Götter geworden sind. – Aus Gaia erhob sich der Himmel, nämlich Uranos, der Himmel war der Sohn der Erde. Er war ihr Sohn und auch ihr Geliebter. An nebeligen Tagen, wenn wir uns ins Freie begeben, können wir den Himmel nicht von der Erde unterscheiden. Das heißt, Himmel und Erde liegen noch eng, so eng in Liebesumarmung aufeinander, daß wir nicht wissen, wo Gaia, die Erde, anfängt und wo Uranos, der Himmel, aufhört.

Gaia ist die Fruchtbringende, die das Grüne auf sich trägt, und sie wurde benetzt von den Nebeln und vom Regen des Himmels. Gleichzeitig mit Gaia entstand Eros, der Geist der zeugenden Liebe. Ihn darf man sich nicht als ein Wesen vorstellen, eher als die

Angabe einer Richtung, in die sich Gaia von Anfang an neigte. Eros hielt die beiden aufeinander, den Himmel und die Erde.

Erst aus dieser Umarmung, heute würde man sagen, aus dieser Jahrmillionen dauernden Umarmung, entstanden die ersten Wesen. Denn Gaia buckelte sich vor Lust unter ihrem Sohn Uranos, und so entstanden die weichen, warmen, zarten, grünen Hügel.

Dann gebar sie aus diesen Hügeln heraus die Titanen. Unter diesen Titanen waren schon der stolze Kronos und die hehre Rhea.

Kronos war der mächtigste der Söhne der Gaia und des Uranos. Über Kronos ist sehr viel nachgedacht worden, und die naheliegendste Erklärung ist, daß Kronos sich von Chronos ableitet, also von »Zeit«. Man ist aber draufgekommen, daß Kronos nichts zu tun hat mit dem Begriff der Zeit, und man weiß nun eigentlich nicht, woher dieses Wort kommt.

Dem stolzen Titanen Kronos und der hehren Titanin Rhea, welche die ersten wirklich gelungenen Wesen waren, die ersten denkenden Wesen, folgten aus dem Schoß der Gaia Monster nach. Nämlich die hundertarmigen Riesen, die von unglaublicher Häßlichkeit gewesen sein müssen. Ihr Vater Uranos, der Himmel, haßte diese Riesen vom ersten Augenblick an, und er stieß sie mit seinem ungeheuren Phallus immer wieder in den Mutterschoß der Gaia zurück.

Gaia buckelte sich, die Erde buckelte sich, aber diesmal nicht wie zu Beginn der Liebesumarmung aus Lust, sondern unter Schmerzen. Sie beugte sich und buckelte sich, und so entstanden auf der Erde die Gebirge, die großen, steinigen, felsigen Gebirge.

Aber Uranos, der Himmel, ließ nicht davon ab, seine Gemahlin, die auch seine Mutter war – von Anfang an ist der Inzest bestimmend in der griechischen Götterwelt –, er ließ nicht ab, Gaia mit seinem gigantischen Phallus zu quälen, und immer wieder stieß er die hundertarmigen Riesen, die aus der Erde drängten, in ihren Schoß zurück.

In ihrer Verzweiflung und ihrem Schmerz wandte sich Gaia an ihren Sohn Kronos, und sie nahm ihn in ihr Einverständnis und flüsterte ihm zu: »Befreie mich von deinem Vater, diesem Ungeheuer, das gleichzeitig dein Halbbruder ist.«

»Wenn du mir dabei hilfst«, sagte Kronos, »will ich es versuchen.«

Da ließ Gaia neben den großen, prankigen Händen des Kronos Eisen wachsen. Dieses Eisen krümmte sich unter ihrem Willen zu einer scharfen Sichel.

Gaia sagte: »Entmanne damit deinen Vater.«

Kronos mähte mit dieser Sichel das Glied seines Vaters und Halbbruders Uranos ab und entmannte damit den Himmel.

Kronos, der Sohn des Himmels und der Erde, entmannt also seinen Vater. Der Himmel ist für alle Zeit von der Erde abgetrennt. Von nun an muß ein Herrscher mindestens einen Fuß auf der Erde lassen. Allein vom Himmel aus kann die Erde nicht mehr beherrscht werden.

Kronos, nachdem er das Geschlechtsteil seines Vaters abgeschnitten hatte, warf es hinter sich, ohne ihm nachzusehen. Blutstropfen fielen von diesem Geschlechtsteil auf die Erde nieder. Aus diesen Blutstropfen, die sich mit der fruchtbaren Krume der Gaia verbanden, wuchsen neue Wesen. Es wuchsen die Erinnyen, die Rachegöttinnen, die von den Römern Furien genannt wurden. Furchtbar sind diese Rachegöttinnen, durch alle Sagen ziehen sie hindurch, wie die Polizei der Mythologie, die einen Schuldigen zu Tode hetzt. Eines ihrer berühmtesten Opfer ist Orest. Wir werden von ihm hören. Diese Rachegöttinnen sind aus dem Aufschrei herausgewachsen. Aus dieser Überraschung, aus diesem ungeheuren, ersten Schmerz des Uranos, der zusehen mußte, wie sein eigener Sohn ihm jenes Körperteil abschnitt, aus dem er ja schließlich geworden war. In diesem Aufschrei war der Wunsch nach Rache. Dieser Wunsch war ganz enthalten in den Blutstropfen, die zuerst auf die Erde fielen, und so wuchsen aus ihnen die Erinnyen.

Aus den weiteren Blutstropfen aber, in denen die Mannbarkeit schon nachgelassen hatte, wuchsen die Giganten. Es ist interessant, einen Blick auf diese Giganten zu werfen, nicht nur, weil sie so kurios häßlich waren. Manche klugen Denker sind der Meinung, daß die Giganten schon so etwas wie menschliche Formen an sich hatten. Man fragt sich da natürlich, wie sahen die anderen aus. Von Gaia wissen wir, wie sie aussieht, sie sieht aus wie unsere Erde. Uranos sieht aus wie unser Himmel. Bei Kronos sind wir uns nicht ganz sicher, er wechselt sein äußeres Erscheinungsbild mit der Zeit. Die Giganten jedenfalls hatten eine annähernd menschliche Gestalt, nur ihr Unterleib ging in einen schlangenförmigen Körper über. Sie hatten also etwas Echsenhaftes an sich. Sie standen auf zwei Beinen, hatten aber einen Echsenschwanz. Vielleicht waren die Giganten Saurier, wer weiß …

Ich will diese Spekulationen gar nicht weiterführen. Wir sind immer noch bei dem Glied des Uranos, das durch die Lüfte fliegt. Die ersten Blutstropfen sind also bereits zur Erde gefallen, die zweiten ebenfalls, Erinnyen sind daraus geworden und Giganten.

Dieses Glied landete im Wasser. Wenn ein Gott entmannt wird, da muß jeder Augenblick genau geprüft werden. Uranos wurde von seinem Sohn Kronos genau in dem Augenblick entmannt, als der Same schon im Penis war, und dieser Same, der sich im Meer mit dem Salzwasser vermischte, bildete einen Schaum, und dieser Schaum wurde in Zypern an Land gespült. Aus diesem Schaum erwuchs Aphrodite. Aphrodite, die Göttin der Liebe, Aphrodite, die Schaumgeborene.

Aphrodite ist die Tochter des Himmels, sie ist eine Göttin der allerersten Stunde. Die Römer haben diese Gottheit übernommen, sie haben sie Venus getauft, und wir sehen Venus, wenn wir zum Himmel schauen, als Morgen- oder Abendstern.

Als nun Kronos, der Sohn des Himmels und der Erde, die Macht ergriff, entpuppte er sich als derselbe Tyrann wie sein Vater. Er befreite seine Brüder, die Hundertarmigen, nicht, sie hatten so viel Hoffnung auf ihn gesetzt, sie meinten, er komme ihnen zu Hilfe. Nein, er tat ihnen noch Schlimmeres an, er drückte sie hinab in den Tartaros.

Der Tartaros, das ist die tiefste, finsterste, unglückseligste Stelle in der Unterwelt. Es heißt bei Homer: »Der Tartaros ist von der Unterwelt so weit entfernt wie die Erde vom Himmel.«

Dunkelheit ist für diesen Ort gar kein Ausdruck. Es ist das Allerschlimmste, was einem passieren kann, dort unten zu landen, und genau dort hinunter schlug Kronos seine Brüder, die Hundertarmigen.

Der Titan Kronos nahm nun seine Schwester Rhea zur Frau.

Aber die Erde, Gaia, gab ihm gleich eine Prophezeiung mit. Sie sagte: »Eines deiner Kinder wird dir ein ähnliches Schicksal bereiten, wie du deinem Vater, Uranos, beschert hast.«

Rhea gebar dem Kronos nacheinander – und nun taucht das Personal des klassischen Götterhimmels auf – Hestia, das ist die Göttin des Herdes und der Hausordnung, sie wurde später so eine Art Hausmeisterin oben im Olymp; des weiteren: Demeter, das ist die Göttin der fruchtbaren Erde, sie wird dargestellt mit einem Büschel Weizenähren im Arm; dann: Hera, die Beschützerin der Ehe; weiter: Hades, der später der Gott der Unterwelt wurde; Poseidon, den Gott des Meeres; und zuletzt brachte Rhea Zeus auf die Welt.

Kronos, gewarnt durch die Weissagung seiner Mutter, fraß seine Kinder eines nach dem anderen auf. Es gibt ein schauderhaftes Bild von Goya, das diesen Kronos zeigt, wie er eines seiner Kinder in den Händen hält und ihm gerade den Kopf abbeißt. Wir sehen in diesem Gesicht nicht göttlich-titanischen Machtwillen, sondern ganz menschlichen Wahnsinn.

Rhea wollte natürlich nicht, daß Kronos ihren Kindern diese Gewalt antat, und den letzten, den Jüngsten, den Liebsten, versteckte sie vor ihrem Mann. Sie gab ihm statt dessen einen Stein, den sie in Tücher gewickelt hatte, zum Fraß. Kronos in seiner Gier und in seiner Wut auf alle Nachkommenschaft schlang diesen Stein hinunter und merkte den Betrug nicht.

Rhea trug das Bündel mit dem kleinen Zeus irgendwohin in die Berge, und dort säugte sie das Kind mit der

Milch einer Ziege. Dort lebten kleine Landgottheiten, von denen man gar nicht genau weiß, woher sie kommen, Kureten wurden sie genannt, das waren eher Naturgeister, vielleicht waren es die Blätter, die von den Bäumen fielen, oder das Moos, das die Stämme hinaufkletterte, zu der damaligen Zeit gab es gar nichts in der Natur, das nicht die Magie des Mehrfachseins und des Verwandelbaren in sich trug, vielleicht waren die Kureten auch die dürren Äste, die sich, sobald sie auf dem Boden knackten, in kleine Götter verwandelten. Diese Kureten versprachen Rhea, daß sie auf Zeus aufpassen würden und daß sie, wenn Kronos in die Nähe käme, heftigen Lärm machen wollten, so daß das Geschrei des Kindes übertönt würde.

Kronos wußte also nicht, daß noch ein Sohn von ihm auf der Erde war. Er meinte, er hätte alle seine Kinder verschlungen.

Zeus wuchs zu einem starken, kräftigen jungen Gott heran. Eines Tages traf er, der allein über diese Welt ging, auf eine Nymphe, nämlich auf Metis, und er verliebte sich in sie, das hieß, er beschlief sie. Und nach der Liebe erzählte ihr Zeus sein Leben, seine Sorgen, schüttete der Metis sein Herz aus, beklagte das Schicksal seiner Geschwister und so weiter. Metis war gerührt, und sie braute ihm einen Saft, ein Brechmittel. Das solle er seinem Vater unter das Essen mischen.

Zeus konnte die Nähe des Kronos nicht riskieren, er gab dieses Mittel seiner Mutter Rhea, und die mischte es unter die Speise ihres Gatten, und der erbrach sich und kotzte alle seine Kinder wieder aus. Da standen sie nun alle vor ihrem Vater: Hestia, Demeter, Hera, Hades, Poseidon.

Ich weiß nicht, wie sich die Griechen das vorgestellt haben, Zeus mußte ja zuerst zu einem jungen Mann heranwachsen, zu einem jungen Gott, ich weiß nicht, wie viele Jahre nach unserer Zeitrechnung dazu nötig waren. In all dieser Zeit befanden sich die Geschwister des Zeus im Magen des Kronos. Schon recht merkwürdig. Er hat sie also nicht verdaut, sie waren wohl keine gute Speise.

Sie alle verbündeten sich nun unter der Führung des Zeus gegen ihren Vater. Es entbrannte ein langer, ungeheuer heftiger Krieg. Zeus holte die Hundertarmigen aus dem Tartaros, die halfen ihm gern gegen seinen Vater Kronos.

Über zehn Jahre wütete dieser Krieg, heißt es, wobei immer hinzugefügt werden muß, daß Jahre zu der damaligen Zeit etwas vollkommen anderes waren als heute…

Der Krieg endete mit dem Sieg von Zeus und seinen Geschwistern. Kronos wurde der Macht enthoben. Kronos wurde gestürzt.

Die Römer übernahmen übrigens fast komplett den Götterhimmel der Griechen. Es ist ja oft so, daß die Sieger die Wertvorstellungen und die Metaphysik, ebenso die Religion, die Philosophie der Besiegten übernehmen. Warum das so ist, weiß ich nicht. Aus Zeus machten sie Jupiter, aus der Göttermutter Hera machten sie Juno, aus dem Gott des Meeres Poseidon machten sie Neptun, aus Aphrodite Venus, aus Ares Mars, aus Hermes Merkur und so weiter.

Zeus hatte seine Brüder und Schwestern in den Krieg gegen seinen Vater Kronos geführt, und sie hatten diesen Krieg unter seiner Führung nach zehn Jahren gewonnen.

Irgendwie soll es dann doch eine Aussöhnung gegeben haben zwischen Zeus und Kronos. Das hat ja auch etwas Sportives an sich, wenn man sich diesen Kampf anschaut. Denn was soll geschehen, es geht ja eigentlich nur um die Macht, die blanke Macht, verletzt oder gar getötet werden kann ja niemand, weil Götter ja unsterblich sind. – Es ging um die Macht. Kronos hatte lange genug geherrscht. Er war es zufrieden, und schließlich und endlich schlossen er und Zeus einen Kompromiß. Kronos wurde aufs Altenteil gesetzt, auf die Insel der Seligen. Dort leitete er die Geschicke – ein wenig. Es gibt in Amerika eine kleine Stadt, in der nur Leute über sechzig wohnen dürfen. So ähnlich stelle ich mir die Insel der Seligen vor. Dort ist Kronos der Bürgermeister der Ausgedienten. So human verfährt die griechische Mythologie mit dem blutrünstigen alten Titanen Kronos.

Unter der Führung des Zeus wird die ganze Sache jetzt neu organisiert. Man nennt sich von nun an Götter. Zeus wird als Anführer bestätigt. Er ist der Stärkste. Es gibt zwar die Version, daß die Götter Himmel, Wasser und Erde mit Hilfe eines Glücksspieles unter sich aufgeteilt hätten, aber mir scheint doch die Version naheliegender, daß sich die anderen Götter freiwillig dem Diktat ihres Bruders Zeus beugten.

Zeus nahm für sich den Himmel und die Erde in Anspruch. Seinen Thron errichtete er auf dem Olymp. Dieser Berg ist meistens in Wolken gehüllt.

Poseidon hingegen bekam Oberhoheit über die Gewässer, heißt es. Da muß ich auch die Flüsse mit einbeziehen. Die Frage ist, da der Mensch zum größeren Prozentsatz aus Wasser besteht, inwieweit Poseidon nicht auch in uns die Oberherrschaft hat.

Hades herrschte über die Unterwelt. Er war übrigens, sagt man, der einzige, der seine Untertanen liebte. Er wollte, daß man die Toten in Ruhe ließ.

So teilte Zeus die Welt auf, und so trifft der Mensch den Götterhimmel an, als er auftaucht.

GÖTTER UND MENSCHEN

Von Hephaistos und Hera – Von Ares und Aphrodite – Von Athene – Von Hermes und Apoll – Von Zagreus – Von Prometheus und uns Menschen

Hephaistos ist nicht gerade der Hervorragendste der Götter, aber er hat doch eine für uns höchst interessante Geschichte. Seine Geburt ist rätselhaft. Hephaistos hat keinen Vater. Ihn hat die Göttermutter Hera aus sich heraus geboren. Sie war es wohl leid, ständig von ihrem Gatten Zeus betrogen zu werden, und sie wollte ihm beweisen, daß es ohne ihn auch geht. Zeus trieb es mit allen Frauen, von den Menschen angefangen über die Nymphen bis hin zu den Göttinnen. Das war seine Aufgabe, sein Schicksal, seine Bestimmung: zu zeugen, zu befruchten, neues Leben entstehen zu lassen, die buntesten Arten zurechtzumischen.

Hera wollte Zeus eins auswischen, indem sie ihm bewies, daß sie eigentlich keinen männlichen Gegenpart brauchte; so brachte sie den Hephaistos aus sich heraus zur Welt. Wir haben es hier mit einem Fall von Autogamie zu tun, es ist dies weder der erste noch der letzte ...

Aber offensichtlich war Hera mit dem Produkt ihrer Selbsthervorbringung unzufrieden: Hephaistos war ein überaus häßliches Baby. Sie warf nur einen einzigen Blick auf ihn, dann packte sie ihn am Beinchen und schleuderte ihn vom Olymp hinunter.

Das winzige Götterwesen flog zwölf Stunden durch die Luft, bis es schließlich vor der Grotte der Nymphe Thetis landete. Hephaistos war halbtot, wäre sicher ganz tot gewesen, hätte er nicht die Unsterblichkeit besessen. Ein Fuß war zerschmettert, von nun an hinkte er.

Die Nymphe Thetis nahm sich seiner an, sie pflegte den kleinen Gott, zog ihn bei sich auf, brachte ihm allerlei Kunststücke bei und merkte recht bald, daß er ein großes Talent im Handwerklichen besaß.

Hephaistos liebte das Feuer. Es gelang ihm, das Eisen über dem Feuer weich zu machen und dieses weiche Eisen zu wunderlichen, schönen Dingen zu formen, mit bloßen Händen knetete er das glühende Metall. Ursprünglich wurde Hephaistos nur auf der Insel Lemnos verehrt, weil dort ein Vulkan ist. Die Menschen meinten, er sei das Feuer. – Die Römer nannten Hephaistos übrigens Vulcanus. – Die Menschen meinten, er sei das Feuer, und wenn das Feuer knisterte, meinten sie, er kichert, und wenn der Vulkan grollte, dann meinten sie, er sei zornig.

Widersprüchlich ist der Charakter des Hephaistos. Einerseits ist er ein Kobold, ein Spaßmacher, einer, über den man lacht, weil er hinkt, weil er ein rußiges Gesicht hat, weil er häßlich ist; auf der anderen Seite ist er unberechenbar bis zur Boshaftigkeit. Diese Widersprüchlichkeit zeigte sich bereits im ersten Kunstwerk, das er fertigstellte. Merkwürdigerweise war es ein Geschenk für seine Mutter Hera, die ihn ja verstoßen hatte.

Hephaistos baute ihr einen wunderschönen, mit Brillanten besetzten Goldthron und schickte ihr diesen Thron auf den Olymp – aus Verehrung für seine Mutter Hera, ließ er dazu ausrichten. Man kann sich vorstellen, daß Hera ziemlich verlegen war über dieses Geschenk.

Aber sie rückte sich den Thron zurecht und setzte sich zu Tisch, es war der schönste Thron von allen, noch schöner als der des Zeus. Die Götter aßen, und anschließend standen alle auf. Hera wollte ebenfalls aufstehen, aber das ging nicht. Sie konnte sich nicht von ihrem Thron erheben. Das war die Rache ihres Sohnes Hephaistos: Er hatte einen raffinierten Mechanismus in den Stuhl eingebaut. Die Götter standen um sie herum, sie waren ebenso ratlos. Keine Kraftanstrengung nützte etwas. Hera saß wie angeschraubt.

Man schickte nach Hephaistos. Hermes eilte auf seinen Flügelschuhen hinunter zur Grotte der Thetis, bat Hephaistos, er möge die Göttermutter erlösen, es sei doch lächerlich, wenn die höchste Göttin gefesselt an ihren Stuhl bei Tisch sitzen müsse.

Aber Hephaistos blieb hart. Er blieb stur, er ließ nicht mit sich verhandeln, und wenn vielleicht doch, dann wollte er direkt mit Hera sprechen.

Man holte ihn also in den Olymp hinauf, er schaute seine Mutter an, wie sie da gefesselt auf dem Thron saß. Der Anblick befriedigte seine Rachgier.

Was denn nun sei, wurde er gefragt. Was er gedenke zu unternehmen, um die Göttermutter aus ihrer Lage zu befreien. Er gab keine Antwort. Erst der Gott Dionysos konnte ihm das Geheimnis dieses raffinierten Mechanismus entlocken, und das auch erst, nachdem er ihm reichlich Wein zu trinken gegeben hatte.

Von nun an durfte Hephaistos auf dem Olymp bleiben. Er war der Diener der Götter. Er war der Mundschenk, der Kellner, und sie lachten über ihn. Sie lachten über seinen Humpelfuß, über sein rußiges Gesicht, über seine Ungeschicklichkeit, freuten sich allerdings auch über seine Geschicklichkeit als Handwerker. Sie ließen sich von ihm die prächtigsten Paläste auf dem Olymp bauen.

Ausgerechnet ihm, dem Häßlichsten, dem Ungeschicktesten im Umgang mit allem Weiblichen, ausgerechnet ihm gab Zeus die Aphrodite, die Göttin der Liebe, zur Frau – wahrscheinlich auch, um sich einen Spaß daraus zu machen.

Die Göttin der Liebe zur Frau zu haben ist nur auf den ersten Blick etwas Wunderbares, auf den zweiten Blick aber schon nicht mehr. Aphrodite holte sich jeden Mann, den sie wollte, sie betrog den Hephaistos am laufenden Band. Zu lieben war ihre Bestimmung, Treue oder gar sexuelle Zurückhaltung waren ihr fremd.

Am liebsten trieb es Aphrodite mit dem Gott des Krieges, mit Ares. Dieser Ares, ich sage es gleich ganz offen, ist mir der unsympathischste Gott im ganzen Olymp. Dieser Ares ist ein Hartholzkopf, ein Schlagetot, einer, der sich sofort für jeden Unfug in Reih und Glied drängen läßt. Er ist derjenige, der sich nur im männerbündnerischen Einklang wohl fühlt, der Weitbrunzwettbewerbe im dampfenden Morgengrauen veranstaltet. Er ist derjenige, der mit Baseballschlägern auf die Schwächeren eindrischt, er ist derjenige, der bedenkenlos und gedankenlos die Kriege anzettelt. Das ist Ares, unsympathisch.

Er trieb es mit Aphrodite bei jeder Gelegenheit. Er hat ihr auch mehrere Kinder gemacht. Hephaistos wußte es nicht. Alle Götter wußten es, nur Hephaistos wußte es nicht.

Helios, der Sonnengott, brachte es schließlich ans Licht, er verriet es dem Hephaistos.

Hephaistos dachte sich eine List aus. Er schmiedete ein wunderbares Netz, das so hart war wie Stahl und so fein wie Spinnwebe. Das hängte er heimlich über sein Bett und tat dann so, als ob er nach Lemnos zu seinen Verehrern aufbreche. Kaum war er um die Ecke, wälzten sich Aphrodite und Ares in dem Bett. Aber plötzlich fiel, durch einen Mechanismus ausgeklinkt, das Netz herunter und fesselte die beiden, so daß sie sich nicht mehr rühren konnten.

Da trat Hephaistos hervor und zeigte auf Aphrodite und Ares und rief alle Götter herbei und beschuldigte Aphrodite des Ehebruchs. Er forderte die Hochzeitsgeschenke zurück.

Die Götter lachten über Hephaistos, weil er der Gehörnte war. Aber dann lachten sie auch über Ares und Aphrodite. Und über Ares und Aphrodite lachten sie noch mehr als über Hephaistos. Das war die Rache des Gehörnten. Etwas psychologisch höchst Raffiniertes zeigt sich hier, ähnlich wie bei dem Thron für Hera, daß ein Mensch – ein Gott ebenso – dann am lächerlichsten ist, wenn er gezwungen wird zu tun, was ihm das Liebste ist. Das ist hinten herum gedacht, unverschämt schlau kalkuliert. Hera saß am liebsten bei Tisch und aß, also hat sie Hephaistos dort hingenagelt, Aphrodite wälzte sich am liebsten mit Ares im Bett, also hat er sie dort gefangengehalten.

Es gibt noch eine sehr schöne Geschichte über Hephaistos, die seine Widersprüchlichkeit deutlich macht, auch seine Widersprüchlichkeit gegenüber dem Göttervater Zeus. Es gab zwischen Zeus und Hera ja, wie ich schon erzählte, des öfteren Streit. Sie kibbelten und kabbelten bei jeder Gelegenheit. Der Held Herakles zum Beispiel, der Lieblingsheld des Zeus, er wurde von Hera gehaßt. Sie versuchte ihn zu vernichten. Bei jeder Gelegenheit warf sie ihm Knüppel zwischen die Füße. Wegen Herakles kam es dann auch zum ganz großen Streit zwischen Zeus und Hera.

Dieser Streit war so heftig, daß Zeus sagte: »So, jetzt ist Schluß! Ich will nicht mehr!« Er packte seine Frau Hera und hängte sie an den Armen auf. Damit sie auch ja ordentlich Schmerzen hätte, befestigte er an ihren Füßen zwei Ambosse. So dehnte er sie in die Länge. Es muß eine entsetzliche Folter gewesen sein.

Es war ausgerechnet Hephaistos, der von Hera verachtete, gehaßte Sohn, der seine Mutter befreite. Unberechenbar, wie er war, hatte er sich nicht auf die Seite des Göttervaters gestellt, sondern auf die Seite der Mutter. Dafür wurde er von Zeus ein zweites Mal vom Himmel geschleudert. Wieder flog er zwölf Stunden.

Aber auch das trug er Zeus nicht nach, und als Zeus schließlich von ihm forderte, er solle die Ketten schmieden, mit denen der arme, große Titan Prometheus, der uns Menschen erst gemacht hatte, an den Kaukasus gefesselt werden sollte, da war er diensteifrig wie eine Biene, der Hephaistos. Schmiedete brav diese Ketten und übergab sie Zeus, damit dieser den Prometheus aufs scheußlichste bestrafen konnte.

Eine Gottheit, die einerseits in vieler Hinsicht Verwandtschaft mit Hephaistos aufweist, die aber auf der anderen Seite das nur denkbare Gegenteil des Götterschmiedes darstellt, ist Pallas Athene. Diese Gottheit hätte alles gehabt, um in einer weiteren Entwicklung der Mythologie dem höchsten Gott Zeus den Rang abzulaufen. Vielleicht hat sie es ja längst getan, vielleicht herrscht sie längst über uns, ohne daß wir es merken. Vielleicht ist gerade das Rezept ihres Erfolges: nur aus Prinzipien heraus zu handeln, sich hinter den Begriffen zu verschanzen, sich ganz in pure, bare Vernunft zu kleiden.

In vielen Gegenden Griechenlands wurde Athene mehr verehrt als Zeus. Sie ist der schillernde Geist des Olymps. Auch ihre Geburt ging in gewisser Hinsicht autogam vor sich.

Zeus wollte seiner Frau beweisen, daß er das auch konnte: ohne einen Gegenpart, allein aus sich selbst heraus Leben zu erschaffen. Ganz gelang ihm das freilich nicht, das sei gleich gesagt. Er war zu jener Zeit verliebt in die Titanin Metis. Metis wollte sich nicht von Zeus beschlafen lassen, sie versteckte sich vor ihm, sie lief vor ihm davon, sie verwandelte sich in alle möglichen Pflanzen und auch in alle möglichen Tiere, verkrümmte sich in die unmöglichsten Formen.

Aber Zeus stellte ihr weiter nach, und da beging die süße Metis einen Fehler: Sie verwandelte sich in eine Fliege. Sie dachte wohl, in dieser Gestalt sei sie am schwersten zu finden. Aber Zeus fing die Fliege mit einem Husch und verschluckte sie. Als sie nun in Zeus' Leib war, kroch sie durch seine Adern, durch seine Hohlräume nach oben. Auf wunderbare Art wurde sie im Körper des Gottes befruchtet – wie das vor sich ging, wollen wir gar nicht erst versuchen zu beschreiben.

Zeus wollte Metis zwar beschlafen, aber er wollte keinen Sohn von ihr haben. Es war ihm nämlich geweissagt worden, daß, wenn er von Metis einen Sohn bekäme, dieser mächtiger sei als er. Das wollte er verhindern, aber nun war Metis schwanger, und sie kroch in seinen Kopf hinauf. Zeus hatte Schmerzen, und er hatte Angst. Die Leibesfrucht drückte von innen gegen seinen Schädel, blähte ihn auf, und der Götterschmied Hephaistos mußte gerufen werden.

Hephaistos löste das Problem auf ganz handwerkliche Art und Weise. Er nahm ein Beil und spaltete dem Zeus den Schädel. Aus der gespaltenen Stirn stieg Pallas Athene, in kompletter Rüstung, schon voll ausgewachsen.

Athene war also eine Kopfgeburt des Zeus. Hephaistos war ihre Hebamme gewesen, und er liebte sie über alles. Zu ihr war er weder unverschämt noch grob, er war eher unterwürfig. Athene verspottete ihn, wie die anderen Götter es auch taten. Nur in einem Punkt war sie mit ihm einer Meinung. Beide konnten sie den dummen Haudegen Ares nicht leiden.

Athene verkörpert das Gegenteil des Hephaistos, sie ist die Inspirierte. Sie ist der Geist, während Hephaistos das erdgebundene Handwerk darstellt. Hephaistos kann mit Hilfe des Feuers die wunderbarsten Dinge hervorbringen, während ihm aber letztendlich die Inspiration, die Sonne fehlt. Das Feuer, so erzählt die Sage, war immer nur die Nachahmung der Sonne. Die Tat ist immer nur der Nachvollzug des Gedankens. Athene verkörpert wie keine andere Gottheit den Geist.

Athene war zur Jungfrau bestimmt. Ihr Körper sollte keinen Samen aufnehmen. Nie schlief sie mit einem Mann. Eines Tages kam sie zu Hephaistos in die Götterschmiede, weil sie sich bei ihm eine neue Rüstung bestellen wollte. Natürlich hätte er ihr die schönste Rüstung gemacht, weil er sie ja innig liebte. Sie beugte sich so schön über den Schmiedetisch, als er ihr die Maße abnahm, daß er sich nicht mehr beherrschen konnte und über sie herfallen wollte. Die Leidenschaft ging mit ihm durch. Er wollte sie vergewaltigen. Hephaistos war stark, hatte wuchtige Muskeln an seinen Armen. Allein, Athene war er nicht gewachsen. In letzter Sekunde stieß sie den Hephaistos von sich. Aber Hephaistos war schon soweit, sein Samen spritzte auf ihren Schenkel. Das löste in ihr einen Ekel aus, schnell wischte sie diesen Samen weg. Der Samen flog vom Olymp herunter auf die Erde. Aus diesem Samen, der von den spitzen Fingern der Athene berührt worden war, erwuchs ein merkwürdiges Zwitterwesen, nämlich der Erichthonios. Das war ein Wesen, halb Mensch, halb Schlange. Der Unterleib war von einer Schlange. Er war der Sohn des Hephaistos, nur des Hephaistos, darauf legte Athene wert. Aber sie war doch irgendwie gerührt von dieser großen Leidenschaft des Hephaistos, und sie nahm Erichthonios zu sich. Von nun an trug sie dieses Wesen an ihrer Brust und hegte und pflegte es. Dieser Erichthonios wurde später auch ein großer Erfinder, er hat das Rad erfunden. Er konnte sich ja nicht recht fortbewegen, weil er einen Schlangenunterleib hatte.

So zeigt sich doch, daß eine zwar untergründige, aber doch enge Beziehung zwischen Athene und Hephaistos bestand.

Athene liebte die Helden. Sie liebte Herakles, Perseus, Diomedes. Vor allem aber liebte sie den Odysseus. Intelligenz und Mut zogen sie an. Tollkühnheit dagegen stieß sie ab.

Sie war die Schutzgöttin der Stadt Athen. Sie hatte sich diese Funktion durch Abstimmung der Bürger zusichern lassen. Denn auch Poseidon, der Gott des Meeres, wollte

Athen als seine Stadt haben. Athene schlug vor, daß die Bürger selber wählen sollten: »Jeder von uns beiden«, sagte sie zu Poseidon, »soll den Bürgern ein Geschenk geben, und sie sollen dann zwischen uns wählen.«

Der plumpe Poseidon sagte: »Jawohl. Die wollen eine Quelle haben, das ist doch ganz klar.«

Er ließ einen Bach durch Athen fließen und dachte, jetzt werden sie sich für mich entscheiden, denn Wasser braucht der Mensch. Er hatte aber nicht richtig nachgedacht und der Stadt das falsche Wasser gegeben, nämlich Meerwasser. Damit kann kein Mensch etwas anfangen, wenn ein Bach mit Meerwasser durch seinen Ort fließt.

Athene hingegen ließ ein schlichtes Bäumchen sprießen – einen Ölbaum. Was für ein Reichtum! Der Ölbaum, das wissen wir, ist beinahe so etwas wie das Symbol ganz Griechenlands, der Reichtum des Landes. Natürlich entschieden sich die Athener für Pallas Athene.

Noch eine kleine Bemerkung: Wenn der Besucher in Wien vor dem Parlamentsgebäude steht, wird er eine große Statue vor sich sehen, eine weibliche Figur mit einem prächtigen goldenen Helm auf dem Kopf. Das ist Pallas Athene. Denn sie ist ja auch die Göttin der Weisheit, und die Parlamentarier werden sich etwas dabei gedacht haben, ausgerechnet diese Gottheit vor ihrem Haus aufzustellen.

Es ist nicht schwierig, Sympathie für diese kluge Göttin zu empfinden. Und daß sie eitel war, das verzeiht man ihr gern. Obwohl sie von keinem Mann besessen werden wollte, wollte sie dennoch von allen bewundert werden. Daß Paris, der Sohn des trojanischen Königs Priamos, die Aphrodite ihr vorgezogen hatte, war ihr Grund genug, den entsetzlichsten Krieg der griechischen Sagenwelt zu entfesseln. Die Geschichte sei hier nur skizziert:

Paris sollte der schönsten Göttin einen goldenen Apfel geben, zur Auswahl standen Hera, Aphrodite und Athene. Er entschied sich nicht für Athene, sondern für die Göttin der Liebe, weil ihm diese die schönste Frau der Welt versprochen hatte. Das hat Athene so gekränkt, daß sie auf der Stelle die Stadt Troja dem Erdboden gleichmachen wollte und sich nur sehr schwer und auch nur durch ein Machtwort des Zeus davon abhalten ließ. Aber selbstverständlich kämpfte sie im Trojanischen Krieg auf der Seite der Griechen.

Die wunderschöne Medusa behauptete irgendwann einmal, sie sei mindestens so schön wie Athene, vielleicht sogar noch schöner; worauf Athene sie in ein häßliches Monster verwandelte. Also, rachsüchtig war sie auch.

Sie ließ sich gerne schmeicheln, aber sie ließ sich nur auf intelligente Art und Weise schmeicheln. Dumpfe Anmache fiel bei ihr durch. Ihre Feindschaft zu Ares sorgte oft für Trubel im Götterhimmel. Ares war zwar ein kriegslüsterner Raufbold, aber den totalen Krieg, den Vernichtungskrieg, den hat Pallas Athene erfunden. Sie war die Strategin im Kampf, und wenn sie einen Feind vor sich hatte, oder wenn sie einem Helden half, der einen Feind vor sich hatte, so war ihre Lösung stets eine endgültige Lösung – die Vernichtung. Bei geringstmöglichem Aufwand sollte der größtmögliche Effekt erzielt werden. Nur die absolute Vernichtung des Feindes konnte garantieren, daß einen dieser Feind in Zukunft unbehelligt lassen würde.

Wenn man die Götter Ares und Athene in unsere Zeit versetzte, hätte ich ohne Frage größere Angst vor Pallas

Athene. Pallas Athene ist die Göttin der Atombombe. Ares ist grausam und blutsüchig, aber der atomare Overkill wäre ihm nie eingefallen.

Aber nun zu Hermes. Er ist der Götterbote, die Lateiner nannten ihn Mercurius. Er war auch der Gott der Diebe, der Gott der Kaufleute, der Gott der Zwischenträger. Ich möchte zunächst von seiner Geburt erzählen:

Jedesmal, wenn Hera schlief, schlich sich Zeus zu jener Zeit vom Olymp herunter und kroch in die Höhle und ins Bett der Maia, der wunderhübschen Tochter des Atlas. Die beiden waren ein trautes Liebespaar. Zeus liebte die Nymphe wirklich. Zeus schlief ja auch mit anderen, mit Nymphen und Göttinnen, ohne daß er sie gleich liebte, nur weil er sie begehrte, eben weil er unter diesem Zeugungszwang stand. Aber die Atlastochter Maia, die liebte er wirklich. Sie umarmten sich in ihrer Höhle, und aus dieser Liebesbeziehung wurde Hermes.

Hermes war ein ganz außergewöhnliches Baby, das kann man wohl sagen. Ich will von seinem ersten Tag erzählen: Hermes wurde am Morgen geboren, und am Mittag bereits war er so pfiffig, daß er sich aus den Windeln strampelte, sich aus seiner Wiege wälzte und zur Höhle hinauskroch. Dort erhob er sich auf seine Beinchen, schaute in den strahlenden Tag und überlegte sich, was er an seinem ersten Tag auf dieser Erde, an seinem ersten Tag im Sein anstellen könnte. Und wie er sich die Sonnenstrahlen auf seine Nase scheinen ließ, da kam eine breite Meeresschildkröte angekrochen. Die gefiel ihm, und sie gefiel ihm doch wieder nicht, sie schaute in dieser merkwürdigen Art, wie Echsen eben schauen. Das ärgerte ihn, und er stürzte sich auf sie und würgte sie zu Tode. Er bewunderte den großen Rückenpanzer, und mit der Kraft eines Gottes riß er diesen Rückenpanzer von der toten Schildkröte, reinigte ihn und setzte sich hinein und sang ein Lied und merkte, daß es anders klang, als wenn er nicht in einem solchen Panzer saß – daß es nämlich interessanter klang.

Da kam ihm die Idee, diesen Hohlkörper zu bespannen. Er sah vor sich ein paar Kühe, auch die kamen ihm interessant vor, er hatte noch nie Kühe gesehen. Auch das Würgen war ihm interessant vorgekommen, und so würgte er nun auch eine Kuh zu Tode. Dann riß er ihr die Gedärme aus dem Leib, säuberte sie, drehte und dehnte sie – inzwischen wird es wohl Mittag geworden sein – und machte aus diesen Gedärmen Saiten. Die Saiten spannte er über den Panzer der Schildkröte, und damit hatte er die Lyra erfunden, oder die Kithara, wie das Instrument auch genannt wurde. Wir heute sagen: die Gitarre. Es ist eine sehr schöne Vorstellung, wenn ich mir denke, daß die Stratocaster eines Jimi Hendrix von diesem Instrument abstammt. Vielleicht rührt daher meine Sympathie für den Gott Hermes.

Aber das war noch nicht genug. Der erste Tag des neuen Gottes hatte erst begonnen. Die Lyra, die buckelte er sich auf, und so schritt er weiter hinaus in die Welt. Zunächst traf er wieder auf diese Herde Kühe, von denen er bereits eine geschlachtet hatte. Die Kühe gefielen ihm, und er trieb sie vor sich her, er stahl sie. Er wußte allerdings nicht, daß diese Kühe seinem Halbbruder Apoll gehörten.

Er trieb die Kühe vor sich her, dann überlegte er: »Es könnte ja sein, daß mir einer folgt.«

Also packte er alle fünfzig Kühe am Schwanz – wie er das angestellt hat, wissen wir nicht, Hermes ist ein Gott. Er band sich Zweige an die Füße, um seine Spuren zu verwischen. Mit einer Hand packte er sie alle fünfzig am Schwanz, diese Kühe, zog sie rückwärts davon, damit jemand, der Spuren lesen konnte, meinen sollte, sie seien in die andere Richtung gegangen. Mit der freien Hand zupfte er seine Lyra. So zog er diese Kühe quer durch ganz Griechenland.

Jetzt dürfte es so gegen vierzehn Uhr gewesen sein, nach unserer Zeitrechnung. Da war er es leid, und er schaute diese Tiere an, die wiederum ihn anschauten, wiederkäuend, wahrscheinlich auch zornig, weil er sie so mißhandelt hatte. Er wollte sie kurzerhand umbringen.

Da kam zufällig ein Hirte des Weges, Bathos hieß dieser Hirte, das ist verbürgt, und der staunte darüber, daß ein kleines Baby fünfzig Kühe an den Schwänzen hielt.

Hermes sagte zu dem Bathos: »Du, du hast mich gesehen.«

»Ja«, sagte Bathos, »ich hab' dich gesehen.«

Sagt Hermes: »Du, du wirst aber niemandem verraten, daß du mich gesehen hast.«

Und Bathos sagte: »Nein, ich werde niemandem verraten, daß ich dich gesehen habe.«

»Na gut«, sagte Hermes, »das mußt du mir aber versprechen.«

»Ja«, sagte Bathos, »das will ich dir versprechen.«

»Du sollst es mir aber schwören«, sagte Hermes.

»Das schwöre ich dir«, sagte Bathos.

»Bei was willst du es mir schwören?«

Bathos beging einen großen Fehler. Wir sagten es bereits: Man soll sich mit Göttern nicht einlassen. Und er mußte ja gesehen haben, daß er es hier mit einem Gott zu tun hatte. Er sagte: »Wenn ich irgend etwas verrate, dann soll ich zu Stein werden.«

Na gut, da war Hermes froh und zog die geklauten Kühe weiter und dachte: »Ich werde sie irgendwoanders schlachten.«

Aber dann wurde er mißtrauisch. Er band die Kühe zusammen und schlich zurück und sah, daß Bathos mit jemandem sprach, und er sah, das war der Gott Apoll. Denn ein Gott erkennt sofort einen anderen Gott, auch wenn er ihn noch niemals vorher gesehen hat. Apoll war den Spuren seiner Herde gefolgt, er hatte sich von den verkehrten Abdrücken der Hufe nicht bluffen lassen, und er war auf Bathos getroffen.

Apoll hatte gesagt: »Bathos, ich bin der Gott Apoll, du wirst mir die Wahrheit sagen.«

Bathos rückte damit heraus.

»Aha«, dachte Hermes, der alles sah und hörte. »Aha! Dieser Bathos, der wird sein blaues Wunder erleben!«

Als Apoll weg war, verkleidete sich Hermes. – Wir dürfen nicht vergessen, daß er ein Baby ist. – Er trat zu Bathos hin und sagte: »Sag mal, Bathos, kennst du mich?«

»Nein«, sagte Bathos.

»Sag mal, Bathos, wirst du mir nicht sagen, ob du jemanden mit Kühen gesehen hast?«

»Ich habe niemanden mit Kühen gesehen«, sagte Bathos.

»Ja, aber«, sagte Hermes, »ich würde dir doch die Hälfte dieser Kühe geben, wenn du mir etwas sagen willst.«

Da war Bathos dann doch ziemlich gierig auf dieses Vieh, und er sagte: »Ja, ich erinnere mich, ich habe da tatsächlich jemanden gesehen mit Kühen.«

Da gab sich Hermes zu erkennen und sagte: »So, Bathos, du hast selbst gesagt, du möchtest ein Stein werden, wenn du mich verrätst.«

Und Bathos war ein Stein. – Diesen Stein kann man noch heute in Griechenland sehen. Es ist ein gekrümmter Stein, der aussieht, als ob dort jemand kauern würde.

Dann machte sich Hermes daran, die fünfzig Tiere zu schlachten. Ich schätze, wir sind jetzt so gegen sechzehn Uhr. Er schlachtete alle fünfzig Tiere, verbrannte ihre Hörner, verbrannte ihre Hufe und opferte das leckere Fleisch den Göttern.

Dann kroch er wieder in seine Höhle zurück. Legte sich scheinheilig in seine Windeln. Apoll kam, denn er ahnte, daß hinter dem Diebstahl seiner Herde ein Gott stecken mußte – ein neuer Gott, der über die Gepflogenheiten der Götter untereinander noch nicht Bescheid wußte.

Apoll stellte sich vor die Wiege und sagte: »Hermes, du hast mir die Kühe gestohlen.«

Hermes sagte: »Kühe? Was ist Kühe?«

Apoll sagte: »Kühe ist die Mehrzahl von Kuh.«

»Ich weiß nicht, was Kuh bedeutet«, sagte Hermes.

»Ach, ich glaube dir nicht«, sagte Apoll.

Er hob das Baby aus der Wiege, trug es vor den Göttervater Zeus und klagte es an.

Er sagte: »Der da, dieser Hermes, dein Sohn, hat mir die Herde gestohlen.«

Während der Verhandlung wurde Hermes noch frecher. Er entwendete seinem Ankläger Apoll hinterrücks die Pfeile und den Bogen, die Waffen, auf die Apoll so stolz war.

Zeus hatte es bemerkt, aber er hatte Gefallen an seinem Sohn Hermes, und seit eh und je hatte ihm Apoll nicht gepaßt. Er sagte: »Hermes, gib zu, daß du die Kühe gestohlen hast. Es sind ja nur Kühe, es wäre doch viel schlimmer, wenn du ihm seine Waffen weggenommen hättest.«

Hermes gab schließlich alles zu, auch den Waffendiebstahl, und es gelang ihm sogar, den Zorn des Apoll zu besänftigen. Er sagte: »Ich zeige dir etwas. Bevor du zornig wirst, laß dir etwas zeigen.«

Er holte die Lyra hervor und spielte. Der Musengott Apoll war voll der Bewunderung, voll des Entzückens über die nie gehörten Klänge, die Hermes dem Panzer der Schildkröte entlockte.

Hermes sagte: »Du, ich schenke dir das. Das ist mein Geschenk an dich.«

Und von diesem Tag an waren Apoll und Hermes gute Freunde.

Hermes fürchtete sich vor der Göttermutter Hera. Sie sah in ihm eine Frucht des Betrugs. Hermes erschlich sich mit einer List ihre Gunst. Er verkauerte sich ganz eng in seine Windeln und lispelte: »Ich bin Ares, dein Sohn.«

Sie nahm ihn auf den Schoß und säugte ihn an ihrer Brust. Erst später, als sie sich an dieses warme, kleine Paket gewöhnt hatte, gab er zu, daß er Hermes sei. Aber da war sie ihm schon nicht mehr böse.

Listenreich war Hermes und liebenswürdig. Er war es auch, der die Seelen der Toten in den Hades führte. Er tat dies auf sehr sanfte, sehr liebevolle Art. Psychopompos wurde er dann genannt, der Seelenführer.

Eines Tages war auch Zeus auf die Hilfe des Hermes angewiesen, und bei dieser Gelegenheit hätte Hermes die Macht im Olymp an sich reißen können. Aber er tat es nicht. Zeus war nämlich durch verwickelte Umstände der Gefangene des Typhon geworden. Typhon ist ein Monster mit hundert Schlangenköpfen, die in allen Sprachen sprechen konnten, in der Sprache der Götter, der Tiere, der Menschen. Und dieses Monster überwältigte den obersten Gott Zeus und schnitt ihm sämtliche Sehnen aus seinem Körper. Es gab die Sehnen einem Drachen zur Aufbewahrung. Zeus lag hilflos da, konnte sich nicht bewegen, und Hermes kam und schleppte den Göttervater in Sicherheit. Er raubte dem Drachen die Sehnen, setzte sie seinem Vater wieder ein und gab ihm damit die Macht zurück. Er nutzte die Schwäche des Zeus nicht aus.

Aber Zeus rächte sich um so fürchterlicher an dem Monster Typhon. Er hob die Insel Sizilien hoch und warf sie dem Unhold nach. Er begrub den Typhon unter der Insel. Manchmal holt das Monster kräftig feurigen Atem und stößt ihn aus, und das ist dann, wenn der Ätna auf Sizilien spuckt.

Hermes gehört zu meinen Lieblingsgöttern. Aber ich will noch von einem anderen Gott erzählen. Absichtlich wähle ich einen unbekannten aus, dessen Dasein aber für uns Menschen existenzbedingend ist. Denn aus seiner Geschichte erklärt sich unsere Entstehung. Es ist die Geschichte von Zagreus.

Zeus schlief mit seiner Schwester Demeter, und sie gebar die wunderschöne Kore. Später, als Göttin der Unterwelt, wird sie Persephone heißen. Zwei Sätze möchte ich zu ihr sagen. Für mich ist Persephone die Verkörperung des Manisch-Depressiven. Die eine Hälfte des Jahres lebt sie als Königin der Unterwelt unter den grauen Schatten der Toten, die zweite Hälfte darf sie bei den Göttern im Olymp verbringen. Von der Finsternis zum Licht, von zu Tode betrübt zu himmelhoch jauchzend.

Kore, Persephone, muß sehr, sehr schön und sehr reizvoll gewesen sein, melancholisch, in sich zurückgezogen, rätselhaft. Zeus, wie kann es anders sein, verliebte sich in diese Tochter, und weil er ihre schlafwandlerische Ruhe, die ihren Reiz ja erst ausmachte, nicht stören wollte, verwandelte er sich in eine Schlange, und als Persephone eines Tages im Wald saß und traurig vor sich hin blickte, kam er angekrochen und kroch durch ihre Vulva in ihren Körper. Persephone wurde schwanger.

Persephone wurde schwanger mit Zagreus, des obersten Gottes eingeborenem Sohn. Weil Zeus sie besonders liebte, dreifach liebte, liebte er auch ihren Sohn Zagreus und zog ihn allen seinen Kindern vor. Diesen Sohn setzte er als seinen Erben ein.

Er sagte: »Er soll einmal meine ganze Macht, meinen ganzen Reichtum und all mein Können und Wissen erben.«

Zagreus ist der Gottessohn.

Auf diesen Zagreus war Hera besonders eifersüchtig. Deshalb versteckte ihn Zeus in einer Höhle, ließ ihn bewachen, und zwar von jenen Göttern, von denen auch er als Kind bewacht worden war, nämlich von den Kureten, die so laut auf ihre Schilde trommeln konnten, daß man das Schreien des Kindes nicht hörte.

Aber Hera haßte diesen Zagreus so sehr, wie ihr Gatte ihn liebte, und sie rief die Titanen, die in dieser Sage das Böse schlechthin verkörpern.

Sie befahl ihnen: »Findet mir den Zagreus, tötet ihn!«

Die Titanen suchten den Zagreus auf der ganzen Welt, und sie fanden ihn in der Höhle, von den Kureten bewacht. Ein liebenswürdiges, ganz naives Kind. Die Kureten sind schnell vertrieben, aber Zagreus verkriecht sich in der Höhle, und die Höhle ist zu klein für die Titanen. Sie versuchen, ihn herauszulocken. Sie versprechen ihm allerlei – Äpfel, die, wenn er sie unter seinem Hemd trägt, ihn aussehen lassen wie eine Frau. Sie versprechen ihm, daß er die Sprache der Tiere verstehen, daß er auf den Wolken liege könne. Aber all das lockt ihn nicht heraus.

Da schieben sie ihm einen Spiegel in die Höhle. Das ist nun etwas Interessantes. Zagreus kommt heraus, weil in der Höhle zuwenig Licht ist, er blickt in den Spiegel, und er sieht sein eigenes Bild. Er beginnt über sich nachzudenken. Dem Menschen ist ja nichts so interessant wie er selbst. Er ist so fasziniert von sich selbst, daß er vergißt, vorsichtig zu sein. Da stürzen sich die Titanen auf ihn. Zagreus kann sich gerade noch in einen Löwen verwandeln. Aber das hilft ihm nichts mehr. Er verwandelt sich in einen Stier. Es nützt ihm nichts. Die Titanen zerreißen ihn, zerfetzen seinen Körper und fressen die Teile auf.

Zeus erfährt davon. Er ist zutiefst betrübt, und er ist auch gekränkt. Der Schmerz erfüllt ihn ganz. Er schleudert seine Blitzpfeile auf die Titanen und läßt sie zu Asche verbrennen.

In dieser Asche vereinigen sich zwei Prinzipien, sind zwei Lebensentwürfe zusammengebrannt: das Gute schlechthin, Zagreus, die Liebe, der Glanz, die Schönheit – und das Böse schlechthin, die Titanen, das Grauenhafte, das Häßliche.

Diese Asche lag nun da. Es regnete darauf, und sie wurde zu einem knetbaren Brei. Da kam Prometheus, der Titan, ein Halbbruder von Zeus, und formte aus ihr den Menschen. Hierin liegt die Antwort auf die Frage, warum in uns Menschen Gutes und Böses gleichzeitig enthalten sind. Nämlich weil wir aus der Asche der Titanen und des Zagreus geformt sind.

Bedecke deinen Himmel, Zeus,
Mit Wolkendunst
Und übe, dem Knaben gleich,
Der Disteln köpft,
An Eichen dich und Bergeshöhn;
Mußt mir meine Erde
Doch lassen stehn
Und meine Hütte, die du nicht gebaut,
Und meinen Herd,
Um dessen Glut
Du mich beneidest.

Wer kennt nicht diese Verse von Goethe?

Prometheus ist das Urbild des Rebellen. Am Schluß des Gedichtes heißt es:

Hier sitz ich, forme Menschen
Nach meinem Bilde,
Ein Geschlecht, das mir gleich sei,
Zu leiden, zu weinen,
Zu genießen und zu freuen sich,
Und dein nicht zu achten,
Wie ich!

Das ist Prometheus.

Prometheus hat den Menschen gemacht. Er war stets

der Vorkämpfer des Menschen. So steht es bei Hesiod in der Theogonie, und so erfahren wir es auch aus den Dramen des Aischylos. Prometheus ist eine Erlöserfigur.

Er hat uns Menschen gemacht, und das ausdrücklich gegen den Willen des Zeus. Das hat Zeus nicht gerne gesehen. Er wollte den Menschen aushungern, indem er von ihm Opfer forderte. Zeus dachte sich: »Wenn ich fordere« – eine Seinssteuer ist das gewissermaßen –, »wenn ich das Fleisch der Schlachttiere, das Beste und Nahrhafteste also, von ihnen fordere, dann werden sie nicht überleben können, dann werden sie für den Daseinskampf zu schwach sein.«

Prometheus half uns. Er betrog den Gott. Er häufte die Innereien und die Knochen der Schlachttiere aufeinander und deckte sie mit Fett zu. Dann nahm er den Magen, und in den häßlichen, unappetitlich aussehenden Magen füllte er die besten Teile, nämlich das rote Muskelfleisch.

Er sagte zu Zeus: »Gut, meine Menschen werden dir opfern. Bitte, wähle aus: Welchen Haufen möchtest du haben?«

Zeus dachte: »Was können sie schon mit dem unappetitlichen, häßlichen Magen anfangen! Wenn ich ihnen das schöne Fett nehme, dann werden sie zugrunde gehen.«

Und er zeigte auf den Fetthaufen und fiel damit auf die List des Prometheus herein. Einen einmal gefaßten Entschluß kann Zeus nicht rückgängig machen. Er ist ein Gott. Götter irren sich nicht. Und wenn doch, dann dürfen sie es nicht zugeben.

Deshalb werden von diesem Tag an nur das Fett und die Innereien und die Knochen geopfert. Aber das gute, rote Muskelfleisch, das dem Menschen so schmeckt, hat er stets für sich behalten.

Nur, was sollte er mit diesem Fleisch anfangen? Sollte er roh hineinbeißen? Was sollte er mit dem Fleisch anfangen ohne Feuer? Prometheus half auch diesmal. Er stahl das Feuer aus der Werkstatt des Hephaistos. Er brachte es den Menschen.

Und als Zeus nachts von seinem Olymp herabblickte, sah er überall kleine, flackernde Lichter. Man kann sich vorstellen, wie das ist, wenn er auf unsere Großstädte herunterschaut. So viele Lichter! Wohin, würde er sich denken, wohin hat es die Kreatur des Prometheus gebracht! – Er verfluchte den Prometheus. Er beschloß, ihn zu bestrafen. Er befahl Hephaistos, den Prometheus mit Ketten an den Felsen des Kaukasus zu schmieden.

Diese Erlöserfigur war mit ausgebreiteten Armen an den Kaukasus genagelt, und ein Adler kam am Tag und hackte ihm die Leber aus dem Körper, und in der Nacht wuchs die Leber wieder nach. Und das Herauspicken verursachte nicht weniger Schmerzen als das schnelle Nachwachsen. Und das sollte auf ewig sein. Denn Prometheus war unsterblich.

Diese Grausamkeit war die Strafe dafür, daß Prometheus den Menschen geschaffen hat.

Etwas läßt uns staunen: Nirgendwo steht, daß die Menschen den Prometheus besonders liebten. Es gibt in fast allen Mythologien Parallelfiguren zu Prometheus. Die Finnen haben ihren Väinämöinen, der auch nicht geliebt wird, und dann ist da Luzifer, das heißt »Lichtträger«, auch er ist eine Parallelfigur zum Prometheus. Der Lichtträger ist der Engel, der das Feuer bringt, und just den hat das Christentum zum Teufel gemacht.

Warum lieben wir diese Figur nicht? Sie müßte uns doch näherstehen als alle anderen Figuren im Götterhimmel. – Ich weiß es nicht!

Am Ende wurde Prometheus doch noch befreit. Eine Version berichtet, Herakles sei sein Retter gewesen, eine andere erzählt, Zeus selbst habe ihn begnadigt. Jedenfalls, als sich Zeus an Thetis, die Wassernymphe, heranmachen wollte, warnte Prometheus vom Kaukasus herab den Göttervater: »Der Sohn, den diese Nymphe zur Welt bringen wird, wird mächtiger und stärker sein als sein Vater.«

Zeus ließ von Thetis ab. Als Dank für seine Warnung löste er Prometheus' Fesseln und ließ ihn frei.

Von Prometheus soll der Spruch stammen: »Nimm keine Geschenke von den Göttern an.« – Er hatte einen Bruder, Epimetheus – Prometheus heißt der »Vorausdenkende«, Epimetheus heißt der »Hinterherdenkende« –, diesem Epimetheus schenkte Zeus eines Tages eine Frau, nämlich die Pandora. Hephaistos hatte sie nach dem Vorbild der Aphrodite geschaffen.

Prometheus sagte zu seinem Bruder: »Nimm sie nicht an. Von den Göttern nimmt man kein Geschenke.«

Aber Epimetheus nahm das Göttergeschenk, denn Pandora war so schön wie die Göttin der Liebe. Sie brachte eine Büchse mit. In dieser Büchse befanden sich alle Leiden, und sie drängten auf die Welt, um die Menschen zu quälen.

Prometheus sagte seinem Bruder: »Laß die Büchse der Pandora geschlossen. Öffne sie nicht!«

Aber Epimetheus folgte wieder nicht dem Ratschlag seines Bruders. Er öffnete die Büchse, und die Leiden flogen heraus. Schnell schloß Prometheus die Büchse wieder. Aber unten am Boden der Büchse war nur noch die Hoffnung, und die blieb eingesperrt.

Die Hoffnung wurde von nun an von Prometheus verwaltet. Er hütete sie, und nie gab er einer seiner Kreaturen die ganze Hoffnung zu spüren. Die Hoffnung ist ein starkes Medikament. In reiner, unverdünnter Form kann sie uns schaden. Deshalb achtete Prometheus darauf, daß die Hoffnung nicht ohne die Erinnerung eingenommen wurde.

So mußte sich Prometheus sehr anstrengen, um seine Kreaturen über die Tage und über die Stunden, über die Jahre und die Jahrhunderte zu retten. Und er bekam nicht einmal Dank dafür. Ich korrigiere mich: Weder auf einen Gott noch auf einen anderen Titanen ist ein so herrliches Gedicht geschrieben worden wie das zuvor Zitierte. Ein wenig von unserer Schuld gegenüber Prometheus hat Goethe damit wohl abgetragen.

EUROPA UND IHR BRUDER KADMOS

Von Europa und dem Stier – Von Kadmos und einer Kuh mit Fleck – Von gesäten Schlangenzähnen – Von der Errichtung der Stadt Theben – Von einer herrlichen Hochzeit

In der Gegend von Palästina, vielleicht siebzig Kilometer südwestlich von Beirut, lag die Stadt Tyros. In Tyros herrschte der König Agenor. Er war ein Sohn des Poseidon, des Meeresgottes. Die ganze Welt, samt Himmel und Unterwelt, wurde ja von den drei Brüdern Zeus, Hades und Poseidon beherrscht. Zeus herrschte über den Himmel und die Erde, Poseidon über die Gewässer und Hades über die Unterwelt.

Agenor war ein Sohn des Poseidon, und er hatte eine lieblich anzusehende, zarte, vielleicht etwas naive Tochter, und diese Tochter hieß Europa. Sie mochte es, mit ihren Freundinnen am Meer zu spielen. Dort wurde sie eines Tages von Zeus beobachtet.

Und der Göttervater konnte einem so hübschen Mädchen nicht lange zusehen, ohne daß er von Begierde nach ihr entflammt wurde, und so geschah es auch bei Europa. Er sah ihr zu, wie sie mit ihrem Blumenkörbchen über den Strand tanzte und mit ihren Freundinnen spielte. Da verwandelte er sich in einen Stier – und zwar in einen sehr stattlichen, weißen, schneeweißen Stier, dessen Haut von einer zarten, samtenen Fellschicht überzogen war. Er stieg aus dem Wasser und trottete über den Strand. In einigem Abstand vor Europa blieb er stehen, bewegte sich nicht. Die Mädchen erschraken und rannten alle weg. Nur Europa, ich sagte es schon, sie war wohl ein wenig naiv, sie betrachtete voll Erstaunen das gewaltige Tier. Vor allem der Blick dieses Tieres hatte es ihr angetan. Der Stier hielt den Kopf leicht gesenkt, und seine blauen Augen sahen sehr schüchtern und treuselig drein.

Und Europa machte Anstalten, sich dem Stier zu nähern. Der Stier hatte so eine große Halsfalte. Merkwürdigerweise wird überall auf diese Halsfalte hingewiesen, ich weiß gar nicht warum, aber ich tue es hier auch. Er hatte eine große Halsfalte und zierliche Hörner, die aus Edelsteinen waren, und er war ganz zahm. Er ließ sich von Europa streicheln, er legte seinen Kopf an ihre Seite, und schließlich faßte sie Mut und setzte sich auf seinen Rücken. Nun machte der Stier ein paar Schritte, er ging langsam im Kreis umher, und die Mädchen kamen aus ihren Verstecken und freuten sich und wollten auch auf den Rücken des Stiers steigen, aber das ließ der Stier nicht zu. Er drehte sich um und rannte weg und sprang ins Wasser und schwamm davon.

Europa, in der einen Hand hielt sie ihr Blumenkörbchen, mit der anderen Hand klammerte sie sich an einem Horn des Stiers fest, und so schwamm sie auf Zeus' Rücken hinaus und wurde von ihren Gespielinnen nie wieder gesehen.

Wir wissen, der Stier schwamm mit Europa auf seinem Rücken durch das Mittelmeer, und erst in Kreta stieg er an Land. Und wir wissen auch: Europa kehrte nie mehr zu ihrem Vater und zu ihren Brüdern zurück. Agenor, ihr Vater, der seine Tochter über alles liebte, schickte seine Söhne aus, um sie auf der ganzen Welt zu suchen. Vorübergehend verlassen wir nun das hübsche Mädchen Europa. Wir können ahnen, was Zeus mit ihr anstellte, aber wir schieben die Erzählung noch ein wenig hinaus.

Agenor schickte seine Söhne in die Welt, um seine Tochter Europa zu suchen. Es ist dies ein typischer Fall von Vergeblichkeit, solche Geschichten kann man in allen Märchen finden, daß Söhne ausgeschickt werden, um ihre Schwester zu suchen – oder umgekehrt. Zum Beispiel bei den Brüdern Grimm kann man das Märchen von den sieben Raben nachlesen. Dort sendet der Vater die Tochter aus, um die sieben in Raben verwandelten Söhne zu suchen ... Und hier also auch.

Es ist für uns gar nicht so wichtig, welche Söhne das waren. Da gibt es den Phönix – er hat Phönizien gegründet – oder Kilix und Thasos und Phineus, und wie sie alle geheißen haben. – Nur einer ist wirklich von Bedeutung und von ihm soll erzählt werden, nämlich von Europas Bruder Kadmos.

Auch Kadmos machte sich auf den Weg, und er landete in Griechenland. Er war schlauer als die anderen Brüder Europas. Er dachte sich, ich werde nach Delphi gehen und mir dort von dem Orakel sagen lassen, wo meine Schwester ist.

Delphi spielt in der gesamten griechischen Mythologie eine ganz zentrale Rolle, und niemand bis heute weiß ganz genau, was dort eigentlich geschah. Man weiß nur, das Orakel, von Apoll selbst eingerichtet, gab nie oder nur in den seltensten Fällen klare Auskünfte, immer waren die Antworten verrätselt, oft in ironischer Form, und mit diesen Rätseln mußte man umgehen, diesen Rätseln mußte man sich stellen. Man kann auch sagen, das war ein Trick. Wenn die Weissagung nicht eingetreten ist, dann konnte das delphische Orakel immer noch behaupten, gut, du hast mein Rätsel eben nicht verstanden.

Kadmos, der Bruder der Europa, ging also nach Delphi, und die Pythia, die Priesterin, sagte zu ihm: »Hör auf, deine Schwester zu suchen, das hat überhaupt keinen Sinn, du wirst sie nicht finden, und wenn, dann bedeutet es für dich nur Unglück.« – Ist ja klar, Apoll wußte, wer Europa entführt hatte. »Nein«, sagte die Priesterin, »such du Europa nicht! Geh, wohin dich deine Füße tragen, und wenn du auf eine Kuhherde triffst, und in dieser Kuhherde befindet sich eine Kuh, die an ihrer Seite so ein mondförmiges Mal, so einen krummen Fleck hat, dann nimm diese Kuh, gib ihr einen Tritt und folge ihr nach, bis sie vor Erschöpfung zusammenbricht.«

Kadmos tat genau, wie ihm geheißen. Er streifte umher, ging einfach seinen Füßen nach und traf tatsächlich auf eine Kuhherde. Gleich sah er in der Herde ein Tier mit diesem mondförmigen Fleck an der Seite, und er gab dem Tier einen Tritt und folgte ihm nach. Er hetzte es vor sich her, bis es schließlich irgendwo niederbrach. Das Orakel hatte noch gesagt, an der Stelle, wo die Kuh umfällt, dort sollst du, Kadmos, eine Stadt gründen. Und Kadmos gründete an dieser Stelle die Stadt Theben. Und damit eröffnet sich ein ganzer ungeheurer Sagenkreis für uns, nämlich der thebanische Sagenkreis, der unüberschaubar ist, deshalb tun wir schon gar nicht so, als ob wir ihn überschauen könnten, und bleiben vorerst ganz nah bei Kadmos.

Kadmos schlachtete die erschöpfte Kuh und wollte sie

den Göttern als Opfer darbringen. Dazu war Wasser nötig. Er ging zur nächsten Quelle, um Wasser zu schöpfen. Aber dort war ein Drache – oder eine Schlange, wie es in einer weniger aufgeregten Version heißt. Und diese Schlange mußte die Quelle bewachen. Kadmos machte kurzen Prozeß: Er erschlug die Schlange, schöpfte Wasser und brachte den Göttern sein Opfer dar.

Aber diese Schlange war eine besondere Schlange. Es war nämlich eine Schlange des Kriegsgottes Ares. Und von diesem Kriegsgott ist für die Menschen niemals aber auch nur irgend etwas Gutes gekommen, und es ist von ihm auch nichts Gutes zu erwarten. Deshalb tauchte schnell Athene auf, um den Schaden zu begrenzen, und sie riet dem Kadmos: »Reiß der toten Schlange alle Zähne aus und säe sie sofort in den Boden! Tu, als ob es Samenkörner wären, säe sie um dich herum in den Boden!«

Kadmos tat, wie ihm geheißen. Er säte die Schlangenzähne aus, und aus den Zähnen wuchsen Männer empor, und diese Männer begannen sofort aufeinander einzuschlagen. Ein prächtiges Bild: Wie Pflanzen wachsen Menschenähnliche aus dem Boden, und sobald sie ihre Wurzeln aufgegeben haben und in Stiefeln dastehen, halten sie schon Schwerter bei sich und sind voll gerüstet und führen Krieg.

Kadmos sah ihnen ganz verwundert zu. Binnen kurzer Zeit war von diesen Männern keiner mehr übrig, alle waren sie tot. Das Spiel gefiel ihm, er hatte noch zwei Handvoll Schlangenzähne übrig, die warf er wieder aus, und wieder wuchsen die Männer empor. Nun, das zweite Mal schienen sie etwas friedlicher zu sein, das gefiel dem Kadmos aber nicht, er warf Steine zwischen sie, und sie beschuldigten sich gegenseitig und fingen wieder an, sich die Köpfe zu spalten.

Aber Kadmos brach das martialische Spiel ab, bevor sie sich alle gegenseitig abgeschlachtet hatten. Er behielt fünf zurück. Er nannte sie die gesäten Männer, weil sie aus den Schlangenzähnen gewachsen waren. Das heißt auf griechisch: *Spartoi*. Das sind die Ahnherren der Spartaner, und die Spartaner waren das kriegerische Volk schlechthin, und sie gehörten von nun an dem Kadmos an.

Wir werden von diesen gesäten Männern noch des öfteren hören, zum Beispiel, wenn von Ödipus erzählt wird. Heute würde man sagen, sie waren menschliche Mordinstrumente, Killermaschinen, diese gesäten Männer der ersten Generation. Sie waren eine fürwahr würdige Brut des Gottes Ares …

Allein, der Kriegsgott war noch nicht zufrieden, und er zürnte dem Kadmos weiter, daß er seine Schlange getötet hatte, und er forderte dafür, daß er ihm diene. Acht Jahre, forderte Ares, solle ihm Kadmos dienen.

Ich habe Ares immer für einen ziemlich dummen Gott gehalten. Ich möchte an dieser Stelle zwei Worte über ihn sagen. Dieser Ares ist der Gott des Krieges, und wir dürfen nicht vergessen, daß der Krieg für die Griechen nicht nur Zerstörung und grausamer Tod war, es war auch eine Art Sport, man muß das wirklich so formulieren. Der Kampf selbst war etwas Herrliches, das Ziel des Kampfes war nicht unbedingt, den Feind zu vernichten, sondern eher, ihn zu verletzen. Er sollte sich von seinen Wunden wieder erholen, damit man erneut auf ihn einschlagen konnte. Das machte Spaß, erleichterte einen. Und dieses Haudegenhafte, das eignet dem Ares. Athene, die Intellektuelle im Olymp, fühlte sich ebenfalls für den Krieg zuständig. Sie verachtete Ares, hielt ihn für einen primitiven Schläger. Sie war die Göttin der kriegerischen Strategie und der Taktik. Von Strategie und Taktik wußte Ares überhaupt nichts, wollte auch nichts davon wissen, er war der bloß Leidenschaftliche, der drauflos schlug. Athene hingegen hielt ihre Freunde an: »Überlege zuerst, was du willst. Ein Gegner ist da, um vernichtet zu werden. Wenn du ihn nicht vernichtest, wird er dich eines Tages vernichten. Also tu du es!« Kadmos war ein Freund der Athene. Ihm war sie gewogen ... Wenn also in diesem Götterhimmel eine Gottheit für unseren modernen Vernichtungskrieg steht, dann ist das nicht Ares, sondern dann ist es Athene.

Jedenfalls: Kadmos diente wider Willen diesem verrückten Ares acht Jahre lang. Er tat, was der Gott von ihm verlangte, es waren lauter Verrücktheiten, sie gingen nicht in den Mythos ein, und nach diesen acht Jahren war Ares zufrieden mit Kadmos, und er gab ihm sogar ein Geschenk, nämlich Harmonia, das ist die Tochter, die er zusammen mit Aphrodite hatte.

Und es war das erste Mal, daß ein göttlicher Sproß, eine reine Götterfee, daß die Tochter zweier Olympier einem Sterblichen zur Frau gegeben wurde. Und das war für die Götter Anlaß genug, bei dieser Hochzeit persönlich zu erscheinen. Es muß etwas Furchtbares gewesen sein und gleichzeitig natürlich auch etwas Wunderbares, wenn die ganze Götterschar, dröhnenden Schrittes, vom Olymp heruntermarschierte, Zeus mit verdecktem Angesicht, denn es war verboten und sicher nicht ratsam, dem Göttervater ins Gesicht zu schauen, es hätte zum Wahnsinn geführt. Und so saßen sie auf dem Marktplatz von

Theben und feierten die Hochzeit von Kadmos und Harmonia. Und ich muß gleich sagen, diese Ehe war glücklich, sie war gesegnet mit Kindern, und Harmonia und Kadmos wurden am Ende in das Elysium geführt. – Das Elysium liegt außerhalb des Hades, dorthin werden die Seligen verfrachtet, denen man einerseits den Hades nicht zumuten möchte, die man andererseits aber auch nicht im Olymp haben will.

Aber über allen Geschenken der Götter lauert auch ein Fluch. Das kann man sich als Richtschnur für die ganze Mythologie nehmen: Wenn dir die Götter etwas Gutes tun, dann paß auf, paß auf, es ist ein Haken dabei. Am besten ist, die Götter ignorieren dich. – Nun, Harmonia und Kadmos wurden nicht von den Göttern ignoriert, sie wurden reich mit einem erfüllten Leben beschenkt; aber all ihre Kinder waren zutiefst unglücklich, sie nahmen sich das Leben oder verfielen dem Wahnsinn, wie Semele, die unbedingt das Angesicht ihres Liebhabers Zeus sehen wollte.

Das war die Geschichte von Kadmos, der ja eigentlich seinen Weg angetreten hatte, um seine Schwester Europa zu suchen, die an jenem verhängnisvollen Tag mit dem weißen Stier ins Wasser gestiegen war.

KRETA

Von Minos und seinem Bruder – Von Pasiphaë und einem anderen weißen Stier – Von Minotauros – Von Theseus und Ariadne – Von Daidalos und Ikaros

Kehren wir zu Europa zurück.

Das naive, hübsche Mädchen Europa wurde von Zeus, dem weißen Stier, durch das Meer nach Kreta getragen. Und dort am Strand verwandelte sich Zeus abermals, diesmal in einen Adler, er legte seine dunklen Schwingen über die kleine Europa und – und hier gehen die Meinungen auseinander: vergewaltigte sie, sagen die einen, liebte sie, sagen die anderen. Normalerweise spielt es keine so große Rolle, für welche Interpretation man sich entscheidet; in diesem Fall lege ich Wert darauf. Die anderen sagen: Nein, er vergewaltigte sie nicht, es war eine Liebesbeziehung, Europa verliebte sich ihrerseits ebenfalls in ihren Entführer. Ich bin der Meinung, es ist schon entscheidend, ob unser Kontinent als Folge einer Vergewaltigung entstanden ist oder aus Liebe. Die Zyniker werden sagen: Schau dir doch die Geschichte Europas in den letzten paar tausend Jahren an, was soll das andres gewesen sei als eine Vergewaltigung. Europa ist vergewaltigt worden, und Europa hat dann im Laufe seiner Geschichte die ganze Welt vergewaltigt. Das sagen die Zyniker. Ich bin kein Zyniker, und deshalb neige ich mehr zu der Liebesgeschichte. Immerhin hat Europa ihrem göttlichen Liebhaber drei Söhne geschenkt, und ich kann nicht glauben, daß drei Söhne nur aus Vergewaltigungen entstanden sind.

Der dritte Sohn wurde von der Mythologie vernachlässigt. Die ersten beiden Söhne sind wichtig: Minos und Rhadamanthys. Minos steht für den Beginn eines neuen Sagenkreises. Wir haben auf der einen Seite den thebanischen Sagenkreis, und hier haben wir den minoischen, den kretischen Sagenkreis.

Diese beiden Söhne der Europa, Minos und Rhadamanthys, hatten von Kindesbeinen an miteinander Streit. Sie waren sich nie einig. Wenn der eine etwas tat, hielt der andere Gericht über ihn und verurteilte ihn, und umgekehrt. Und einmal gab es einen offenen Konflikt, da waren sie schon halbwüchsig, sie verliebten sich beide in denselben Knaben. Minos war der Stärkere, er vertrieb Rhadamanthys von Kreta, er solle sich nie wieder auf der Insel blicken lassen. Rhadamanthys floh nach Griechenland, und als er starb, wurde er in der Unterwelt als Richter über die grauen Seelen eingesetzt.

Minos herrschte von nun an über Kreta. Seine Mutter Europa blieb bei ihm, er hielt sie gezwungenermaßen in Ehren. Er hätte sie gerne losgehabt, sie ließ sich nicht von ihm beherrschen, folgte ihm nicht, mischte sich in seine Macht ein und kritisierte bei jeder Gelegenheit seine Führung des Landes. Minos war in Wahrheit voller Haß gegen seine Mutter. Aber er hielt sich von ihr fern, mied offenen Streit, denn Europa hatte von ihrem Geliebten, von Zeus, drei Geschenke bekommen: Das erste war ein Speer, der immer traf, ganz egal, wie ungeschickt der Werfer war, und ich nehme an, daß Europa, die so gern

Blumen pflückte, sehr ungeschickt im Werfen von Speeren war. Als zweites Geschenk hatte sie einen äußerst bösartigen bissigen Hund von Zeus bekommen, den schnellsten Hund, den es auf der ganzen Welt gab. Die dritte Liebesgabe war ein Bronzemann, der nichts anderes tat, als täglich drei- bis sechsmal im Laufschritt um die Stadtmauern zu dampfen, um jedem möglichen Feind von vornherein die Lust zur Eroberung zu vermiesen. Vor diesen drei Geschenken des Zeus fürchtete sich Minos, und deshalb hütete er sich davor, Europa, seine Mutter, allzusehr zu reizen.

Minos wurde König von Kreta, nachdem er seinen Bruder Rhadamanthys von der Insel verjagt hatte. Als Rhadamanthys bald darauf starb und in den Hades einging, machte ihn Zeus zum Richter über die Schatten. Dem Minos schenkte der oberste Gott die Gesetze, mit Hilfe derer er sein Reich regieren sollte. Minos war niemand anderem verantwortlich als Zeus, seinem Vater. Und die Kreter zweifelten nicht an diesen Gesetzen, denn ihnen war klar, ihr König ist der Sohn des höchsten Gottes, und darauf waren sie stolz.

Kreta ist umspült vom Meer. Der Gott des Meeres aber war Poseidon. Und Poseidon sah es auf die Dauer wohl nicht gerne, daß dieser Minos nur seinem höheren Bruder Zeus diente. Immerhin, sagte sich Poseidon, immerhin lebt er ja auf einer Insel, und Inseln gehören zu meinem Einflußbereich. Und er war eifersüchtig. Poseidon war eifersüchtig, und Zeus, der die Launen seines Bruders kannte, riet Minos, doch auch ab und zu zum Gott des Meeres zu beten, und Minos tat das. Er tat das ungern. Aber er tat es. Außerdem kostet Beten nichts.

Da war aber auch noch der Sonnengott Helios, der mit seinen Strahlen die Insel wärmte und die Frucht gedeihen ließ. Helios wünschte sich ebenfalls die Aufmerksamkeit des Minos. Gut, Minos betete auch zu ihm, und weil Helios darüber so gerührt war – der Sonnenkult war nicht sehr verbreitet in dieser Gegend –, schenkte ihm Helios seine Tochter Pasiphaë zur Frau. Minos nahm das Geschenk an, er wollte es eben allen recht machen.

Um Pasiphaë wehte von Anfang an ein tragisches Geschick. Sie gebar dem Minos etliche Kinder, darunter Phaedra und Ariadne. Oft ist es so, daß die grausamsten Schläge des Schicksals nicht die erste Generation treffen, sondern die Kinder, die an der Schuld ihrer Eltern gar nicht teilgehabt haben. Sie bekommen dann die volle Wucht der Rache der Götter ab. Phaedra und Ariadne wurden nicht glücklich. Phaedra wurde die Frau des Athenerkönigs Theseus, aber sie verliebte sich in einen seiner Söhne, aus erster Ehe, einen vierzehnjährigen Knaben. Und der war entsetzt darüber, daß ihn seine Stiefmutter begehrte, und er meldete es seinem Vater. Er verspottete seine Stiefmutter, die ihm wohl zu alt und auch zu häßlich war. Phaedra war gedemütigt und entsetzt, und sie stritt alles ab. Sie behauptete vor ihrem Mann, der Knabe habe sie verführen wollen, und als Theseus ihr nicht glaubte, nahm sie sich das Leben. – Die andere Tochter der Pasiphaë und des Minos, Ariadne, wurde ebenfalls die Frau des Theseus.

Minos, sagten wir, sah sich gezwungen, auch dem Gott des Meeres, dem Gott der Gewässer, Poseidon, seinen Respekt zu erweisen und zu ihm zu beten. Das aber war Poseidon bald zuwenig. Er sah ja, daß seinem Bruder Zeus geopfert wurde. Also forderte er ebenfalls ein

Opfer. Er forderte von Minos einen Stier. Der Stier ist das Wappenzeichen der Kreter. Zeus war in einen weißen Stier verwandelt, als er mit Europa auf dem Rücken auf der Insel landete.

»Genau so einen Stier will ich geopfert bekommen«, ließ Poseidon verlauten. Der Meergott war immer eifersüchtig gewesen auf seinen viel größeren, viel mächtigeren Bruder.

»Woher soll ich so einen weißen Stier nehmen«, fragte Minos.

Gut, da hat Poseidon eben ein bißchen nachgeholfen. Er formte aus dem weißen Gischt der Wellen einen Stier nach Maß und ließ ihn aus dem Wasser steigen. Aber Minos, der sich nur vor seinem Vater Zeus fürchtete und sonst vor niemandem, dem gefiel dieser Stier selber so gut, und er dachte sich: »Ach was, der dumme Gott Poseidon wird's nicht merken, ich führe dieses herrliche Tier in meine Stallungen und opfere irgendeinen anderen Stier, einen alten, kranken, ausgedörrten.« – Und so tat er es auch und forderte damit das Schicksal heraus.

Poseidon durchschaute die List und bestrafte den Minos. Aber er strafte ihn nicht direkt. Ich meine, er hätte ihn ja mit seinem Dreizack erschlagen können, er hätte ihn mit einer Flutwelle vom Strand wegspülen können, wenn Minos dort spazierenging. Nein, er rächte sich auf viel raffiniertere Art und Weise – auf sehr teuflische Art und Weise, würde man gern sagen, wenn man nicht wüßte, daß die Griechen die Figur des Teufels nicht kannten. Poseidon machte, daß Pasiphaë, die Frau des Minos, die Tochter des Sonnengottes Helios, sich in ebendiesen weißen Stier verliebte.

Pasiphaë verliebte sich nicht nur in ihn, sondern sie begehrte ihn sexuell, und zwar auf eine äußerst leidenschaftliche Art. Sie erzwang sich Eintritt zu seinem Stall. Sie liebkoste das schöne Tier und wollte, daß dieser Stier sie bestieg. Nur, aus rein anatomischen Gründen war das ziemlich schwierig. Aber der Zufall wollte es, daß sich zu dieser Zeit der bedeutendste Erfinder des Altertums auf Kreta aufhielt, nämlich Daidalos. Und so ging Pasiphaë in ihrer sexuellen Not zu Daidalos und sagte zu ihm, er solle ihr helfen.

Daidalos ist das Urbild des Technikers, der die Errungenschaften seiner Profession wertneutral sieht. »Verantwortung trägt der, der eine Erfindung anwendet, nicht der Erfinder«, pflegte er zu sagen. »Die Technik ist moralisch neutral.« Also nicht das Maschinengewehr als solches ist verwerflich, sondern lediglich seine Anwendung kann es sein. – Daidalos wußte fast immer Rat.

Auch der Pasiphaë konnte Daidalos helfen. Er baute ihr eine Kuh aus Holz, die innen hohl war, und legte die Betriebsanleitung gleich mit dazu. Es war unten eine Klappe eingebaut. Dort konnte sich Pasiphaë hineinlegen und den Stier erwarten.

Diese unglückliche Frau! Man muß dazu sagen, diese in mehrerer Beziehung unglückliche Frau, denn bevor sie der Gott des Meeres in dieses besessene, von monströsen Phantasien heimgesuchte Wesen verwandelt hatte, litt sie sehr darunter, daß ihr Gatte Minos sie ununterbrochen mit anderen Frauen betrog.

Aus der Verbindung von Pasiphaë und dem Stier erwuchs ein tatsächliches Monstrum, der Minotauros. Der Minotauros war ein Knabe mit dem Kopf eines Stiers. Er war gefährlich, sah unbeschreiblich häßlich aus und war ein immer gegenwärtiger Beweis des perversen Fehltritts der Pasiphaë.

Der Minotauros war ein Problem. Er fiel die Leute auf den Straßen an. Aufruhr drohte. Daidalos wurde wieder um Rat gefragt, diesmal von Minos.

»Weißt du einen Ausweg«, fragte Minos. »Dieses Untier ist mein Stiefsohn, meine Frau hat ihn geboren.«

Daidalos sagte: »Ich baue ihm ein Gefängnis. Dann sind wir sicher vor ihm.«

Daidalos ließ ein Labyrinth bauen, in das er den Minotauros sperrte. In der Mitte des Labyrinths, wie eine Spinne im Netz, saß das Ungeheuer und fand sich in den verschiedenen Gängen und Winkeln nicht zurecht.

Aber, wie gesagt, dieser Minotauros war ein gefräßiges Wesen, das am liebsten Menschenfleisch mochte. – Wieder ein Problem.

Daidalos sagte: »Menschen kann ich leider keine machen, jedenfalls keine echten, die man fressen kann.«

»Also, was soll ich tun«, fragte Minos.

»Menschen einfangen wäre, rein sachlich betrachtet, eine Lösung«, sagte Daidalos.

Minos war gezwungen, Kriege zu führen, um Lebendfutter für dieses Untier herbeizuschaffen.

Unter anderem kam er in dieser Angelegenheit auch nach Athen. Er wollte die Stadt einnehmen, wollte dort junge Männer und junge Frauen gefangennehmen. Aber Theseus, Prinz von Athen, leistete Widerstand, und er war ein viel besserer Krieger, und so mußte sich Minos zurückziehen. Er betete zu seinem Vater, dem obersten Gott Zeus, er möge ihm die Schande ersparen, ohne Sieg nach Hause zurückzukehren, er möge Athen in die Knie zwingen. Und Zeus, obwohl er über das Ziel dieses

Kriegszuges unterrichtet war, hatte ein Einsehen und schickte die Pest nach Athen, und die Athener ergaben sich.

Minos handelte nun mit Theseus aus, daß jedes Jahr neun Jungfrauen und neun Jünglinge nach Kreta geschickt werden sollen, um dem Minotauros zum Fraß vorgeworfen zu werden.

Das war natürlich ein gewaltiger Blutzoll, den die stolze Stadt Athen der Insel Kreta zu zahlen hatte. Theseus, der weithin berühmte Held, konnte eine solche freche Provokation nicht auf sich sitzen lassen.

»Wir können nicht anders«, sagte Minos. »Wir selbst sind Geiseln des Minotauros.«

Theseus zog nach Kreta, weil er sich sagte, man muß das Übel an der Wurzel packen.

»Wir können nicht anders«, sagte er zu Minos, »ich muß den Minotauros töten.«

Minos hatte nichts dagegen. Das Untier war eine Plage. Diese Plage war nicht loszuwerden, davon war er überzeugt. Sie war ihm und der Insel auferlegt worden vom Gott des Meeres. Wenn da ein Tollkühner kam, einer wie Theseus, und meinte, er könne das Übel ausrotten, bitte, da hatte er nichts dagegen. Mithelfen wollte er dabei allerdings nicht.

Er sagte: »Geh du hinein in das Labyrinth, du allein. Wenn du ihn findest, dann töte ihn, und dann komm wieder heraus.« – Und dachte sich: Wenn du wieder herausfindest. Und dachte sich: Wenn er nicht wieder herausfindet, um so besser, dann kassiere ich Athen gleich mit. Er rieb sich die Hände, weil er genau wußte: Der beste Ingenieur hatte dieses Labyrinth gebaut, aus diesem Labyrinth konnte niemand herausfinden.

Aber Theseus traf in der Tochter des Minos eine Verbündete. Ariadne gab ihm ein großes Wollknäuel. Er befestigte das eine Ende am Eingang des Labyrinths und rollte, während er hineinging, den Faden vom Knäuel ab, so daß er wieder zurückfand, indem er einfach dem Faden folgte. Das ist der berühmte Ariadnefaden. Noch heute ist dieser Faden sprichwörtlich, wenn man sagt: Du hast dich in eine Sache hineinbegeben, aus der du nicht mehr herausfindest. Du hast vergessen, einen Ariadnefaden mitzunehmen.

Und nun wiederum die Frage: Wer hat Ariadne auf die Idee mit dem Faden gebracht? Klar, es war Daidalos.

Daidalos hat als Vorbild durch die ganze Antike gewirkt. Zum Beispiel hat der Philosoph Sokrates von sich aus, teils ironisch und augenzwinkernd, teils aber durchaus ernsthaft, behauptet, er sei ein direkter Nachfahre dieses Daidalos.

Daidalos heißt soviel wie der Einfallsreiche. Er war eigentlich Bürger von Athen. Daß er sich zu jener Zeit in Kreta aufhielt, hat eine ganz besondere Geschichte als Grund, und die möchte ich hier kurz erzählen:

Daidalos war der berühmteste Erfinder, aber auch der berühmteste Bildhauer und auch der berühmteste Maler von Athen. Man sagte von ihm, er habe seine Bilder so naturgetreu gemalt und seine Statuen so naturgetreu aus dem Stein gehauen, daß, wenn diese Kunstwerke in Menge auf dem Marktplatz standen, sich die Bevölkerung einbilden konnte, sie sei um ein Vielfaches gewachsen, und es soll Politiker gegeben haben, die sich diese Illusion zunutze machen wollten und den Daidalos baten, er möge großes Volk auf den Platz stellen, wenn sie ihre Kundgebungen abhielten. – Daidalos pflegte, wie gesagt, alles zu tun, was von ihm verlangt wurde. Probleme waren da, um gelöst zu werden ...

Daidalos hatte einen Neffen, der hieß Perdix, er war der Sohn seiner Schwester, und diesen Neffen führte er in die Kunst des Erfindens, in die Ingenieurskunst, die Bildhauerei, die Malerei ein. Dieser Perdix war äußerst geschickt. Er hätte das Zeug gehabt, ein noch größerer, noch bedeutenderer Erfinder zu werden als sein Onkel. Er hat unter anderem die Säge erfunden, da war er noch ein Knabe. Er ging am Strand spazieren und sah einen von Vögeln zusammengefressenen Fisch, sah die bloßen Gräten und dachte sich: »Wenn die Gräten aus Metall wären, könnte man damit Holz durchschneiden.«

Er hat auch den Zirkel erfunden. Man stelle sich vor, den Zirkel! Ohne Zirkel, dieses genial einfache Gerät, ist angewandte Geometrie gar nicht denkbar! Zuletzt hat er auch noch die Töpferscheibe erfunden.

Also ganz grundlegende Erfindungen waren es, die Perdix, der Neffe des Daidalos, der Menschheit geschenkt hat. Wir können uns denken, wie Daidalos darauf reagierte. Vielleicht war er am Anfang stolz, daß sein Neffe so fix und zügig lernte. Aber ich würde sagen, spätestens nach Zirkel und Töpferscheibe war es mit dem Stolz vorbei, und der Neid stieg in ihm hoch. Er lockte den Knaben ans Meer, weil er ihm angeblich etwas zeigen wollte. Er wolle ihn, sagte er, einführen in die Berechnung der Entfernung. Die Griechen wußten ja, daß die Erde eine Kugel war. Er wolle ihm, sagte er, eine Aufgabe stellen.

»Was denkst du, wo ist zwischen dir, der du hier an der Klippe stehst, und dem Horizont draußen im Meer die Mitte?«

Perdix wußte es sofort, er sagte: »Da die Erde gekrümmt und der Blickstrahl eine Tangente ist, die sich der Krümmung der Erde angleicht, wird sich diese lange Strecke, wenn wir die perspektivische Verkürzung berücksichtigen, für das Auge so zusammenstauchen, daß ihre Halbierungslinie ungefähr mit der Horizontlinie zusammenfällt.«

Da hat es den Daidalos fast umgehauen, so entsetzt war er über die Klugheit und das Wissen, über die unbestreitbare Genialität seines Neffen, und er gab ihm einen Stoß, und Perdix fiel über die Klippe.

Aber dieser Perdix hatte eine Förderin im Himmel, nämlich die Göttin Pallas Athene höchstpersönlich. Athene hatte es immer mit den ganz Schlauen, mit den ganz Gescheiten, sie fing den Knaben auf, verwandelte ihn noch in der Luft in ein Rebhuhn, und so überlebte Perdix den Sturz von der Klippe.

Daidalos aber wurde in Athen vor Gericht gestellt und des Mordes angeklagt. Er wurde für schuldig befunden und aus der Stadt verwiesen – was die schlimmste Strafe für einen Athener war. Er wurde zu den Wilden auf die Insel Kreta verbannt. Dort kam er mit seinem Sohn Ikaros an und bot der königlichen Familie sich und seine Dienste an. Für Pasiphaë baute er die Kuh, für Minos errichtete er das Labyrinth, Ariadne spendierte er den Trick mit dem Wollknäuel.

Wir waren bei Theseus stehengeblieben. Theseus begab sich also in das Labyrinth, er fand den Minotauros und erschlug ihn. Er befreite die Stadt und den Weltkreis von diesem Ungeheuer und verließ zusammen mit Ariadne die Insel Kreta.

Minos brauchte keine Recherchen anzustellen, wer

seine Tochter auf die Idee mit dem Wollfaden gebracht hatte, solche Ideen hatte nur einer in der Welt, nämlich Daidalos. Minos war ungeheuer erbost darüber, daß sich der Erfinder nicht nur von ihm verwenden ließ, sondern daß er sich jedem anbot, und er sagte: »Du sollst mit deinem Sohn in dieses Labyrinth gesperrt werden. Schau zu, wie du wieder herauskommst.«

Daidalos hatte dieses Labyrinth sehr raffiniert gebaut, aber er konnte sich die Pläne nicht merken, das war seine schwache Stelle, das Gedächtnis. Das Labyrinth war ein komplizierter Schaltkreis, würde man heute sagen, und mittendrin saßen nun Daidalos und sein Sohn Ikaros. Sie saßen im Labyrinth, und über ihnen kreisten die Vögel.

Diese Vögel aber, weil sie so gierig in der Luft zappelten, verloren Federn. Daidalos sammelte die Federn auf, studierte ihre Form und stellte fest, daß sie unten flach und oben gebogen waren. Weil der Wind im Labyrinth um die Ecken pfiff, sah er, daß die Federn hochgehoben wurden, und er stellte fest, daß dies aus ebendem Grund geschah, weil sie oben gebogen und unten flach waren, und er entdeckte somit das Prinzip des Flügels.

Nun machte er sich daran, aus den vielen Federn, die vom Himmel fielen, für sich und seinen Sohn Ikaros Flügel zu bauen. Er leimte die Federn mit Wachs zusammen, mit dem Wachs der Kerzen, die in den Ecken des Labyrinths steckten. Und schließlich hatte er Flügel gebaut.

Er unterwies seinen Sohn Ikaros und sagte: »Paß auf, wenn wir von dieser Insel wegfliegen: Wir müssen über Wasser fliegen. Flieg also nicht zu tief, damit deine Flügel nicht am Wasser streifen und sich vollsaugen. Aber fliege auch nicht zu hoch, dort oben sind die Sonnenstrahlen nämlich zu heiß, und das Wachs wird schmelzen. Halte den Mittelweg.«

Aber Ikaros war ein leidenschaftlicher junger Mann, und er flog sehr hoch hinaus. Es war wunderbar, die Insel von oben zu sehen. Er kam der Sonne zu nahe, ihre Strahlen lösten das Wachs auf, und Ikaros stürzte ab. Als er auf der Wasseroberfläche aufschlug, heißt es, sei da ein Rebhuhn vorbeigeflattert, das war der kleine Perdix, der Vetter des Ikaros, und dieses Rebhuhn habe schrecklich gelacht.

Daidalos versteckte sich nun bei einem ihm verpflichteten König, denn Minos, das wußte er, würde ihn überall verfolgen. Da kam Minos selbst eine Idee: Er ließ überall verkünden: »Ich, Minos von Kreta, gebe der Welt ein Rätsel auf: Wer einen Faden durch eine Schnekkenmuschel ziehen kann, den werde ich reich belohnen.«

Und siehe da: Einer konnte es, es war ein König von irgendwo. Aber Minos wußte: Kein König von irgendwo kann das, nur einer kann das, nur Daidalos kann das. Wenn da ein König ist, der behauptet, er könne das, dann ist Daidalos bei diesem König untergekrochen. Und so hat er ihn gefunden. Aber dieser König von irgendwo wollte natürlich den Daidalos für sich behalten, diesen großen Erfinder, man stelle sich vor, was so einer wert ist, und er verbrühte den Minos mit heißem Wasser, und so endet die Geschichte des Minos. Sein Vater Zeus hatte wohl die Geduld und auch das Interesse an ihm verloren. Aber über der Wiege unserer Kultur prangt auch sein Name. Eine der Wurzeln des Abendlandes ist die minoische Kultur Kretas.

Und wie hat Daidalos die Aufgabe des Minos gelöst? Er hat den Faden an den Hinterleib einer Ameise gebunden und sie durch die Muschel kriechen lassen.

ÖDIPUS

Von Laios und Iokaste – Von durchstochenen Füßchen – Von der Sphinx – Von der Pest – Von der Wahrheit – Von durchstochenen Augen – Von einer treuen Tochter – Von einer treuen Schwester – Von verfeindeten Brüdern – Von einem harten Vater – Vom Tod – Von einem, der schon Frau und Mann war

Ödipus ist im zwanzigsten Jahrhundert die bekannteste Gestalt der griechischen Mythologie, vor allem wohl deshalb, weil Sigmund Freud den Trieb des männlichen Kindes, seine eigene Mutter zu besitzen und den Vater zu hassen, nach ihm benannt hat.

Es ist in der Tat eine der traurigsten und grausamsten Geschichten, die die griechische Sagenwelt zu bieten hat. Beginnen wir bei Ödipus' Mutter und Ödipus' Vater. Denn von ihnen beiden rührt der Fluch her, der das Drama dieses Helden ausgelöst hat.

Ödipus' Mutter ist Iokaste, sie ist eine Nachfahrin der gesäten Männer. Erinnern wir uns: Diese gesäten Männer sind die Vorfahren der Spartaner, sie wuchsen wie Pflanzen aus dem Boden, als Kadmos Schlangenzähne säte. Iokastes Bruder war Kreon, auch er wird in dieser Tragödie noch eine wichtige Rolle spielen.

Der Vater von Ödipus war Laios. Er wäre der rechtmäßige Anwärter auf den thebanischen Thron gewesen, aber er wurde vertrieben und fand bei König Pelops Unterschlupf. Pelops – über ihn werden wir später noch ausführlich berichten – hat den Laios verwöhnt, hat ihn behandelt wie einen Bruder. Aber Laios hat diese Gastfreundschaft nicht in gebührender Art und Weise zurückerstattet; im Gegenteil: Er verging sich an dem jüngsten und hübschesten Sohn des Pelops, nämlich an Chrysippos. Er verführte ihn und hat ihn schließlich, als er den Schutz des Pelops nicht mehr benötigte, mitgenommen in seine Heimatstadt Theben.

Das sah die Göttin Hera oben im Olymp nicht gern. Wir würden irren, wenn wir annähmen, daß sie etwas gegen Homosexualität hatte, das hatte Hera gewiß nicht; denn um sie herum im Götterhimmel wie auf Erden bei den Heroen und natürlich auch bei den Menschen war Homosexualität sehr verbreitet. Diese Art der Liebe wurde als die eigentliche Liebe zur Schönheit angesehen, und es galt als ehrenvoll, sich ihr vorzugsweise in einem Nebenverhältnis hinzugeben. Hera hatte etwas dagegen, weil sich Laios seiner Frau wegen Chrysippos verweigerte. Iokaste hatte sich bei der Göttermutter beschwert und um ein kräftiges Zeichen gebeten. Und Hera schickte die Sphinx auf Theben.

Die Sphinx lauerte vor dem Stadttor von Theben und versetzte die Bürger in Schrecken, und der Rat der Stadt forderte Laios auf, seinen Geliebten Chrysippos unverzüglich nach Hause zurückzuschicken und endlich wieder mit Iokaste das Lager zu teilen.

Nach langem Zögern gab Laios nach. Er schickte Chrysippos zu Pelops zurück.

Aber die Sphinx blieb. Die Bürger der Stadt meinten, der Grund dafür sei wohl, daß Laios nur den ersten Teil ihrer Forderung erfüllte hätte, und sie wollten einen Beweis dafür haben, daß Laios mit Iokaste ehelich verkehre. Man wollte ein Kind sehen.

Aber die Ehe blieb unfruchtbar. Und die Sphinx lauerte weiter vor dem Stadttor von Theben.

Iokaste war verzweifelt. Sie forderte ihren Mann auf, er solle sich auf den Weg nach Delphi zum Orakel machen, um in Erfahrung zu bringen, warum sie von ihm keine Kinder bekommen könne.

In Delphi gibt der Gott Apoll in oft verrätselten Worten Antwort auf die Fragen von Hilfesuchenden. Laios pilgerte also nach Delphi und fragte: »Was ist der Grund dafür, daß Iokaste und ich keine Kinder kriegen können?«

Die Pythia, die Priesterin in Delphi, die über einem Spalt in der Erde sitzt und so die Weisheit der alten Gaia in sich aufnimmt, wandte ihr Gesicht ab und sagte zu Laios: »Sei froh, daß deine Ehe bisher unfruchtbar geblieben ist! Hüte dich davor, einen Sohn zu zeugen, denn er wird dich töten.«

Mit dieser erschreckenden Nachricht, die nicht einmal verschlüsselt, die ganz offen als Warnung ausgesprochen worden war, kehrte Laios zurück zu Iokaste und eröffnete ihr, daß er nie mehr ihr Bett teilen werde.

Iokaste wird wohl zuerst auch erschrocken über diesen Orakelspruch gewesen sein, und sie war wohl damit einverstanden, in Zukunft auf den ehelichen Verkehr zu verzichten. Aber sie wußte, wie das Orakel in Delphi funktionierte, und es kam ihr bald schon merkwürdig vor, wie offen der Gott durch die Pythia zu ihrem Mann gesprochen hatte. Schließlich verdächtigte sie ihren Mann, diesen Spruch erfunden zu haben, um nicht mit ihr schlafen zu müssen, denn sie wußte ja, wie leidenschaftlich Laios die Knaben liebte.

Iokaste litt. Sie schlief in einem anderen Bett, schlief

in einem anderen Raum, lag nachts wach. Dann hielt sie es nicht mehr aus. Sie machte ihren Mann betrunken und schlich sich in der Nacht auf sein Lager. Sie wurde schwanger, und neun Monate später gebar sie Ödipus.

Laios war außer sich – und er machte mit diesem Neugeborenen etwas, was in so vielen Märchen mit Neugeborenen geschieht: Der Vater setzte den kleinen Knaben im Wald aus. Vorher aber durchstach er ihm die Füßchen und band sie durch die Wunden zusammen. Was das zu bedeuten hat, ist schwer zu beantworten. Manche Autoren meinen, Laios wollte damit verhindern, daß nach dem Tod des Kindes – er war davon überzeugt, daß Ödipus in der Wildnis sterben würde – sein Geist ihn, den Vater, nicht weiter würde verfolgen können. Wie auch immer: Von diesen durchstochenen Füßchen hat Ödipus seinen Namen. Ödipus heißt: Schwellfuß.

Laios übergab das Kind einem Diener – genauso, wie es in den Märchen auch immer der Fall ist. Diese Diener haben alle ein gutes Herz, oder zumindest haben sie sich einen letzten Kern von Anstand bewahrt, oder vielleicht ist es auch nur deswegen, weil der Diener einen langen Weg in den Wald gehen muß, und wenn jemand einmal einen Säugling eine Stunde lang getragen hat, dann ist er nicht mehr in der Lage, ihn den wilden Tieren vorzuwerfen.

Jedenfalls: dieser Diener war auch nicht dazu in der Lage. Er übergab das Bündel unterwegs irgendeinem Hirten und sagte: »Da ist ein Kind drin eingewickelt. Dieses Kind soll dem Tod überantwortet werden. Mach du mit dem Kind, was du willst. Ich werde meinem Herrn melden, ich hätte getan, was er mir befohlen hat.«

Wir kennen viele solche Geschichten. Zum Beispiel bei den Brüdern Grimm kommen sie immer wieder vor – denken wir an das Märchen vom Mädchen ohne Hände oder an Schneewittchen. Diese Geschichten sind Zeugnisse grausamer Armut. Die Menschen konnten ihre Kinder nicht ernähren, sie setzten sie aus und erfanden diese Märchen, vielleicht um ihr schlechtes Gewissen zu beruhigen – denn diese Märchen gehen alle gut aus, für die Ausgesetzten.

Der Hirte in unserer Geschichte brachte den kleinen Ödipus zu seinem König, zu Polybos von Korinth, und er sparte nicht mit der Wahrheit und erzählte haarklein, was vorgefallen war.

Dieser König, er war ein gütiger König, und auch die Königin war gütig, und die beiden verliebten sich auf Anhieb in dieses Knäblein, das sie aus seinem Windelkissen heraus anstrahlte, und sie sagten: »Wir werden diesen kleinen Buben an Kindes statt annehmen.«

Die Königin hatte sich sogar einen schönen Trick ausgedacht, um ihr Volk zu täuschen. Sie tat so, als ob sie schwanger wäre, und ging mit ihren Freundinnen und dem Hofstaat hinunter zum Wasser und führte sich auf, als ob sie gebären würde. Und plötzlich hielt sie dieses fixfertige Knäblein im Arm. Eine andere Version erzählt, die Königin habe unten beim Fluß so getan, als ob sie das Kindlein in einem Korb aus dem Fluß gezogen habe. Dabei müssen wir natürlich an das Schicksal des kleinen Moses denken.

Polybos und seine Frau nahmen den Ödipus bei sich auf, und Ödipus wuchs bei ihnen heran, und er war stets der Meinung, daß Polybos und die Königin seine rechtmäßigen Eltern seien. So wurde aus ihm ein junger Mann, ein sehr starker, sehr kluger, trotz seiner Jugend weiser Mann, vielleicht ein etwas zu melancholischer, zur Schwermut neigender junger Mann.

Eines Abends bei einem Fest kommt ein Bursche zu ihm und sagt, ohne jede böse Absicht, aber doch der Wahrheit entsprechend: »Ödipus, du siehst sehr schön aus, du siehst sehr klug aus, aber wie deine Eltern siehst du nicht aus! Du siehst weder deiner Mutter ähnlich noch deinem Vater.«

Und damit pflanzte er einen bösen Zweifel in das Herz des Ödipus, und als die Gesellschaft später bei Tisch saß – Ödipus hatte seinen Platz neben König und Königin –, da betrachtete er im Spiegel an der gegenüberliegenden Wand seine vermeintliche Mutter, seinen vermeintlichen Vater und sich selbst. Und er mußte sich sagen: Dieser junge Bursche hatte recht.

So machte sich Ödipus ebenfalls auf den Weg nach Delphi, um das Orakel zu befragen. Er wollte wissen, was mit ihm sei.

Kaum hatte er den Schrein der Priesterin betreten, da geschah etwas, was in Delphi noch nie geschehen war und auch nie wieder geschehen würde: Die Pythia verweigerte ihm jede Auskunft. Sie ließ ihn nicht ein und rief: »Hinweg, du Elender, du wirst deinen Vater töten, und deine Mutter wirst du heiraten! Ein unaussprechlicher Fluch lastet auf dir! Hinweg! Wenn du der Menschheit etwas Gutes tun willst, dann geh in den Tod!«

Ödipus war furchtbar erschrocken, er war noch ein junger Mann, vor allen Menschen liebte er seinen vermeintlichen Vater Polybos am meisten, und er wollte auf gar keinen Fall Unglück über König und Königin bringen. Aber sterben wollte er natürlich auch nicht.

So beschloß er, in die Welt hinauszuziehen. Er wollte nie mehr zurückkehren nach Korinth.

Traurig wanderte er durch die Welt, und eines Tages auf seiner Wanderschaft traf er an einer schmalen Wegstelle auf ein Pferdegespann. Nun muß dazu gesagt werden, daß Ödipus wohl ein melancholischer Charakter war, aber er war doch auch einer, der ein natürliches Gespür für Recht und Unrecht besaß und es nicht zuließ, daß ihn jemand beleidigte, und der es auch nicht zuließ, daß sich irgend jemand über ihn stellte. – Auf diesem schmalen Weg kam ihm dieses Fuhrwerk entgegen, und auf diesem Fuhrwerk standen mehrere Männer in Lederrüstungen, und hinten, auf einem protzigen Thron, saß ein alter Mann, der sagte:

»Verschwinde! Geh aus meinem Weg, ich bin höher gestellt als du, geh du auf die Seite, ich werde es bestimmt nicht tun!«

Ödipus wäre selbstverständlich zur Seite getreten, wenn ihn dieser Mann höflich gefragt hätte, wenn er darum gebeten hätte, aber diesem Befehlston wollte er auf gar keinen Fall gehorchen.

»Hör zu, alter Mann«, sagte er, »ich gehorche nur den Göttern und meinen Eltern, sonst gehorche ich niemandem.«

Da begann der Mann von dem Fuhrwerk herunter mit der Peitsche auf Ödipus einzuschlagen. Ödipus faßte die Peitsche und riß den Mann von seinem Sitz herunter. Es kam zu einem Handgemenge, Ödipus erschlug die Männer in den Lederrüstungen, er war sehr stark, und im Streit schoß der Jähzorn in ihm hoch, die Pferde drohten durchzugehen, der alte, tyrannische Mann beschimpfte Ödipus weiter in unflätigster Weise, Ödipus schlug ihm auf den Kopf, der Alte taumelte, griff nach den Zügeln der Pferde, ein zweiter Schlag traf ihn tödlich, und sein Leichnam wurde von dem Gespann davongeschleift.

Wer dieser alte, tyrannische Mann war, das läßt sich denken. Es war Laios. Es war Laios, der König von Theben, der wahre Vater des Ödipus, der seinen kleinen Knaben kurz nach der Geburt hatte aussetzen wollen, der ihm die Füße durchstochen hatte und der überzeugt war, daß sein Sohn tot sei.

Laios hatte sich ebenfalls auf dem Weg nach Delphi befunden, denn er wollte wieder von der Pythia eine Auskunft haben, und diese Auskunft betraf die Sphinx. Ich habe am Beginn dieser Geschichte erzählt, daß Hera in ihrem Zorn auf Laios, weil er den kleinen Chrysippos verführt und entführt und seine Gattin Iokaste des Knaben wegen vernachlässigt hatte, zuerst die Unfruchtbarkeit und später die Sphinx geschickt hatte. Die Sphinx war geblieben, und sie bedrohte die Stadt Theben immer noch, sie würde erst verschwinden, wenn ihr Rätsel gelöst war. Denn jedem, der bei ihr vorbeikam, lauerte sie auf und stellte ihm ihr Rätsel, und wer das Rätsel nicht lösen konnte, den verschlang sie.

Diese Sphinx muß man sich so vorstellen: ein Frauenkopf, ein Löwenkörper, ein Schlangenschwanz und Adlerflügel. Ich habe in verschiedenen Büchern nachgeschaut, was diese Sphinx symbolisierte, und es gibt eine ganze Reihe von Erklärungen. Eine besagt, daß sie das Jahr darstellte, das Jahr mit seinen vier Jahreszeiten, daß sie, will man es noch abstrakter, die Zeit, die Vergänglichkeit symbolisierte. – Geben wir uns damit zufrieden ...

Laios hatte gemerkt, daß der Handel mit seiner Stadt praktisch zum Erliegen kam, denn die Händler, die Theben besuchen wollten, wurden alle von der Sphinx aufgefressen. Niemand mochte mehr nach Theben gehen. Die Stadt drohte zu verarmen. Nach innen war die Sphinx ein Gefängniswächter, es war schwer, die Stadt zu verlassen, man mußte Tricks anwenden, Schleichwege kennen, sich Schleppern anvertrauen und so weiter.

Das Rätsel der Sphinx war folgendes, es hieß: »Welches Wesen, das nur eine Stimme hat, hat manchmal zwei Beine, manchmal drei Beine, manchmal vier Beine und ist dann am schwächsten, wenn es am meisten Beine hat, und am stärksten, wenn es am wenigsten Beine hat?«

Das war das Rätsel der Sphinx.

Niemand hatte das Rätsel bis zu jenem Tag lösen können. Nachdem Ödipus seinen wirklichen Vater, Laios, den König von Theben, erschlagen und damit den ersten Teil der delphischen Weissagung erfüllt hatte, ging er weiter auf dem Weg nach Theben. Unterwegs wurde ihm zugerufen: »Wanderer, geh nicht nach Theben, du wirst dort der Sphinx begegnen, und sie wird dir eine Frage stellen. Diese Frage kann kein Mensch beantworten, du auch nicht, und sie wird dich fressen.«

Ödipus lag nicht so sehr viel am Leben, er antwortete: »Na gut, wenn ich das Rätsel nicht weiß, wird sie mich eben töten. Aber wenn ich es weiß, dann werde ich sie töten.«

Und dann stand er der Sphinx gegenüber, und die Sphinx stellte ihm ihr Rätsel: »Um welches Wesen handelt es sich? Es hat manchmal zwei, manchmal drei, manchmal vier Beine und ist am schwächsten mit den meisten und am stärksten mit den wenigsten Beinen.«

Ödipus überlegte nicht lange. Er antwortete schlicht und gerade: »Es ist der Mensch. Der Mensch kriecht als Säugling auf vier Beinen, als Erwachsener geht er auf zwei Beinen, und im Alter, wenn er einen Stock braucht, geht er auf drei Beinen. Am schwächsten ist er als Säugling, am zweitschwächsten ist er im Alter, am stärksten ist er als Erwachsener, wenn er auf seinen zwei Beinen steht.«

Da bekam die Sphinx, man möchte sagen, einen Anfall, sie schrie auf und stürzte sich über den Felsen hinunter zu Tode.

Ödipus zog als Befreier in die Stadt Theben ein. Er wurde als Befreier gefeiert, und Kreon, der Bruder der Iokaste, der nach Laios' Tod die Regierungsgeschäfte in Theben übernommen hatte, wurde von den Bürgern gezwungen, zu Ödipus zu gehen und zu sagen: »Du sollst unser König sein. Du hast die Stadt von der Sphinx befreit, du sollst über diese Stadt herrschen und sollst die Königin zu deiner Gemahlin haben.«

Nun glaubte Ödipus, daß er endlich eine Heimat und eine Aufgabe gefunden habe. Er stimmte dem Angebot der Bürgerschaft von Theben gern zu. Er heiratete Iokaste, seine Mutter, wie vom Orakel in Delphi vorhergesagt, und er wurde König von Theben.

Er war ein guter, ein weiser und ein liebevoller König. Aber dann kam die Pest über Theben und raffte viele Bürger hinweg. Bei Katastrophen wie der Pest oder auch anderen Katastrophen, auch bei Kriegen, gingen die Griechen immer davon aus, daß sie nicht natürliche oder historische Ursachen hatten, sondern daß sie als Strafen von den Göttern geschickt wurden. Also wurden Nachforschungen angestellt: »Was«, wurde gefragt, »was haben wir angestellt, was war unser Vergehen, daß uns die Götter auf diese Art und Weise strafen?«

Also begab sich wieder einmal ein Bürger der Stadt Theben nach Delphi, um zu erfahren, was die Schuld der Stadt sei.

Die Pythia blickte zur Seite und sagte nur einen Satz: »Vertreibt den Mörder eures Königs Laios aus der Stadt, dann wird die Pest verschwinden.«

Der Sohn hat den Vater getötet, ohne daß er es wußte, und gerade in der Tatsache, daß Ödipus keine Ahnung von seinem Schicksal hatte, keine Ahnung davon hatte, daß in Erfüllung gegangen war, was ihm das Orakel prophezeit hatte, gerade in dieser Unwissenheit, seiner reinen Ahnungslosigkeit liegt seine Tragödie. Er sitzt da, und wir betrachten diesen unschuldig Schuldigen, und noch nach zweieinhalbtausend Jahren rührt uns sein Schicksal zu Tränen. Es ist kein Zufall, daß Sophokles, einer der drei großen Tragödienschreiber der griechischen Antike, dem Helden Ödipus drei Dramen gewidmet hat: »König Ödipus«, »Ödipus auf Kolonos« und schließlich die Tragödie »Antigone«.

Aus Delphi verlautet: »Vertreibt den Mörder des Laios!«

Und Ödipus schickt zusätzlich, was die Tragödie noch verschärft, dem Mörder des Königs Laios einen Fluch hinterher: »Er soll verflucht sein auf ewige Zeiten«, ruft er und verflucht damit sich selbst.

Die Pest wütet weiter, das Volk erwartet von seinem König Erlösung. Ödipus in seiner Ratlosigkeit läßt Teiresias rufen. Teiresias ist einer der bedeutendsten Seher des Altertums. Ödipus holt ihn, um von ihm Rat zu erbitten, denn zum Orakel in Delphi wollte er nicht noch einmal gehen.

Teiresias sagt: »Die Götter werden erst zufrieden sein, werden erst dann die Pest von Theben nehmen, wenn einer der gesäten Männer für die Stadt stirbt.«

Genaueres dürfe er nicht verkünden, sagte er, die Götter hätten es ihm verboten. – Die Götter wollten dem grausamen Spiel wohl nicht die Dramaturgie nehmen. Das Leid der Menschen hatte seit je großen Unterhaltungswert für sie.

Die gesäten Männer, wir wissen es, sind die Vorfahren der Spartaner, die aus den Drachenzähnen gewachsen sind wie die Pflanzen aus dem Boden. Und nun kommt es zu einer neuen Verwicklung, zu einem neuen Mißverständnis, denn der alte Menoikeus, der Vater der Iokaste, der seinen Lebensabend in Theben verbringt, meint, er sei gemeint, weil er ein Nachfahre der gesäten Männer ist. Er denkt sich also: »An mir liegt es.«

Bei einem Götterfluch haben die Menschen nicht nachzufragen: »Warum habt ihr dort oben mich verflucht?« Das wäre Lästerung. Menoikeus zieht die Konsequenzen aus seinem Verständnis des Spruchs des Teiresias, er stürzt sich von den Mauern der Stadt zu Tode.

Menoikeus opferte sich im Glauben, er befreie damit Theben. Er wird als Held gefeiert, aber Teiresias sagt: »Das war gut gemeint, das haben die Götter wirklich gern gesehen. Aber ihn wollten sie nicht. Sie wollten einen der gesäten Männer, aber nicht ihn, sie wollten einen aus der dritten Generation.«

Immer enger schnürt sich das Schicksal um den armen Ödipus. Der Trick, den Sophokles in seinem Stück »König Ödipus« anwendet, besteht darin, daß der Zuschauer ganz genau weiß, was auf Ödipus lauert, daß wir wissen, er ist unentrinnbar seinem Schicksal ausgeliefert. Und wir schauen klamm und voller Entsetzen zu, wie die Pranke des Schicksals zum letzten Schlag gegen Ödipus ausholt.

Ödipus ist ein sehr weiser und sehr gütiger König, aber die Pest bleibt über der Stadt, und das Orakel in Delphi hat verkündet: »Erst wenn ihr den Mörder des Königs Laios findet, wird die Pest die Stadt verlassen.«

Teiresias bekommt schließlich die Erlaubnis der Götter, die schreckliche Wahrheit aufzuklären, der blinde Seher tritt hin vor den König, zeigt mit dem Finger auf ihn, streicht mit der Hand über sein Gesicht und sagt: »Du bist Ödipus, und du bist gemeint, denn du hast deinen Vater erschlagen, und du lebst in sündiger Ehe mit deiner Mutter Iokaste zusammen.«

Und wir sehen: Ödipus ist entsetzt, aber er hat die Wahrheit bereits geahnt. Nun beginnt er sich zu verteidigen gegen sein Schicksal. Er glaube nicht, was der Seher behauptet, sagt er. Er beschuldigt Teiresias sogar, dieser habe ein Komplott gegen ihn geschmiedet, er stecke mit Kreon unter einer Decke. Ödipus beginnt um sich zu schlagen. Freilich, es gibt einige, die ihm glauben. Teiresias, wir werden davon noch hören, hat keinen besonders guten Ruf, obwohl er doch immer wieder angerufen wird, wenn es darum geht, in die Zukunft zu sehen. Eine Intrige ist dem Wahrsager durchaus zuzutrauen. Vielleicht hat er sich ja tatsächlich von Kreon kaufen lassen.

Kreon, das wußten alle, war nach wie vor der Überzeugung, er habe den einzig berechtigten Anspruch auf den Thron von Theben. Er lauerte im Hintergrund. Ödipus beschuldigt ihn, aber die Ahnung, es könnte in seinem Schicksal etwas Grauenhaftes verborgen sein, läßt ihn nicht los. Und so drängt er auf der einen Seite diese Gedanken von sich, auf der anderen Seite beginnt er Nachforschungen anzustellen.

Die Spannung konzentriert sich nicht so sehr in der Frage, was wird geschehen, sondern in der Frage: Was ist bisher geschehen?

Es kommen immer schrecklichere Dinge zum Vorschein: Teiresias, um sich reinzuwaschen von dem Vorwurf, er plane eine Intrige, läßt den Hirtenknaben herbeischaffen – inzwischen ist er ein alter Mann –, der damals den Säugling im Wald aussetzen sollte. Der Hirte erzählt von den durchstochenen Füßen. Es gibt Mythenforscher, die diese durchstochenen Füße mit den durchnagelten Füßen des Christus am Kreuz vergleichen. So weit will ich gar nicht gehen; aber eines läßt sich doch konstatieren: Das Durchstoßen, Durchnageln, das Verletzen, das Blenden, das Außerkraftsetzen der natürlichen Mittel des Menschen, sich in der Welt zurechtzufinden, läßt sich an vielen Stellen in vielen Mythen der Völker nachweisen, und zwar überall dort, wo die göttliche Macht als Zeichen ihrer Überlegenheit einen Menschen in seine Schranken weisen will.

Der Hirte sagt die Wahrheit. Er sagt, er habe damals das Kind im Wald ausgesetzt, aber er habe es nicht sterben lassen. Er habe es weitergegeben, und der Knabe sei aufgewachsen in Korinth bei König Polybos.

Nun gesteht sich Ödipus ein, was er im Herzen ohnehin schon weiß: daß nur er gemeint sein kann. Noch scheut er vor dem öffentlichen Eingeständnis zurück. Seine Gattin und Mutter Iokaste allerdings macht sich nichts mehr vor. Sie hat in all den Jahren ihr schlechtes

Gewissen nicht beruhigen können, daß sie sich damals bereit erklärt hatte, ihr Neugeborenes wegzugeben. Und sie sieht ein, daß sie Blutschande begangen hat, daß sie von ihrem eigenen Sohn Kinder empfangen hat. Iokaste kann mit dieser Schuld nicht leben, sie erhängt sich.

Nun gelingt es auch Ödipus nicht mehr, die Wahrheit abzudrängen. Der Schmerz der Einsicht ist so gewaltig, und die Schuldgefühle sind so groß, daß er sich schreiend die Haare rauft, daß er aus dem Haar der toten Iokaste die Spange nimmt und mit der Nadel die eigenen Augen durchsticht.

Er blendet sich. Am Beginn seines Lebens wurden ihm die Füße durchbohrt, damit er nicht mehr gehen kann, am Ende seines Lebens durchsticht er sich selbst die Augen, damit er nicht mehr sehen kann.

Seine letzte Tat als König: Er erteilt sich selbst den Befehl, die Stadt zu verlassen. Als König Ödipus verbannt er den Menschen Ödipus. Er zieht ein härenes Gewand an und geht. Nur eine seiner Töchter, Antigone, verläßt mit ihm gemeinsam die Stadt Theben.

Ich möchte hier einfügen, was Schiller zu der Tragödie »König Ödipus« des Sophokles geschrieben hat:

»Der Ödipus ist gleichsam nur eine tragische Analysis. Alles ist schon da, und es wird nur herausgewickelt, wobei das Geschehene als unabänderlich seiner Natur nach viel fürchterlicher ist, und die Furcht, daß etwas geschehen sein könnte, das Gemüt ganz anders affiziert als die Furcht, daß etwas geschehen wird.«

Mit diesem Stück hat Sophokles die Grundlage der klassischen Tragödie im Abendland geschaffen, und wenn Aristoteles in seiner »Poetik« die Tragödie untersucht und wenn er Regeln aufstellt, wie eine Tragödie zu bauen sei, dann bezieht er sich auf den »König Ödipus« von Sophokles. Was wir heute Theaterdramaturgie in einem klassischen Sinn nennen, und das trifft auch auf den Aufbau der meisten Spielfilme zu, beruht letztendlich auf diesem wunderbaren Entwurf, den Sophokles vor rund zweitausendfünfhundert Jahren vorgelegt hat.

Ödipus, begleitet und geführt von seiner liebsten Tochter Antigone, die ja gleichzeitig auch seine Halbschwester ist, durchstreift das Land, selbst hat er sich das Augenlicht genommen, damit er nicht weiter auf die Folgen seiner Schuld schauen muß, den Fluch trägt er auf seinen Schultern, so gelangt er endlich nach Kolonos, einer Ortschaft nahe von Athen.

Aber welch absonderliche Willkür des Geschicks! Ödipus eilt ein Orakelspruch voraus, der besagt: »Die Stadt, in der Ödipus sterben wird, wird ewig Glück haben.«

So kommt es, daß die Söhne des Ödipus, Polyneikes und Eteokles, die gleichzeitig seine Halbbrüder sind, denn er hat sie ja mit seiner Mutter Iokaste gezeugt, daß diese Söhne, die inzwischen in Theben um die Macht kämpfen, großes Interesse haben, daß ihr Bruder-Vater zurück nach Theben komme, um dort zu sterben. Sie wissen auch, nur derjenige wird die Macht erlangen, der von Ödipus gesegnet wird.

Polyneikes streift umher, findet den Ödipus, bittet ihn, er möge ihn vor seinem Bruder segnen. Aber Ödipus weiß, neuer Fluch soll gesät werden, und er verweigert seinen Segen. Auch Eteokles kommt, auch ihn weist Ödipus ab.

Es meldet sich schließlich auch Kreon an. Kreon, der Schwager-Onkel des Ödipus, der immer im Hintergrund stand, im Abseits, hat sich auf die Seite des Eteokles geschlagen, weil er der weichere der beiden Brüder ist, der sich leichter beeinflussen läßt. Aber Ödipus durchschaut auch Kreons Absichten. Er läßt ihn erst gar nicht vor, weist Kreon ab.

Da rückt Kreon mit einem Heer heran. Er will Ödipus mit Gewalt nach Theben schleppen. Ödipus bittet Theseus, den König von Athen, um Hilfe, und Theseus stellt sich ihm zur Seite.

Ödipus stirbt in Athen, und Theben ist für immer vom Glück verlassen, während Athen zu einer der großen Städte der Weltgeschichte aufsteigen wird. Auch das rechnet der Mythos dem Ödipus zu.

Nun nimmt die ganze Geschichte eine neue tragische Wendung. Antigone, des Ödipus liebste Tochter, ist einem Sohn des Kreon versprochen, nämlich Haimon. Die beiden lieben sich. Das Schicksal wendet sich Antigone zu. Auf sie stürzt das Verhängnis.

Polyneikes und Eteokles treiben ihren Streit auf die Spitze, in einem Zweikampf fallen sie beide, sie erschlagen sich gleichzeitig, verletzen sich so sehr, daß beide an den Wunden sterben. Kreon reißt die Macht ganz an sich. Er verbietet mit Androhung der Todesstrafe, daß Polyneikes begraben wird. – Um dieses Verbot kreist die moralische Frage in der Tragödie »Antigone« von Sophokles.

Antigone kehrt nach Hause zurück, weil sie Haimon heiraten möchte. Sie kann nicht zusehen, wie ihr Bruder Polyneikes auf dem Schlachtfeld liegenbleibt, wie die Vögel und die Hunde seinen Körper zerreißen. Sie weiß, wenn nicht Erde über ihn gedeckt wird, dann wird er keine Ruhe finden. Es ist ein Gewissenskonflikt für Antigone, sie weiß, sie muß ihrem Bruder diesen letzten Gefallen tun, aber sie weiß auch, es wird sie das Leben kosten.

Antigone will, daß der Fluch, der auf ihrem Geschlecht lastet, endlich ein Ende findet. Sie weiß, wenn sie das Verbrechen begeht, ihren Bruder nicht zu bestatten – vielleicht nicht ein Verbrechen vor den Menschen, aber ein Verbrechen vor den Göttern –, dann wird dieser Fluch weiterwirken und auch ihre Kinder und Kindeskinder erfassen. Sie hofft auf die Einsicht des Kreon.

Bei Sophokles spricht sie einen ganz entscheidenden Satz: »Nicht mitzuhassen, mitzulieben bin ich da.« Das heißt soviel wie: »Ich bin dazu ausersehen worden, diesen Fluch abzuschneiden; ich bin geboren, um diesen Fluch, der auf unserem Geschlecht liegt, endlich zu beenden.«

So schleicht sie sich nachts hinaus auf das Schlachtfeld und streut wenigstens symbolisch eine Handvoll Erde auf ihren toten Bruder Polyneikes.

Sie wird verhaftet und eingesperrt.

Ihr Verlobter Haimon, der Sohn des Tyrannen Kreon, bittet um ihr Leben, er kniet vor dem Vater nieder, umfaßt die Beine des Vaters, fleht: »Laß Antigone leben, laß uns dieses Glück, sei nicht so grausam, beharre nicht auf deinem Gesetz!«

Es ist sinnlos. Kreon beharrt weiter. Er läßt nicht mit sich reden.

Er ist immer übergangen worden. Kreon ist eine Randfigur von Anfang an. Zuerst war Laios an der Macht. Nach seinem Tod gelang es Kreon nicht, die Sphinx zu besiegen. Ödipus kam. Kreon hat wieder auf den Thron verzichten müssen. Dann waren die beiden Söhne da, die sich um die Thronfolge gestritten haben. Auch damals war Kreon nur eine Randfigur, mußte sich darauf beschränken, Einfluß auszuüben. Jetzt haben sich beide Söhne des Ödipus umgebracht. Jetzt sitzt er, Kreon, endlich an den Hebeln der Macht.

Gegen seinen eigenen Sohn Haimon verschließt er sich und sagt: »Nein! Was ich bestimmt habe, ist Gesetz.«

Aber Haimon läßt mit seinen Bitten nicht ab. Schließlich scheint Kreon doch nachzugeben.

»Gut«, sagt er. »Ich will deiner Antigone das Leben schenken.«

Der Sohn will seinen Vater vor Glück umarmen. Aber Kreon ist grausamer, als es sein Sohn für möglich hält.

»Antigone soll zwar nicht sterben«, sagt Kreon, »aber frei wird sie nicht sein.«

Er läßt die Tochter des Ödipus in ihrem Gefängnis einmauern. Nur ein schmaler Schlitz bleibt in der Mauer offen, durch ihn werden Wasser und Brot gereicht. – Das ist schlimmer als der Tod.

Antigone kauert in ihrem engen Verlies.

Draußen weint ihr Verlobter Haimon.

Versteinert sitzt Kreon auf dem Thron der Macht und läßt sich nicht umstimmen.

Da taucht abermals Teiresias, der blinde Seher, auf und gibt Kreon ungebetenen Rat.

Er sagt: »Die Toten grab ein und die Lebendigen grab aus.«

Er soll den Polyneikes endlich ordentlich begraben und Antigone aus ihrem Gefängnis frei lassen.

Teiresias sagt weiter: »Wenn du das nicht tust, Kreon, wird der Fluch des Ödipus auf dich und auf dein ganzes Geschlecht übergehen.«

Da wird Kreon unsicher, und schließlich gibt er nach. Er läßt Polyneikes begraben und bricht die Kammer auf, in der Antigone schmachtet. Haimon, sein unglücklicher Sohn, will seinem Vater überschwenglich danken – aber zu früh: denn als das Verlies aufgebrochen wird, findet man Antigone erhängt.

Haimon, als er sieht, daß seine Verlobte tot ist, stürzt sich in sein Schwert. Kreons Frau springt von der höchsten Zinne, als sie sieht, daß ihr Sohn in seinem Blut liegt. – Die Tragödie des Sophokles endet mit dem schuldbewußten Klageruf des Kreon:

So führt mich hinweg, mich törichten Mann,
der willentlich dich, mein Kind, nicht erschlug,
auch dich nicht, mein Weib! Ich weiß ja nicht mehr,
wohin schaun, wohin mich wenden; alles, ach,
gleitet mir aus der Hand; über mein Haupt entlud
sich Unheil mit nicht ertragbarer Wucht.

In der Tragödie des Ödipus fällt uns auf, daß der Seher Teiresias immer wieder eine wichtige Rolle spielt. Ich möchte, gleichsam als das Satyrstück zur Tragödie, von diesem Seher erzählen.

Er hat eine durchaus humorige Geschichte. Warum ist er blind? Dafür gibt es zwei verschiedene Erklärungen. Ich möchte beide Versionen erzählen, weil sie beide hübsch sind und spaßig.

Zunächst die eine Version: Teiresias geriet eines Tages in eine prekäre Lage. Er sah die Göttin Pallas Athene zufällig nackt. Athene ist eine jungfräuliche Göttin, die sich zwar gern mit Männern umgibt, dabei aber immer an ihren Verstand, nie an ihren Sexus appelliert.

Teiresias sah also Athene eines Tages zufällig nackt im Bad, und er war ganz geblendet von ihrer Schönheit. So beging er den Fehler, sich erwischen zu lassen. Das war etwas, das Athene nicht vertragen konnte, daß jemand ihr ansah, daß sie leiblich war. Athene ist aus dem Kopf des Zeus geboren worden, sie ist eine Kopfgeburt. Sie ist allem Leiblichen, allem Sexuellen abhold. Sie will lieber gefürchtet als begehrt werden.

Sie sah in dem Blick des Teiresias die Begierde, und da hat sie ihm blitzschnell ihre Hand auf die Augen gelegt, und das machte, daß Teiresias auf der Stelle blind war. Aber die Mutter des Teiresias war darüber so sehr bekümmert, daß Athene sich ein schlechtes Gewissen daraus gemacht hat.

Athene hatte die Eigenart, daß sie immer eine Schlange vorne in ihrer Brusttasche mit sich herumtrug. Wir werden davon noch erzählen. Diese Schlange konnte so einige Zaubertricks. Athene bat also ihre Lieblingsschlange, sie solle dem Teiresias die Ohren auslecken. Das tat die Schlange. Sie säuberte dem Teiresias die Ohren auf so eigentümliche Art, daß er von nun an die Sprache der Vögel verstehen konnte. Deshalb hat Teiresias auch, wenn er die Zukunft weissagte, immer auf die Vögel gehört. Die Vögel, die ja so hoch über uns Menschen schweben, sie haben einen größeren Weitblick als wir. Sie sehen, was war, sie sehen, was ist, und sie sehen, was kommen wird. Nicht alles, was kommen wird, sehen sie, aber vieles. Wer die Stimmen der Vögel versteht, wer ihr Gezwitscher deuten kann, der versteht es, einigermaßen in die Zukunft zu sehen. – Übrigens: Athene muß wirklich ein sehr schlechtes Gewissen gehabt haben, denn bei derselben Gelegenheit gab sie dem Teiresias auch ein besonders langes Leben. Sieben Generationen soll es gedauert haben, dieses Leben.

Die andere Version der Sage geht so: Teiresias, als er noch ein junger Mann war, spazierte durch den Wald und beobachtete zwei Schlangen, die sich gerade begatteten. Irgendwie kam ihm dieses Schauspiel zwar faszinierend, aber auch ungehörig vor. Er nahm einen Stab und schlug auf die beiden Tiere ein. Aber es waren natürlich heilige Schlangen, und als er das Schlangenweibchen erschlug, wurde er selbst augenblicklich in eine Frau verwandelt.

Von nun an war Teiresias eine Frau. Es schien ihm keinen großen Kummer bereitet zu haben. Schnurstracks begab er sich in die nächste größere Stadt und lebte dort sieben Jahre als eine im Umgang mit Männern sehr erfahrene Hure.

Nach diesen sieben Jahren wollte er – sie – wieder einmal frische Luft schnappen und sich von den verrauchten Kaschemmen erholen, in denen er sich herumtrieb. Er machte Urlaub auf dem Lande und kam auf einem seiner Spaziergänge zufällig an dieselbe Stelle im Wald, und wieder sah er ein Schlangenpaar sich begatten, und wieder ekelte er sich davor. Er wunderte sich darüber, daß diese Kreatur solche Lust verspüren kann. Er nahm wieder einen Stab und schlug auf die beiden ein. Diesmal traf er das Schlangenmännchen. Das Schlangenmännchen war tot, und augenblicklich war Teiresias zurückverwandelt in einen Mann.

Nun gab es eine andere Geschichte, die sich oben im Olymp abspielte. Zwischen Zeus und Hera, seiner Schwester, die gleichzeitig seine Frau war, gab es Streit. Durch die ganze Ilias des Homer hindurch ziehen sich diese Keifereien zwischen Zeus und Hera, und einmal gab es Streit über folgende Frage: Wer hat beim Beischlaf mehr Lust, der Mann oder die Frau?

Hera sagte: »Der Mann hat mehr Lust. Er macht auch mehr Lärm.«

Zeus sagte: »Nein, es hat eindeutig die Frau mehr Lust«, weil als Macho, der er ja ohne Zweifel war, ging er davon aus, daß der Mann der große Lustspender sei, und er sagte zu Hera: »Ihr habt gewiß mehr Lust, wenn wir Männer sie euch geben, als wir Lust haben, wenn ihr Frauen sie uns gebt.«

Und Hera meinte natürlich das Gegenteil.

Ja, wie sollte man das herauskriegen? Wer hat da recht? Das ist ja nicht so einfach, denn letztendlich kann sich ein Mann nicht in eine Frau versetzen und eine Frau nicht in einen Mann. Es war schon klar, es konnte eigentlich nur einen einzigen Richter in dieser Angelegenheit geben, nämlich jemanden, der sowohl ein Mann als auch eine Frau gewesen war. Das war Teiresias.

Also man stieg herab vom Olymp und holte Teiresias herbei, und mit abgekehrtem Gesicht, denn es ist nicht möglich, daß ein Mensch einem Gott ins Gesicht schaut, wurde Teiresias befragt:

»Wer hat größere Lust beim Beischlaf, Mann oder Frau? Du mußt es wissen.«

Die Antwort fiel sehr eindeutig aus, und Teiresias zögerte auch nicht eine Sekunde. Er sagte: »Wenn die ganze Lust zehn ist, so ist die Lust der Frau beim Beischlaf neun, und die Lust des Mannes ist eins.«

Diese Wette hatte Zeus gewonnen.

Hera war darüber so zornig, daß sie den Teiresias blendete, ihm sein Augenlicht nahm. Dies wollte nun Zeus nicht rückgängig machen, er wollte keinen neuen

Streit entfachen. Er gab dafür dem Teiresias, wie es der Göttervater selber nannte, ein inneres Sehen. Er machte, daß er in die Zukunft schauen konnte.

HERAKLES – KINDHEIT UND JUGEND

Von Alkmene und Amphitryon – Von einem recht schäbigen Betrug – Von zwei ungleichen Zwillingen – Vom ersten Totschlag des Helden – Von einer Liebesnacht mit fünfzig Frauen – Vom Glück in der Familie – Vom Wahnsinn – Vom dümmsten König

Es war einmal ein König, dem wurden alle seine Herden gestohlen, und er sandte seine Söhne aus, damit sie die Tiere wieder zurückbringen und die Räuber bestrafen. Aber die Räuber waren sehr mächtig, und sie töteten die Söhne. Dem König blieb nur seine Tochter, und diese Tochter hieß Alkmene.

Der König war voll Trauer und voll unversöhnlichem Zorn. Er war ein cholerischer Mann. Er schnallte sich seine Waffen um und sagte: »So, nun werde ich ausziehen müssen, um meine Söhne zu rächen und um meinen Besitz wieder zurückzuholen.«

Er hatte ein Problem: Was sollte er während seines Feldzugs mit Alkmene, seiner Tochter, tun? Alkmene war eine junge Frau, und sie hätte gut allein leben können. Aber ihr Vater hatte sehr genaue Vorstellungen, was eine Frau zu können oder zu wollen habe. Er bestellte einen Anverwandten namens Amphitryon zu sich und sagte zu ihm: »Amphitryon, du scheinst mir der Richtige. Dir werde ich meine Tochter Alkmene anvertrauen, während ich meine Söhne räche. Du bist unser Anverwandter. Paß auf Alkmene auf. Ich muß mein Eigentum zurückholen.«

Dann zog der König aus.

Amphitryon hatte schon lange ein Auge auf Alkmene geworfen. Und sie paßten auch gut zusammen. Amphitryon war ein kluger, zurückhaltender Mann, der weniger auf die Fäuste als auf seinen Geist setzte. Er liebte lange Spaziergänge und weitschweifige Gespräche, die mit »Was wäre, wenn ...« begannen.

Er sagte zu Alkmene: »Du weißt, daß ich dich liebe. Was wäre, wenn wir beide Mann und Frau würden?«

Alkmene sagte zu ihm: »Die Wahrheit ist, daß auch ich dich liebe, Amphitryon. Und ich habe nichts dagegen, wenn wir beide Mann und Frau werden. Aber ich kann es nicht machen, bevor meine Brüder nicht gerächt sind.«

Die Brüder von Alkmene hatten sich nämlich um ihre jüngste Schwester gesorgt, und ihr Schmerz über den Verlust war groß, und in der ersten Verzweiflung hatte sie einen Schwur getan, daß sie Jungfrau bleiben würde, bis ihre Brüder gerächt seien.

»Wenn ich in deiner Situation gewesen wäre«, sagte Amphitryon, »hätte ich wahrscheinlich einen ähnlichen Schwur geleistet. Aber der erste Zorn sollte sich inzwischen gelegt haben, und nun muß man klug vorgehen.«

Alkmene gab ihm recht.

Amphitryon zog Erkundigungen ein und machte sich auf den Weg zu dem neuen Besitzer des gestohlenen Viehs. Die Räuber hatten es ja längst weiterverkauft.

Er sagte zu dem Besitzer: »Du weißt, das ist gestohlenes Vieh.«

Der Mann ließ sich durch die klare, zweifellose Art von Amphitryon einschüchtern.

»Was schlägst du vor?« fragte er.

»Verkauf mir das Vieh«, sagte Amphitryon. »Ich mache dir einen zwar kleinen, aber einen den Umständen entsprechend doch vorteilhaften Preis.«

Der Mann verkaufte das Vieh.

Amphitryon kam mit den Rindern und Schafen nach Hause, gerade als auch Alkmenes Vater, dieser allerdings unverrichteter Dinge, mit seinen Leuten im Hof einritt. Der König war grau vor Zorn und Gram.

Amphitryon ging zu ihm und sagte: »Hier, das Rindvieh hast du schon mal zurück. Die Söhne werde ich dir auch noch rächen.«

Der König, eifersüchtig, fragte: »Wie hast du die Tiere zurückbekommen?«

Amphitryon sah gar keinen Grund, ihn zu belügen, und antwortete: »Ich habe sie gekauft.«

Der König fing an zu schreien: »Bist du wahnsinnig? Mein Eigentum zurückzukaufen? Das ist doch ein Triumph für die Räuber.«

Amphitryon sah das ganz anders, er sagte zu ihm, und zwar sagte er es ruhig und klar: »Nein, sieh es doch einmal so: Es ist sogar eine Demütigung für die Räuber. Denn warum haben die Räuber gestohlen? Was wäre, wenn sie so reich und mächtig wären wie du? Dann hätten sie dein Vieh nicht zu stehlen brauchen. Sie haben gestohlen, weil sie nicht reich sind, weil sie nicht in der Lage sind, auf anständige Art und Weise Geld zu verdienen. Ich zeige den Räubern dadurch, daß ich das eigene Vieh zurückgekauft habe, wie unendlich reich du bist und wie unendlich überlegen du ihnen bist. Das demütigt sie.«

Der König hat das nicht verstanden. »Du bist ein Schwätzer, Amphitryon!« fuhr er den jungen, besonnenen Mann an. »Willst du mit Was-wäre-wenn durchs Leben kommen?«

»Du bist sehr undankbar«, sagte Amphitryon, und für einen Wimpernschlag flammte doch Zorn in ihm auf. Er warf seinen Stock gegen eine der Kühe, die er für den König zurückgekauft hatte. Der Stock aber prallte am Horn dieser Kuh ab, schnellte zurück und traf den König, und der König war tot.

Alkmene, des toten Mannes Tochter, war Zeugin. Sie hatte gesehen, daß Amphitryon nicht schuld war.

Sie sagte: »Ich will auch weiterhin deine Gattin werden, Amphitryon. Das Unglück meines Vaters soll keinen Schatten auf unsere Liebe werfen. Es hätte genausogut anders geschehen können. Was wäre, wenn er den Stock geworfen hätte. Ich hätte mehr um dich getrauert, als ich nun um ihn trauere. Das ist die Wahrheit. Ich will nach wie vor deine Frau werden. Aber du weißt, ich habe einen Schwur getan. Du mußt zuerst meine Brüder rächen, sonst geht es nicht!«

Amphitryon sah das ein. Er stellte ein kleines Heer zusammen und machte sich auf den Weg. Er wußte nicht, wie er die Räuber bestrafen sollte. Er war ganz und gar nicht einer, der Menschen umbringt, einer, der unbedingt töten will.

Er traf die Räuber und umkreiste sie. Er machte großen Lärm, so daß es klang, als wären sie zu hundert und mehr. So versuchte er seine Feinde einzuschüchtern. Er drängte sie zusammen, und da kam ihm Zeus zu Hilfe. Er ließ eine Wolke vom Himmel herabsinken.

Sie war graubauchig und schwer von Regen. Sie senkte sich auf die Räuber und durchtränkte die Kleider der Räuber und machte die Kleider schwer, als wären ihre Taschen voll Blei gestopft. Und die schweren Kleider machten, daß die Räuber von ihren Pferden gezogen wurden. Am Boden kämpften die Räuber mit ihren Kleidern, wanden sich heraus. Die Wolke durchtränkte nun die Haut der Räuber und ließ die Haut aufquellen. Das dauerte eine Weile, und es dauerte lang, sehr lang.

Es sollte auch lang dauern. Zeus wollte dem Amphitryon helfen, das schon. Aber warum? Wir, die wir Zeus nun schon recht gut kennen, wir ahnen, was er vorhatte: Ihm gefiel Alkmene so gut. Er nutzte die Gelegenheit aus, als die junge Frau allein zu Hause war, und er besuchte Alkmene. Es traf sich gut, daß ihm Alkmene gefiel. Denn diesmal trat Zeus nicht nur als lustvoll zeugend Schaffender an das Bett einer Frau. Er war sozusagen in offizieller Mission unterwegs …

Zeus folgte einer Wahrsagung, einer Weissagung, daß sich die Giganten gegen den Himmel erheben werden und daß die Götter nur zusammen mit einem Sterblichen diese Unwesen werden besiegen können. Zeus hatte sich also umgesehen auf dem Erdkreis, hatte Ausschau gehalten nach einer geeigneten Frau, die klug genug, die schön genug, die stark genug war, um mit ihm einen solchen Sterblichen ins Leben zu rufen. Sein Auge war auf Alkmene gefallen. Mit ihr wollte er den Herakles zeugen.

Zeus schlüpfte zu diesem Zweck in das leibliche Gewand des Amphitryon. Was heißt das? Er kopierte den Amphitryon. Während das Original damit beschäftigt war, die Räuber zu besiegen, erschuf Zeus einen zweiten Amphitryon, den zog er sich über, und als solcher besuchte er Alkmene in der Nacht. Alkmene war nämlich nicht nur klug, schön und stark, sie war auch treu, und niemals hätte sie einen anderen zu sich gelassen als Amphitryon, dem sie ihr Wort gegeben hatte.

Zeus trat also in Alkmenes Gemach und sagte: »Liebe Alkmene, hier bin ich, dein Amphitryon. Ich habe die Feinde geschlagen. Die Mörder deiner Brüder sind gerächt. Ich habe sie eingekreist, habe einen Riesenlärm gemacht, habe sie zerquetscht, diese Feinde«, und er erzählte ausführlich: »Einen nach dem anderen habe ich niedergemacht. Es fiel eine Wolke vom Himmel, sie kam mir zu Hilfe. Irgendein Gott muß sie mir geschickt haben. Sicher ein wunderbarer Gott. Ich kann mir nicht vorstellen, daß es ein anderer gewesen ist als der berühmte, überall hoch verehrte, der schöne, gute und weise Zeus ...«

Alkmene unterbrach ihn zärtlich: »Erzähl nicht so viel, Amphitryon«, sagte sie, »ich glaube dir ja. Laß doch Zeus aus dem Spiel. Ich finde es wunderbar, daß meine Brüder gerächt sind, und ich finde dich wunderbar. Ich habe dich erwartet.«

Sie schlief mit Zeus im Glauben, es sei Amphitryon.

Zeus hatte vorher Befehl an Helios, den Gott der Sonne, und an Selene, die Göttin des Mondes, gegeben, hatte gesagt: »Paßt auf: Sonne, du bekommst einen Tag Urlaub. Mond, du mußt dafür leider doppelt so lang arbeiten!«

Er hat auch Hypnos, den Schlaf, hinzugeholt und hat gesagt: »Du, Schlaf, streng dich an. Ich will eine Nacht von sechsunddreißig Stunden haben. Sechsunddreißig Stunden soll die Welt schlafen. So eine lange Liebesnacht brauche ich, um einen Helden wie Herakles zu zeugen. Ist das klar?«

Sonne, Mond und Schlaf taten, wie befohlen, und die Liebesnacht zwischen Zeus und Alkmene dauerte sechsunddreißig Stunden. Zeus war ein großer Liebhaber, das kann sich jeder vorstellen! Nach sechsunddreißig Stunden war Alkmene erschöpft, glücklich und erschöpft. Zeus zog sich zurück, und Alkmene sank auf ihr Lager, um zu schlafen.

Aber sie bekam nicht viel Schlaf. Denn da klopfte es an der Tür, und draußen stand Amphitryon. Diesmal war es der echte Amphitryon.

Alkmene sagte: »Amphitryon, was willst du schon wieder?«

Er war überrascht, daß sie so wenig überrascht war, und er sagte: »Du fragst, was ich will? Ich habe deine Feinde besiegt. Ich habe deine Brüder gerächt. Ich habe die Mörder deiner Brüder eingekreist, ich bin um sie herum getanzt, ich habe geschrien, ich habe getan, als wären wir viele, und dann kam eine Wolke ...«

Und während er erzählte, umfing er Alkmene, und sie glitten aufs Bett und schliefen miteinander, und Amphitryon konnte vor lauter Glück gar nicht aufhören zu reden, und er redete und redete, was sonst gar nicht seine Art war.

Schließlich unterbrach ihn Alkmene: »Aber Amphitryon«, sagte sie und lächelte dabei, »willst du mir jetzt jeden Abend dieselbe Geschichte erzählen? Ich glaube dir doch. Du bist ein großer Held, und das nicht nur auf dem Schlachtfeld. Aber laß mich nun endlich schlafen. Ich muß mich erholen von unserer wunderbaren Nacht und auch von dem wunderbaren Nachspiel ...«

Und Amphitryon sagte: »Was redest du da, Alkmene? Was für eine wunderbare Nacht denn? Die Nacht hat doch noch gar nicht richtig begonnen.«

Und sie sagte zu ihm: »Aber du warst doch letzte Nacht schon bei mir.«

Da wurde Amphitryon sehr blaß, und er sagte: »Was redest du, Alkmene? Wer war letzte Nacht hier?«

»Du warst hier!« sagte Alkmene.

Amphitryon sah, daß ihn Alkmene nicht belog. Da wußte er, das war nicht mit rechten Dingen zugegangen. Und er ließ es sich am nächsten Tag von dem großen Hellseher Teiresias bescheinigen.

Teiresias sagte zu ihm: »Amphitryon! Vorsicht! Halt dich zurück! Hier war ein Größerer am Werk. Es war Zeus persönlich.«

Es heißt, daß Amphitryon von diesem Tag an nicht mehr mit Alkmene geschlafen habe, er habe sie nicht mehr angerührt.

Zeus hatte bei diesem Seitensprung gute Argumente. Er sagte vor der Götterversammlung und meinte damit hauptsächlich seine Frau Hera: »Es war notwendig. Es war notwendig, denn ich habe einen Helden gezeugt.«

»Einen Helden, so«, keifte Hera. »Und wie heißt dieser Held?«

»Ich habe ihn vor allem dir zu Ehren gezeugt«, sagte Zeus. Es war dies wohl das abstruseste Trostgeschenk, das ein Mann seiner betrogenen Ehefrau je dargebracht hat.

»Ja«, beharrte Zeus bockig, der sah, wie Hermes seine Backen einsog, um nicht herauszulachen, »ja, ich habe diesen Helden dir zu Ehren gezeugt, Hera. Und darum wird er Herakles heißen, was soviel bedeutet wie Heras Ruhm.«

Aber Hera ließ sich nicht trösten. Sie hatte endgültig genug von Zeus' Seitensprüngen. Sie zwang ihn, beim Styx zu schwören, daß es das letzte Mal war, daß er mit einer Sterblichen ins Bett stieg.

Hera haßte Herakles. Sie haßte ihn, als er noch im Mutterleib war. Von Anfang an haßte sie ihn.

Als Alkmenes Zeit kam, glaubte Hera, nun sei auch die Zeit ihrer Rache gekommen, und sie wollte Alkmene mitsamt ihrer Leibesfrucht vernichten. Sie wandte sich an die Göttin der Geburt, an Eileithyia. In ihren Händen liegt es, ob eine Geburt gut vonstatten geht oder ob sie kompliziert wird.

Hera sagte zu Eileithyia: »Setz du dich vor Alkmenes Kammer. Verknote die Arme, verknote die Beine! Solange du so verknotest bist, wird sie ihr Kind nicht zur Welt bringen können.«

Das tat Eileithyia. Sie saß vor der Kammer, die Finger hatte sie gekreuzt, die Arme hatte sie gekreuzt, und die Beine hatte sie gekreuzt. Drinnen in der Kammer schrie Alkmene und plagte sich. Sieben Tage lang dauerten die Wehen. Ihre Leibesfrucht wollte nicht zur Welt kommen, konnte nicht zur Welt kommen. Alkmene wäre daran gestorben, wenn nicht... Unvorstellbar! Was wäre, wenn Alkmene gestorben wäre? Alkmene wäre gestorben, Herakles wäre schon als Baby gestorben, und die Giganten hätten den Himmel erobert. Wir hätten die ganze griechische Mythologie nicht, und unsere Welt würde beherrscht von diesen Giganten, die so aussehen wie Saurier!

Aber da gab es eine Magd, eine schlaue Magd, Retterin der Welt! Alkmenes Magd! Sie hieß Galanthis, ihr Name sei gepriesen. Die dachte sich eine List aus. Sie sah die Göttin der Geburt vor Alkmenes Kammer sitzen, und sie wußte, daß Eileithyia die Geburt verhindern wollte. Plötzlich sprang die Magd aus der Stube und rief: »Wunderbar! Das Kind ist da! Ein Knabe, ein Knabe!«

Eileithyia: »Was?« Sie sprang auf, um nachzusehen, und damit löste sie ihre Finger, ihre Arme und ihre Beine. Alkmene war befreit.

Und sie brachte Zwillinge zur Welt. Zwei Buben. Herakles wurde der eine genannt, Iphikles der andere. Nein, richtig müßte es heißen: Sie wurden beide Herakles und Iphikles genannt. Wer der eine und wer der andere war, das konnten die Eltern nicht auseinanderhalten. Nicht unpikant das Ganze. Die Zwillinge hatten schließlich zwei Väter – einer von den beiden war immerhin der Sohn des Zeus. Aber welcher?

Die einen behaupten, Hera habe die Schlangen geschickt. Andere sagen, Amphitryon sei es gewesen. Wie auch immer – als die Kinder gerade ein halbes Jahr alt waren, krochen zwei Schlangen zu ihnen ins Bettchen. Iphikles wachte als erster auf und schrie. Als die Eltern hereinstürzten, sahen sie ihre beiden Söhnchen im Bett sitzen, der eine schrie wie am Spieß, der andere hielt zwei nur noch wenig zuckende Schlangen in seinen Fäustchen. Da war dann klar, wer Iphikles, des Amphitryon Sohn, und wer Herakles, des Zeus' Sohn, war. Als halbjähriges Kind hatte Herakles bereits zwei Schlangen erwürgt. Das war seine erste Heldentat auf Erden.

Herakles ist der berühmteste und in seiner Präsenz ausgreifendste Held der gesamten griechischen Sagenwelt.

Wenn man dem Herakles folgt, dann streift man fast alle Sagen irgendwann und irgendwo. In jedem Sagenkreis ist Herakles beheimatet. Es ist, als ob dieser Held einen Faden hinter sich hergezogen hätte, der sich in den Teppich der gesamten griechischen Mythologie einwirkte. Von keiner größeren Schlägerei wird berichtet, in die dieser Herakles nicht verwickelt gewesen war.

Ein Held definiert sich durch seine Tat, nur durch seine Tat. Was einer tut, das ist er. Sobald einer nicht handelt, ist er nicht mehr. Damit ist der Rahmen abgesteckt, innerhalb dessen Heroen vom Zuschnitt eines Herakles ihren Charakter, besser: ihren Typus entfalten können.

Nicht der Name macht den Helden, sondern seine Taten. Entscheidend sind immer die Taten. Das führte dazu, daß in manchen Gegenden auf die Namen der eigenen Helden verzichtet wurde, ihre Taten aber, um sie aufzuwerten, dem Herakles angehängt wurden. Dann hieß es: Herakles war hier! Auch bei uns war Herakles! Beweis: Dieses und jenes hat er hier vollbracht. Die Tat des Herakles veredelte den Boden, auf dem er sie begangen hat. So wurde eine ungeheure Menge von Heldentaten auf die – gewiß breiten – Schultern dieses Helden geladen. Die Muskeln schwollen, notgedrungen.

Von einem poetischen, ästhetischen Gesichtspunkt aus betrachtet besteht allerdings die Gefahr, daß ein solchermaßen Überladener nicht mehr in der Lage ist, einen eigenen Charakter zu entwickeln. Einer, der alles kann und alles macht und alles erlebt, der ist eigentlich nicht. Das ist für uns, die wir weder alles können noch alles erleben, in seiner Dialektik des Mangels tröstlich.

Der Mythograph jedoch, der sich anschickt, das Leben eines Herakles nachzuerzählen, scheitert entweder, oder aber er greift zur Schaufel – zur ganz großen Schaufel – und trägt damit den Haufen der Heldentaten ab. Nicht daß er nach dieser Arbeit den »echten«, den »originalen« Herakles vor sich hätte – wie wäre der beschaffen? –, er hätte einfach für etwas Übersicht gesorgt.

Rümpfen wir also einmal mehr die Nase über die solide, objektive wissenschaftliche Mythenforschung und machen wir uns mit subjektiver, ganz und gar unwissenschaftlicher Willkür ans Werk!

Herakles bekam eine sorgfältige Ausbildung. Er wurde im Bogenschießen unterrichtet, im Singen, im Ringen, im Schwimmen unterwiesen, und natürlich im Fechten. Als Musiklehrer war ihm übrigens der Bruder des Orpheus zugeteilt.

Herakles muß ein sehr schlechter Sänger gewesen sein und ein ebenso schlechter Lyraspieler. Das lag ihm nicht. Dazu war er zu grobschlächtig. Seine Finger waren zum Umschließen einer Keule gemacht und nicht zum Streichen über Saiten. So ist der erste Totschlag, den Herakles beging, nicht verwunderlich: Er tötete seinen Musiklehrer, weil dieser von ihm schöne Lieder verlangt hatte. Er schlug ihm die Lyra über den Kopf. Herakles wurde freigesprochen. Ein Notwehrparagraph kam zur Anwendung.

Übrigens habe ich, während ich mich mit Herakles beschäftigte, zufällig im Fernsehen einen Rambo-Film gesehen, und der Gedanke drängte sich mir auf, daß Rambo zweifellos eine Herakles-Figur ist. In einem allerdings unterscheidet er sich: Die Taten von Rambo – und er ist ein Massenmörder, am Ende dieses Spielfilms hat er so viele Leute umgebracht, wie eine deutsche Kleinstadt füllen würden –, seine Taten sind moralisch motiviert, wie hanebüchen auch immer.

Herakles dagegen braucht für nichts, was er tut, eine moralische Rechtfertigung. Er ist, was er ist, und tut, was er tut. Er richtet sich nicht nach Gesetzen, er schafft Gesetze. Er stellt die Ordnung nicht wieder her, wie das Rambo zu tun vorgibt.

Eines Tages kam Herakles auf seinem Spaziergang durch die Welt in eine Gegend, die von einem furchtbar gefährlichen Löwen bedroht war. Herakles wußte davon nichts, und er begegnete diesem Löwen an einem Waldstück. Herakles, der sich seiner Stärke bewußt war, setzte sich gemächlich ins Gras und verzehrte sein Mitgebrachtes. Den Löwen behielt er im Augenwinkel. Er wollte das Tier nicht töten, dachte, wenn ich mich ruhig verhalte, wird auch er sich ruhig verhalten. Aber dieser Löwe war ein Killer, ein Menschenkiller. Ohne Vorwarnung setzte er zum Sprung an. Herakles, sein Wurstbrot halb im Mund, griff mit der rechten Hand zum Schwert, und da verhedderte er sich mit seinem Ärmel im Gürtel. So blieb ihm nichts anderes übrig, als mit eingeklemmter rechter Hand mit dem Löwen zu raufen, und er erwürgte ihn mit der unbewaffneten Linken.

Das hatte ein Jäger gesehen, und der meldete es seinem König. Der König dankte Herakles dafür, indem er ihm seine fünfzig Töchter anbot.

»Wie meinst du das?« fragte Herakles.

»Ich meine es, wie ich es sage. Du kannst sie zur Frau haben.«

Es ist nicht gesichert, ob der König sich vielleicht nur ungeschickt ausgedrückt hat, ob er eigentlich meinte: Such dir eine von meinen fünfzig Töchtern aus. Herakles jedenfalls nahm das Angebot wörtlich.

Die barmherzigeren Mythographen sagen, er habe diese fünfzig Töchter in fünfzig aufeinanderfolgenden Nächten genossen. Pindar dagegen behauptet, er habe sie alle miteinander in einer Nacht genossen. Wie auch immer, die fünfzig Frauen brachten dem Herakles fünfzig Söhne zur Welt. Sie bildeten den Grundstock der sogenannten Herakliden.

Es gibt dunkle, durchaus unheroische Flecken im Leben des Herakles. Hera haßte ihn, wie wir wissen. Ihr Haß wurde nicht weniger, im Gegenteil. Sie trieb Herakles systematisch in den Wahnsinn. Immer wieder verfiel dieser Held in geistige Umnachtung. Vielleicht liegt der wahre Grund darin, daß sein Geist all diese schrecklichen Heldentaten nicht aushielt. Nehmen wir es zu seinen Gunsten an. Von seinem ersten Wahnsinnsanfall möchte ich erzählen:

Herakles befreite die Stadt Theben von Steuern, indem er den Steuereintreibern auflauerte und ihnen die Nasen und die Ohren abschnitt. Der König von Theben dankte ihm in der gewohnten Form: Er gab ihm seine Tochter Megara zur Frau.

Diese Megara hätte alles zur Verfügung gehabt, diesen wilden, stürmischen Herakles zu zähmen und aus ihm einen angenehmen und zivilisierten Menschen zu machen. Herakles liebte Megara. Und sie liebte ihn. Drei Buben schenkte sie ihm. Er brachte ihnen bei, was er wußte. Es war nicht viel Brauchbares darunter. Er kümmerte sich um die drei und räumte sie aus dem Weg, wenn Megara mit der Hausarbeit beschäftigt war.

Er erzählte seinen Söhnen Geschichten. »Das alles hat euer Vater früher erlebt«, sagte er.

»Ehrlich?« fragten sie.

»Ehrlich!« sagte er.

So lebte Herakles etliche Jahre in Frieden und in Ruhe, ohne diese Umtriebigkeit, die ihn sonst immer befiel. Er hatte keine Heldentaten nötig. Er war ja glücklich.

Hera blickte von oben herunter, und sie mißgönnte ihrem Feind natürlich dieses Glück. Sie schickte den Wahnsinn. Der schoß herab wie ein Falke.

Herakles, mitten an einem strahlenden Nachmittag, bekam einen Wahnsinnsanfall. Er blickte seine drei Buben an, und er blickte seine Frau Megara an. Plötzlich verwandelten sich die Gesichter der Buben in Hyänenfratzen und das Gesicht seiner Frau in eine Löwenfratze. Herakles glaubte, daß diese Hyänen und diese Löwin seine Frau und Kinder bedrohten, und er stürzte sich auf sie und erwürgte die Hyänen und erschlug die Löwin.

Als die Tat vollbracht war, sah er, was er angerichtet hatte, und er war von unsäglichem Schmerz geplagt. Er lief hinaus in die Welt und wollte nicht mehr weiterleben. Er verfluchte sein Leben, er verfluchte seine Stärke.

Er stellte sich mitten auf ein Feld, hob den Kopf und schrie zu den Göttern empor: »Wer von euch war das? Komm herunter und stelle dich dem offenen Kampf! Schlage mich, aber gib mir meine Familie wieder!«

Nun wurde es Zeus zu bunt: Er wollte nicht mehr weiter zusehen, wie Hera, seine Frau, seinen wunderbaren

Helden Herakles plagte. Er sprach ein Machtwort: »Ich verbiete dir, dich weiterhin um die Angelegenheiten dieses Mannes zu kümmern!«

Hera zuckte mit der Schulter.

Aber was tat Herakles? Er suchte das Orakel in Delphi auf und fragte: »Was kann ich tun, um von dieser entsetzlichen Schuld gereinigt zu werden?«

Das Orakel gab ihm ungewöhnlich deutlich Auskunft, es sagte: »Mach dich auf den Weg, Herakles, und suche den feigsten, den dümmsten, den kleinkariertesten, den geizigsten, den niedrigsten König der ganzen Welt. Dieser König heißt Eurystheus. Zu ihm gehst du, ihm bietest du dich als seinen Diener an. Tust du ohne Widerrede, was er will, dann wirst du von deiner Schuld gereinigt. Diese Demütigung mußt du, der größte, strahlendste Held der Welt, auf dich nehmen.«

Herakles zögerte keinen Augenblick. Er war bereit, seine Ehre hinzuwerfen, wenn er nur reingewaschen würde von dieser grausigen Tat.

Er fand diesen Eurystheus, und er sah: Das Orakel hatte recht, dieser Eurystheus war tatsächlich das Spießigste, Dümmste, Feigste und Geschwätzigste von Mensch.

Herakles kniete sich vor ihm nieder, beugte das Haupt und sagte: »Ich bin zu dir geschickt worden. Ich soll dir dienen. Sag, was ich tun soll.«

Eurystheus wich zurück vor diesem Koloß von Mann, dessen Muskeln wie Fußbälle waren. Er meinte zuerst, er werde zum Narren gehalten, sah dann aber, daß es Herakles ernst war.

Eurystheus dachte lange nach, dann sagte er: »Du sollst mir zwölf Arbeiten erledigen. Ist das recht?«

»Alles ist mir recht«, sagte Herakles.

»Alles?«

»Alles!«

Wir werden sehen, wie Eurystheus dieses »alles« interpretierte.

HERAKLES – DIE ZWÖLF ARBEITEN

Der Neméische Löwe – Die Lernäische Hydra – Die Keryneische Hindin – Der Erymanthische Eber – Der Stall des Augias – Die Stymphalischen Vögel – Der Kretische Stier – Die Pferde des Diomedes – Der Gürtel der Amazone – Das Vieh des Geryon – Die Äpfel der Hesperiden – In der Unterwelt

Es war das Schicksal des Königs Eurystheus, der Herr des Herakles zu sein. Nichts Eigenes wird von ihm erzählt, sein Leben ist auf diesen Helden ausgerichtet. Er weiß, Herakles ist unvergleichlich größer und stärker als er. Und es gefällt ihm, daß er den Chef dieses Helden spielen darf – zumindest am Anfang gefiel es ihm.

Es gefiel ihm, sich Arbeiten auszudenken, von denen er sicher war, Herakles würde sie nicht bewältigen können. Was mache ich mit ihm, wenn er versagt? So fragte er sich händereibend. Wie werde ich ihn doch bloßstellen! Zwölf Arbeiten dachte sich Eurystheus für Herakles aus, jede für sich eine Unmöglichkeit ...

Zunächst schickte er ihn aus, er solle den Neméischen Löwen töten. Eurystheus war davon überzeugt, daß es keinem Sterblichen, Zeussohn hin, Zeussohn her, gelingen könnte, dieses Untier zu töten. Der Löwe galt als unbesiegbar. Kein Pfeil, keine Lanze, kein Speer, kein Schwert, kein Dolch konnten sein Fell durchbohren.

Seit er sich beim Ziehen des Schwertes mit der rechten Hand im Gürtel verheddert hatte, trug Herakles keine Waffe außer einer Keule bei sich. Sie hatte er sich aus einem Olivenbaum geschnitten. Also zog er frisch drauflos, und bald schon fand er die Höhle des Nemëischen Löwen. Um dessen Verhalten zu testen, warf er Steine nach ihm, so doppelfaustgroße, traf damit den Rücken des Löwen. Der schien das gar nicht zu bemerken. Dann kletterte Herakles auf einen Baum direkt über der Höhle. Von dort ließ er einen wäschekorbgroßen Felsbrocken auf den Schädel des Löwen fallen. Der Löwe schüttelte die Mähne, das war aber auch alles.

Da wurde es dem Herakles zu bunt, er sprang vom Baum auf den Rücken des Löwen, er ritt auf ihm wie ein Cowboy beim Rodeo. Und während er mit seinen mächtigen Schenkeln die Flanken des Tieres zusammenpreßte, hämmerte er mit seiner Keule so lang auf den Kopf des Löwen ein, bis dem doch schummrig wurde und er torkelte. Und Herakles hämmerte und hämmerte, hämmerte eine Stunde lang und hämmerte den Nemëischen Löwen flach, hämmerte ihn bodengleich, hämmerte weiter, als das Tier schon tot war, hämmerte, bis das Fell gegerbt war. Er brauchte nichts weiter zu tun, als den fertigen Fellteppich vom Boden aufzuheben. Dieses Fell zog er sich über, mit diesem Fell trat er vor König Eurystheus. Fell und Keule waren von nun an die Markenzeichen des Herakles, seine Corporate Identity.

Eurystheus sah den schweißglänzenden Helden mit dem übergehängten Fell die Halle seines Palastes betreten, und da packte ihn solche Angst, daß er in einen Krug sprang.

Aus diesem Krug heraus rief er Herakles entgegen: »Herakles, komm nicht näher, rede mit mir durch die Öffnung des Kruges.«

Herakles sagte: »Ich habe diese Arbeit für dich erledigt. Du brauchst keine Angst vor mir zu haben, ich bin ja gekommen, um dir zu dienen.«

»Aber du siehst so gräßlich aus«, sagte Eurystheus.

»Ich weiß«, sagte Herakles, der sein Selbstbewußtsein noch lange nicht wiedererlangt hatte. »Ich *bin* gräßlich. Darum muß ich dir ja dienen.«

»Könnte es dir einfallen in deiner Gräßlichkeit, daß du mir etwas antust?« fragte Eurystheus.

»Das kann schon sein«, sagte Herakles. »Wenn der Wahnsinn auf mich niederschießt wie ein Falke ...«

Da haderte Eurystheus mit seinem eigenen Schicksal: »Warum haben die Götter ausgerechnet mich, den feigsten, den dümmsten, den schäbigsten, den niedrigsten, den kleinkariertesten König, ausgesucht?«

Herakles sagte: »Halt keine Reden, sag mir die nächste Arbeit. Was soll ich tun?«

Eurystheus sagte: »Die Lernäische Hydra, die sollst du mir töten!«

Er hatte sich nämlich vorher mit anderen Feigen, Niederträchtigen, Kleinkarierten, Schäbigen beraten. Und sie waren alle einig gewesen, diese Arbeit kann er nicht schaffen, kann er nicht, kann er nicht.

Die Lernäische Hydra hatte hundert Köpfe, und diese Köpfe wuchsen nach. Wenn man einen abschlug, dann wuchs er doppelt nach. Also günstig für das Ungeheuer, wenn es verletzt wird! Einer dieser Köpfe war obendrein unsterblich. An dem konnte man herumhauen, wie man wollte.

Ach, es war ein unfaires Spiel gegen Herakles! Denn der Feige, Schäbige, Niederträchtige bekam zudem Hilfe von oben. Hera schickte eine Riesenkrabbe. Sie sollte die

Lernäische Hydra im Kampf gegen Herakles unterstützen.

Herakles wurde gewarnt. Zeus gab Hermes Befehl, er solle dem Helden Informationen zukommen lassen. Hermes verkleidete sich als Kellner in einer Schenke.

»Es gibt Dinge, die kann ein Mann nicht allein machen«, steckte er ihm.

»Ein richtiger Mann kann alles allein machen«, sagte Herakles.

»So reden die Dummen«, zischte Hermes aus den Mundwinkeln.

Herakles wollte schon auf ihn losgehen, da hob der Gott sein Hosenbein und zeigte ihm die zierlichen Flügelchen über dem Knöchel. Nun verstand Herakles.

Er holte seinen Neffen Iolaos zu Hilfe. Iolaos war der Sohn seines Zwillingsbruders Iphikles. Er war ein geradliniger Charakter, wortkarg, griffsicher und ohne Schnörkel. Allerdings auch ganz ohne Humor. Für Ironie hatte er absolut keinen Sinn. Er nahm alles wörtlich. Aber auch Herakles hatte einen Hang zur Wörtlichkeit, und so paßten die beiden gut zusammen.

Iolaos wird von nun an der Freund und der Begleiter des Herakles. Viele der legendären Heroen hatten so einen Freund an ihrer Seite. Theseus den Peirithoos, Odysseus den Diomedes, jedenfalls während des Krieges in Troja, Aeneas den Achates. Und blicken wir zurück in die Urzeit der Literatur, so finden wir an der Seite des Gilgamesch den Enkidu.

Diese Freunde haben meist nur die Funktion, Spiegel zu sein. Sie spiegeln die unbeschreibliche, unfaßbare Heldenhaftigkeit ihres Herrn – denn eigentlich sind sie mehr Waffenträger denn Freund – und mildern damit den Glanz des Wunderbaren, so daß wir ihn mit unseren Augen ertragen. Diese Heldenfreunde sind Vermittler zwischen dem Halbgott und uns Menschen. Und weil sie meistens nüchterne, glaubwürdige Sancho Pansas sind, gelten sie auch als vertrauenswürdige Quelle.

Freund und Mitkämpfer des Herakles war von nun an also sein Neffe Iolaos. Mit ihm gemeinsam kämpfte er gegen die Lernäische Hydra und gegen die Riesenkrabbe. Sie teilten sich die Aufgaben. Während Herakles der Hydra einen Kopf nach dem anderen abschlug, brannte Iolaos die Wunden aus, so daß keine neuen Köpfe nachwachsen konnten. Gleichzeitig trampelten sie im Takt auf der Riesenkrabbe herum, bis deren Panzer zusammenkrachte.

Aus dieser verblutenden Hydra und dem Schleimsaft der zusammengekrachten Riesenkrabbe mischte Herakles nach einem eigenen Rezept sein Pfeilgift. Der Kentaur Chiron bekam es zum Beispiel zu spüren.

Herakles hatte es also wieder geschafft. Schon deutlich breitbeiniger stellte er sich vor den Krug, in dem Eurystheus steckte, warf die Reste der Hydra auf den Boden und sagte: »Ich habe auch diese Arbeit erledigt. Weiter!«

Eurystheus keifte aus seinem Krug heraus: »Ich habe Späher ausgesandt, die haben mir berichtet, du hast nicht allein gekämpft. Deshalb kann ich diese Arbeit nicht gelten lassen.«

Da sagte Herakles: »Gut, dann bringe ich dir den unsterblichen Kopf der Hydra. Ich habe ihn drei Meter tief neben der Straße begraben. Kein Problem, ich grabe ihn wieder aus. Ist gleich geschehen. Den bringe ich dir. Das mache ich ganz allein, und den stecke ich dir dann in den Krug hinein.«

Eurystheus schrie: »Gut, gut, gut, ich laß diese Arbeit gelten!«

Nun folgen ein ganze Reihe von Arbeiten: Herakles mußte eine weiße Hirschkuh der Artemis, die Keryneische Hindin, an der Leine in den Palast des Eurystheus bringen. Eigentlich wollte der Feige, daß Herakles das Tier erlege. Aber Herakles sagte, er werde sich nicht gegen die Göttin der Jagd versündigen. Und so einigte man sich auf diesen Kompromiß.

Weiter schickte ihn Eurystheus gegen den Erymanthischen Eber, der das unübertroffene Stinktier aller Zeiten war und ungeheure Massen von allen möglichen weichen Dingen in sich hinein schlingen konnte, dessen Kot die ganzen Felder verpestete und verätzte. Herakles tötete ihn und wollte ihn nur so zum Spaß zu Eurystheus in den Krug stopfen, wovon ihn Iolaos gerade noch abhalten konnte.

Da wurde es dem Eurystheus zuviel, er hielt diese Angst nicht mehr aus. Er gab dem Herakles Urlaub.

Er sagte: »Die weiteren Arbeiten muß ich mir erst ausdenken. Komm in ein paar Jahren wieder, dann werde ich dir die weiteren Aufgaben geben. Dann sollst du gereinigt werden von deiner Schuld.«

Eine der zwölf Arbeiten des Herakles ist in den europäischen Märchenschatz eingegangen. Jedes Kind kennt sie: die Reinigung des Augiasstalles.

Eurystheus dachte sich: »So. Stark ist er. Es hat keinen Sinn, ihn noch gegen andere Ungeheuer zu schikken, er wird sie alle besiegen. Ich muß mir irgend etwas anderes ausdenken. Vielleicht ist seine schwache

Stelle der Ekel, vielleicht ekelt er sich vor irgend etwas.«

Nicht schlecht gedacht. Wir erinnern uns an jenes Märchen der Brüder Grimm »Von einem, der auszog, das Fürchten zu lernen«. Wir wissen, dieser Mann *wollte* sich fürchten, er *wollte* Angst haben, er *wollte* zurückweichen. Keine Gefahr dieser Welt machte, daß sich dieser Mann fürchtete. Erst als ihm Mägde lebendige Fische ins Bett warfen, als diese glitschigen Fische an seinem Körper zappelten, da fürchtete er sich, denn – er ekelte sich. Dieser Ekel, der zur Angst wird, den wollte Eurystheus bei Herakles mobilisieren. Nicht schlecht gedacht.

Es gab da einen besonders schmutzigen König in der Gegend, der einen Riesenstall besaß, entsprechend viele Tiere hatte und zu faul war, diesen Stall auszumisten. Dieser König hieß Augias. Der Stall war unbrauchbar, zugeschissen. Abbrennen, sagten alle.

Eurystheus sagte zu Herakles: »Wenn es dir gelingt, diesen Stall, der so entsetzlich stinkt, daß keine Kuh sich näher als hundert Meter heranwagt, in einem einzigen Tag zu säubern, dann erkenne ich auch diese fünfte Arbeit als erledigt an.«

Hier konnte Herakles mit seinen Fäusten, seinem Willen und seiner Stärke nicht besonders viel anfangen. Er mußte seinen Verstand einsetzen. Aber er hatte Verstand geerbt, von seiner Mutter Alkmene.

In der Nähe des Stalles war ein Fluß, und diesen Fluß leitete Herakles um. Er öffnete alle Tore und alle Fenster des Stalles und ließ den Fluß einen dreiviertel Tag lang mit der vollen Strömung durch den Stall fließen. Der Fluß schwemmte den ganzen Dreck hinaus. Am späten Nachmittag leitete Herakles den Fluß wieder in sein altes Bett und schloß die Fenster und Tore des Stalles. Der Stall war so sauber wie noch nie.

Er baute sich vor Eurystheus auf und sagte: »Es ist Abend, ich habe den Stall des Augias gesäubert. Er jedenfalls ist zufrieden. Nicht einmal die Hände habe ich mir dabei schmutzig gemacht.«

Eurystheus zeigte sich zum ersten Mal beeindruckt.

Er gab ihm weitere Arbeiten auf, wir sind bei der sechsten Arbeit, das sind die Stymphalischen Vögel mit ihren Bronzeschnäbeln und ihren Bronzeklauen. Sie schoß Herakles mit den vergifteten Pfeilen vom Himmel.

Eine weitere Aufgabe hieß, er solle den Kretischen Stier holen. Auch diese Arbeit machte Herakles keine Mühe. Er trug den Stier auf seinen Schultern vor Eurystheus und brachte ihn anschließend wieder zurück in sein Labyrinth.

Dann sollte er die Pferde des Diomedes bändigen, diese grauenhaften, halbkirchturmhohen Pferde, die sich nur von Menschenfleisch ernährten. Auch diese Pferde bezwang Herakles.

Eurystheus wußte sich keinen Rat mehr. »Vielleicht«, dachte er sich, »ist sein schwacher Punkt das andere Geschlecht. Vielleicht hat er Angst vor Frauen!«

Eurystheus hatte ein recht hübsches Töchterchen, ein Töchterchen mit einer nicht üblen Larve.

Dieses Töchterchen sagte: »Ich wünsche mir den Gürtel der Amazonenkönigin, der würde doch gut zu mir passen. Es heißt, sie hat so einen wunderbaren Gürtel, den will ich haben.«

»Hast du verstanden?« sagte Eurystheus zu Herakles.

»Ja«, sagte Herakles und suchte die Amazonen.

Dieser sagenhafte Frauenstamm war matriarchalisch organisiert. Den Knaben wurden gleich nach der Geburt die Arme und die Beine gebrochen, damit sie nur noch für die Musik und die leichte Hausarbeit zu gebrauchen waren und nicht in den Krieg ziehen könnten. Denn den besorgten die Frauen. Die Frauen trugen einen kurzen bronzenen Bogen und bronzene Schilde, eine ihrer Brüste schnitten sie sich ab, denn sie war ihnen beim Bogenschießen im Weg. Solche Geschichten wurden über die Amazonen erzählt.

Wenn von ihnen erzählt wurde, dann fuhr den rasendsten Helden das Zittern in die Knie. Alle fürchteten sich davor, eines Tages mit einer solchen Amazone in Berührung zu kommen.

Herakles hatte sich mit einer kleinen Kampftruppe auf den Weg gemacht, und sie fanden die Amazonen, und sie ließen sich freiwillig festnehmen und vor die Königin führen.

Die Königin der Amazonen war sehr angetan von Herakles, von seinem Äußeren jedenfalls, etwas anderes interessierte sie nicht allzusehr bei Männern. Von seiner Stärke war sie beeindruckt, von seiner männlich herben Schönheit.

Sie fragte: »Was willst du hier?«

Herakles, der von Lügereien nie etwas gehalten hatte, sagte ihr offen die Wahrheit: »Ein feiger, dummer, häßlicher, niederträchtiger König hat seiner arroganten, hochnäsigen, blöden Tochter versprochen, daß sie deinen Gürtel bekommen soll. Ich bin im Dienst dieses Königs, weil ich verflucht bin, weil ich im Wahnsinn meine Frau und meine Kinder getötet habe. Ich bin gekommen, um dir diesen Gürtel wegzunehmen.«

Zu seiner größten Überraschung sagte die Amazonenkönigin: »Ich gebe dir diesen Gürtel. Du brauchst nicht darum zu kämpfen.«

»Was willst du dafür?« fragte Herakles.

Die Amazonenkönigin sagte: »Ich will dich. Für eine Nacht will ich dich haben. Du gefällst mir, ich möchte von dir Kinder, Töchter.«

Herakles war selbstverständlich dazu bereit. Es war ihm eine Ehre, mit der Amazonenkönigin zu schlafen.

Er folgte ihr in ihr Zelt. Draußen warteten die anderen Amazonen, und plötzlich verbreitete sich ein Gerücht – dafür hatte Hera gesorgt! Sie hatte also dem Verbot des Zeus getrotzt. Sie mischte sich wieder ein! Das Gerücht besagte, daß Herakles die Amazonenkönigin töten wolle.

Das Gerücht schwoll an, und die Amazonen gerieten in Aufruhr. Sie rissen das Zelt auf, sahen, daß Herakles bereits auf ihrer Königin lag, sie stürzten sich auf ihn. Herakles umschlang die Königin, nahm sie als Geisel, und als die Amazonen weiter auf ihn einschlugen, schnitt er der Königin, die ihm sehr gut gefiel, die ihm nichts getan hatte – sie liebte ihn zwar nicht, das wäre übertrieben, aber sie hätte gerne Töchter von ihm gehabt –, schnitt ihr den Hals durch.

Es kam zu einem Gefecht, Herakles konnte fliehen, in der Hand hielt er den blutigen Gürtel der Königin.

Am Erfolg dieser Arbeit konnte er sich nicht freuen. Er verfluchte sich, und er verfluchte den König Eurystheus, denn er hatte der Amazonenkönigin kein Leid antun wollen.

Eurystheus nahm den Gürtel entgegen, gab ihn seiner Tochter. Die trug ihn ein-, zweimal, dann lag er herum.

Das war die neunte Arbeit des Herakles. Die zehnte: Er mußte das Vieh des Geryon zu Eurystheus führen, auch diese Arbeit erledigte er mit Bravour.

Dann sagte Eurystheus zu ihm: »Hol mir die Äpfel der Hesperiden.«

Das war eigentlich eine Gotteslästerung.

Herakles warnte den Eurystheus, er sagte: »Geh nicht zu weit! Ich weiß, du bist ein dummer, feiger, niederträchtiger König, und du kannst deine ganze Dummheit, Feigheit, Niedertracht an mir auslassen, weil ich dein Diener bin. Aber fordere nicht die Götter heraus.«

»Ich will, was ich will«, sagte Eurystheus.

Die Äpfel der Hesperiden waren etwas Besonderes. Zuerst aber die Hesperiden selbst: Sie sind Töchter des Titanen Atlas, und sie bewachen ebendiese Äpfel.

Nur die wenigsten wissen es: Die Götter sind nicht bedingungslos unsterblich. Das ist ein Geheimnis, das sie über die Jahrtausende bis zu uns herauf vertuschen wollten. Sie benötigen zu ihrer Unsterblichkeit bestimmte Speisen, und eine dieser bestimmten Speisen sind die Äpfel der Hesperiden. Wer diese Äpfel wegnimmt, der nimmt den Göttern die Unsterblichkeit weg. Darauf machte Herakles den Eurystheus aufmerksam.

»Es ist eine Gotteslästerung«, sagte er oder so ähnlich.

Aber Eurystheus antwortete: »Das ist mir egal! Du hast mir versprochen, du wirst mir dienen, und ich möchte die Äpfel der Hesperiden.«

»Wie du willst«, sagte Herakles.

Er wollte ihm die Äpfel bringen, sie ihm zeigen und sie dann sofort wieder zurück in den Garten der Hesperiden tragen. Dieser Eurystheus sollte wahrhaftig zu seiner Blödheit nicht auch noch unsterblich werden.

Herakles machte sich auf den Weg, niemand wußte, wo dieser sagenhafte Garten lag. Er suchte den Titanen Atlas auf, den Vater der Hesperiden. Atlas stand dort, wo heute das Atlasgebirge ist, und er war verflucht worden, den Himmel zu tragen, er steht dort auf ewig und hat den Himmel auf seinen Schultern.

Herakles sagte: »Wo ist der Garten, den deine Töchter bewachen, wo die schönen Äpfel wachsen?«

Atlas sagte: »Ich weiß, wo dieser Garten ist, aber ich sage es dir nicht.«

Herakles in seiner offenen Art erzählte ihm sein ganzes Schicksal, seine ganze Tonleiter von Wahnsinn, Schuld und Leid, und Atlas sagte: »Also gut. Ich werde dir zwar nicht sagen, wo diese Äpfel sind, aber ich werde sie dir holen.«

»Das geht nicht«, sagte Herakles. »Dann fällt doch der Himmel herunter.«

»Stell du dich hier vorübergehend hin«, sagte Atlas. »Halte du vorübergehend den Himmel fest.«

Herakles tat es. Er lud sich den Himmel auf die Schultern.

Atlas war froh, daß er den Himmel endlich einmal loshatte, ging und holte die Äpfel der Hesperiden.

Dann aber hatte er eine Idee. Er stellte sich vor Herakles hin und sagte: »Ich hatte soeben eine Idee. Eigentlich will ich den Himmel gar nicht mehr tragen. Trag du ihn. Ich bringe die Äpfel deinem dummen König. Du sollst den Himmel von nun an tragen.«

Herakles sagte: »Das ist unfair von dir, das weißt du.«

»Ich weiß«, sagte Atlas.

»Gut«, sagte Herakles, »ich bin selber schuld. Du

warst schlauer als ich. Geschieht mir ganz recht. Nur einen Gefallen mußt du mir tun.«

»Welchen denn?« fragte Atlas.

»Schau«, ächzte Herakles, »du bist ein Spezialist. Ich aber bin erst ein Anfänger im Himmeltragen. Ich habe den Himmel noch nicht richtig auf den Schultern, er drückt.«

»Das ist schlecht«, sagte Atlas anteilnehmend. »Das tut mit der Zeit nur noch mehr weh.«

»Eben«, sagte Herakles. »Darum will ich mir nur schnell noch ein Kissen holen, daß ich ihn mir bequem auf den Nacken setzen kann, den Himmel. Könntest du den Himmel so lang noch kurz halten?«

Der dumme Atlas sagte: »Selbstverständlich, so lange kann ich ihn gern noch halten.«

Er stellte sich drunter, und Herakles schlüpfte unter dem Himmel hervor und sagte: »Ciao, mein Freund! Danke für die Äpfel. Trag du den Himmel weiterhin! Du hast doch mehr Routine als ich.«

Und weg war er.

Die letzte Arbeit war die schwierigste. Sie verlangte das ganze Berserkertum des Herakles. Eurystheus nämlich sagte zu ihm: »Als zwölfte Arbeit, als letzte Arbeit sollst du mir den Höllenhund holen, den Kerberos.«

Nein! Nein! Das ist unmöglich. Da braucht man erst gar nicht zu diskutieren!

»Dann kannst du gleich von mir verlangen, daß ich mir selber den Kopf abschlage«, sagte Herakles. »Verlange es nur! Ich tu's!«

»Dein Kopf interessiert mich nicht«, sagte Eurystheus aus seinem Krug heraus. »Tu, was ich von dir verlange!«

Da blieb dem Herakles nichts anderes übrig.

So etwas muß man mit Schwung machen. Mit gewaltigen Schritten stürmte er zum Eingang der Unterwelt. Er packte Charon, den stinkenden Fährmann, am Kragen, sagte: »Du wirst mich da hinüberfahren!«

Er ließ dem Charon gar keine andere Möglichkeit, der erschrak vor der Willensstärke des Herakles und ruderte ihn auf die andere Seite. Dem Herakles ging das viel zu langsam, er riß ihm die Riemen aus der Hand und ruderte selbst, bei dieser Gelegenheit brach ein Riemen.

Als er auf der anderen Seite war, machte er ein Riesengeschrei, rief hinein in diesen Hades, wer sich ihm in den Weg stelle, der werde sein blaues Wunder erleben. Der Kerberos zog den Schwanz ein, als er ihn sah, und versteckte sich.

»Wo ist hier der König?« rief Herakles. Die Schatten umschwirrten ihn wie die Motten das Licht.

Hades kam herunter von seinem Palast, schwarz wie er war, schweren Schrittes, und sagte: »Herakles, was machst du für ein Geschrei? Die Zeit für dich ist noch nicht reif. Wenn du hierherkommst, dann mach kein Getöse, sondern reihe dich ein in die Schatten. Hier sind alle gleich. Und Kraft und Mut sind hier nicht gefragt.«

Aber Herakles ließ so philosophisch nicht mit sich reden, er packte nun auch den Hades am Kragen und fuhr ihn an: »Schaff mir den Hund her! Es ist meine letzte Arbeit, ich will endlich erlöst werden von diesem dummen, einfältigen, häßlichen König Eurystheus.«

Hades sagte: »Diesen Hund kannst du nur bekommen, wenn du mit mir kämpfst. Das ist ein Entgegenkommen, verstehst du. Weil du der Sohn meines Bruders bist, also quasi mein Neffe. Jeden anderen würde ich mit einem Fingerschnippen zum Schatten machen!«

Mit Hades kämpfen? Das ist nun ein Gedanke, bei dem jedem gut mythengläubigen Griechen das Blut in den Adern gefriert. Wer soll gegen den Gott der Unterwelt kämpfen!

Herakles tat es. Er kämpfte nicht nur gegen ihn, er gewann diesen Kampf auch. Er verwundete Hades sogar. Hades mußte in den Olymp hinauffahren, um sich dort Medizin zu holen und sich verbinden zu lassen.

Schließlich gab Hades nach. Er war fair. »Gut«, sagte er, »du sollst den Kerberos haben, aber nur, wenn du ihn ohne Waffe bändigen kannst, und nur, wenn du ihn auf deinen Schultern über die Erde trägst bis zu deinem komischen König.«

»Was denn noch alles!« rief Herakles verzweifelt aus.

»Und auch nur«, fuhr Hades fort, »wenn du mir den Hund wieder zurückbringst. Denn wenn du Kerberos nicht zurückbringst, gerät das Gefüge der Welt durcheinander. Dann werden die Toten auf die andere Seite des Styx gehen, sie werden sich unter die Lebenden mischen, und es wird keine ruhige Sekunde mehr auf der Erde sein. Denn die Toten und die Lebenden gehören nicht zusammen. Die vertragen sich nicht.«

Herakles, der ja kein Schuft war, versprach dem Hades, daß er das alles tun werde.

Er trug den Kerberos auf seinen Schultern über die Welt und setzte ihn vor den Krug des Eurystheus und sagte zum Höllenhund: »So, nun darfst du einmal laut bellen, so laut wie du willst, so laut, wie du kannst, und dann gehen wir wieder.«

Kerberos legte los, stieß sein ungeheuerstes Geheul aus, das sich in diesem Bronzekrug vervielfachte und überschlug und sich mit dem vielfachen Echo vereinigte.

Eurystheus war von diesem Augenblick an taub und stumm. Herakles aber war erlöst. Er hatte seine zwölf Arbeiten erledigt und war damit von der Schuld gereinigt, jener furchtbaren Schuld, als er im Wahnsinn seine Frau und seine drei Söhne getötet hatte.

HERAKLES – SEINE LIEBE, SEIN ENDE

Neuer Wahnsinn – Kampf mit dem Orakel – Deianeira – Das Blut des Kentauren Nessos – Ein altes Weib – Liebeskummer – Ein Gewand für den Helden – Der Scheiterhaufen – Philoktet und der Bogen des Helden

In nachgerade unverantwortlicher Raffung berichte ich vom Leben des Herakles. Als hätte ich eine Stadt zu beschreiben und erzählte nur von einer Straße. Es muß der Eindruck gewonnen werden, als folgten die Herakleischen Arbeiten dicht auf dicht. Das stimmt nicht. Sie strukturieren für eine lange Zeit das Leben unseres Helden. Ihre Erledigung zog sich viele Jahre hin. Dazwischen abenteuerte Herakles durch die Welt, führte Kriege, verführte Frauen, befreite Freunde. So wob er zum Beispiel mit an dem breiten Netz der Ursachen für den Trojanischen Krieg, als er gemeinsam mit Telamon – dem späteren Vater des großen Aias – die Stadt einnahm, König Laomedon tötete und Priamos als neuem Herrscher über Troja den Thron übergab.

Oder eine andere Geschichte, die so zwischendurch passierte: Kyknos, der tyrannische Sohn des Kriegsgottes Ares, forderte Herakles zum Zweikampf. Kyknos hatte ein großes Projekt in Arbeit: Er baute an einem mächtigen Tempel für seinen Vater. Dieser Tempel war aus den Schädeln seiner Opfer errichtet. Es fehlte ihm ein letzter Kopf für die Spitze der Kuppel. Es sollte Herakles' Haupt sein. Herakles nahm die Herausforderung an. Er schlug

Kyknos windelweich. Ares eilte seinem Sohn zu Hilfe. Da nahm es Herakles gegen den Gott des Krieges auf. Pallas Athene stand dem Helden dabei zur Seite. Ares bekam sein Fett weg. Kläglich jammernd, an allen Ecken und Enden voll blauer Flecken, zog er sich auf den Olymp zurück.

Und so weiter und so weiter …

Wie bereits gesagt: Auf Herakles' Schultern ist viel geladen worden. Gemacht worden war er ja eigentlich, um den Göttern im Kampf gegen die Giganten beizustehen. Diese Heldentat war auch noch irgendwo in seinem Leben untergebracht – fast nebenbei. Und immer wieder wurde er in seinem Tatendrang vom Wahnsinn gelähmt. Hera ließ ihn nicht in Frieden. Vielleicht war seine manische Abenteuersucht nichts anderes als eine dauernde Flucht vor dem Wahnsinn, der in ihm lauerte, der auf einen Augenblick der Besinnung lauerte, um dann seine Seele an sich zu reißen. Diesem Dämon entging Herakles nicht …

Herakles ist inzwischen ein reifer Mann, und wir sehen ihn abermals vom Wahnsinn verfolgt, und wieder ist es Hera, die Göttermutter, die ihm diesen Wahnsinn ins Herz stößt. Wir sehen Herakles verwirrt, er hat rasende Kopfschmerzen, soeben hat er einen sinnlosen Mord begangen. Wieder wußte er nicht, was er tat. Er hat einen Knaben von einem Turm geworfen, weil er sich einbildete, der Knabe sei ein Falke, der es auf sein Augenlicht abgesehen habe. Noch während des Falls des Knaben sieht Herakles, was er angerichtet hat.

Wieder sucht Herakles das Orakel in Delphi auf, er will Rat. Er tritt vor die Pythia hin – die Pythia ist die

Priesterin in Delphi –, und er sagt, und es klingt wie ein Befehl: »Gib mir Rat! Ich bin verzweifelt!«

Die Pythia ist entsetzt über das Aussehen des Herakles, über seine Verwirrung, und sie stammelt: »Geh weg! Ich will mit dir nichts zu tun haben. Ich habe Angst vor dir, der Wahnsinn steht in deinen Augen.«

Er daraufhin: »Wenn du mir nicht hilfst, dann werde ich dein Orakel verwüsten, dann werde ich Delphi dem Erdboden gleichmachen!«

Schon will er auf die Pythia losgehen, da fährt Apoll dazwischen. Apoll ist der Hausherr des Orakels in Delphi, es ist ihm geweiht, und er gibt von Delphi aus seine Ratschläge an die Menschen. Und schließlich war Delphi eine gute Sache, die kann man nicht einfach so in Stücke hauen. So ähnlich argumentiert der Gott.

»Ich habe Kopfschmerzen«, schreit Herakles und geht nun gar auf Apoll los.

Es kommt zu einem Zweikampf zwischen dem Gott Apoll und dem Menschen Herakles, beide sind sie Söhne des Zeus, beide sind sie gleich stark. Es ist ein absurder und aussichtsloser Kampf, da er ewig dauern würde. Wem würde das nützen? Niemandem!

Zeus wirft seinen Blitz dazwischen. Er gibt sich den Anschein, als wäre er überparteilich. Aber seine Sympathie gehört Herakles.

Mit Apoll hat Zeus seine Probleme. Wir werden davon im nächsten Kapitel hören. Zeus mahnt die beiden Streithähne ab, aber dann gibt er Apoll den Befehl, er solle die Pythia auffordern, dem Herakles eine Botschaft zu überbringen.

Diese Botschaft kommt wohlgemerkt von Zeus, und sie besteht aus zwei Teilen. Der erste Teil lautet: »Kein

Lebendiger wird dich töten.« Der zweite Teil: »Die Liebe in deinem Leben wird sehr heiß sein.«

Beide Teile klingen an sich sehr gut, und Herakles interpretiert sie auch im guten Sinn. Er entschuldigt sich bei Apoll und der Pythia und wankt ins Tal hinab.

Und er fühlt, daß es ihm wohler wird, daß der Wahnsinn allmählich von ihm abläßt. Die Kopfschmerzen lassen nach und verschwinden schließlich ganz.

Herakles verläßt Delphi nicht als ein geheilter Mann, aber als ein beruhigter, ruhiger gewordener Mann. Er geht. Das Gehen hat ihm immer gutgetan. Er geht und singt. Ungewöhnlich genug. Hat er nicht seinen ersten Gesanglehrer erschlagen? Er besitzt weder eine schöne Stimme, noch kann er einen einzigen Ton dorthin setzen, wohin er gehört. Aber das Singen macht ihm Freude. Gehen und singen …

Als er so über das Land kommt, trifft er auf eine junge Frau. Sie will gerade einen Fluß überqueren. Sie hebt ihre Kleider hoch, damit sie nicht naß werden, und setzt ihre nackten Füße ins Wasser. In diesem Augenblick springt etwas aus dem Hinterhalt. Ist es ein Pferd? Ist es ein Mann? Es ist ein Doppelwesen, ein Kentaur, und es ist ein sehr gefährlicher Kentaur, es ist Nessos. Er will die junge Frau vergewaltigen.

Aber die Frau hat Glück. Herakles hört ihr Schreien, und er eilt herbei, er packt den Kentauren an der Mähne, und mit bloßen Fingernägeln reißt er ihm den Hals auf. Der Kentaur sinkt nieder, das Blut läuft ihm aus dem Hals.

Bevor der böse Kentaur Nessos stirbt, bittet er die junge Frau zu sich, er will sie sprechen.

»Wie heißt du?« fragt er.

»Deianeira«, sagt sie.

»Komm zu mir, komm näher«, stöhnt Nessos. »Ich will dir etwas sagen.«

Deianeira hat immer noch Angst vor diesem Unwesen.

Aber Herakles sagt: »Fürchte dich nicht. Er wird sich hüten, dir etwas zu tun. Er stirbt. Ganz gleich, wie böse er ist, jedes Wesen hat das Recht, daß man sich im Augenblick seines Todes anhört, was es zu sagen hat.«

Damit wendet sich Herakles diskret ab.

»Komm her«, sagt Nessos. »Komm näher!« Und er flüstert Deianeira ins Ohr: »Nimm mein Blut, fülle es in ein Fläschchen, es ist ein Zaubermittel. Dieser Mann hier, der mir den Tod brachte, dieser Mann, der wird dein Ehemann werden. Nein, dreh dich nicht um zu ihm. Hör mir zu. Er wird dich lieben, und du wirst ihn lieben, Deianeira. Dieses Zaubermittel macht, daß du nie Grund zur Eifersucht haben wirst. Ich schenke dir mein Blut.«

Deianeira sagt zu dem Kentaur: »Warum möchtest du, der mir zuerst Gewalt antun wollte, in deinem letzten Augenblick etwas schenken?«

Da sagt der Kentaur: »Schau mich an, Deianeira: Was bin ich?«

»Du bist ein Kentaur«, sagt Deianeira. »Zur Hälfte bist du ein Pferd, zur anderen Hälfte bist du ein Mann.«

»Ja«, sagt Nessos. »So manche sagten: Du hast es gut, Nessos. Du bist ein Pferd, und du bist ein Mann. Gehörst du zu denen, Deianeira?«

»Ich weiß nicht…«

»Ich sehe: Ich bin weder ganz ein Pferd, noch bin ich ganz ein Mann. Ich bin ein unnützes, ein widerliches Wesen. Es ist gut, wenn ich vom Erdboden verschwinde. Ich habe nur Unheil angerichtet. Und wäre nicht dieser

Held gekommen, wahrscheinlich hätte ich dich getötet, Deianeira. Bevor ich gehe, möchte ich noch eine gute Tat tun, eine einzige gute Tat. Du mußt mein Blut nehmen. Nimm es!«

Deianeira fängt das Blut des Kentauren in einer Flasche auf. Der Kentaur stirbt, und Deianeira geht an der Seite des Herakles in ihre Zukunft, in ihrer beider Zukunft.

Herakles erholt sich schnell von seinem letzten Wahnsinnsschub. Vorübergehend ... Sein altes Selbstvertrauen kehrt zurück, auch sein Interesse an der Welt kehrt zurück. Er singt nicht mehr, er wandert nicht mehr allein über die Fluren.

Herakles heiratete Deianeira. In der ersten Zeit waren die beiden viel zusammen. Deianeira war glücklich. Sie gebar dem Herakles einen Sohn, sie nannte ihn Hyllos, und eine Tochter, Makaria. Wieder bot sich für den Helden die Gelegenheit der Ruhe, der Lebensruhe. Er liebte seine Familie. Aber dann trieb es ihn wieder hinaus. Herakles spürte den Dämon in seiner Seele, und mit manischem Tatendrang versuchte er ihn niederzuhalten.

Er läßt Deianeira allein. Er läßt seine Kinder allein. Er sagt sich: Es ist besser, der Vater streunt in der Welt herum, als daß ihm zu Hause irre Visionen ins Hirn fahren wie schon einmal ... Er zieht hinaus in die Welt, um Heldentaten zu begehen, und wieder sind es eine Menge von Heldentaten.

Deianeira wartet. Sie ist geduldig, sie hat Verständnis. Sie liebt. Eines Tages klopft ein altes Weib an ihre Tür. Wenn solche alten Weiber auftauchen, sollte man – zumindest in der griechischen Götter- und Heldenwelt – immer mißtrauisch werden. Es ist natürlich Hera. Sie hat sich als altes Weib verkleidet. Sie ist getrieben vom Haß auf den Mann, der »Heras Ruhm« heißt.

Sie sagt zu Deianeira: »Ich will dir etwas sagen. Ich sehe, hier herrscht Glück.«

»Schon«, sagt Deianeira.

»Ist er nicht da?« fragt das Weib.

»Zur Zeit halt gerade nicht«, sagt Deianeira.

»Daß du und dein Herakles, daß ihr beide euch gefunden habt«, sagt das Weib, »das war kein Zufall.«

Deianeira fragt: »Was meinst du damit?«

Das Weib sagt: »Das ist beschlossen worden.«

Das freut Deianeira. Sie denkt, das alte Weib meint damit, es sei höherer Wille gewesen, es sei göttlicher Wille gewesen. Sie sagt: »Ja, ich habe auch schon das Gefühl gehabt. Als ich Herakles gesehen habe, habe ich gedacht, auf diesen Mann habe ich gewartet.«

Und das Weib sagt: »Ich weiß nicht, ob du mich richtig verstanden hast. So habe ich es nicht gemeint.«

Und dann erzählt sie Deianeira eine Episode aus dem Leben des Herakles. Sie sagt: »Weißt du, er hat vorher etliche Arbeiten verrichten müssen.«

»Weiß ich doch«, sagt Deianeira. »Hat er mir doch erzählt.«

»Unter anderem war er im Hades, in der Unterwelt«, fährt das Weib ungerührt fort.

Deianeira sagt: »Ja, das weiß ich doch auch. Das hat mir Herakles doch längst erzählt.«

Das alte Weib sagt: »Ja, vielleicht hat er dir nicht alles erzählt. Hat er dir zum Beispiel von deinem Bruder erzählt?«

Da wird Deianeira blaß. »Was ist mit meinem Bruder?« fragt sie. »Mein Bruder ist gestorben, er ist tot.«

»Siehst du«, sagt das alte Weib, »er ist tot, er ist gestorben, er ist im Hades. Und Herakles hat ihn dort getroffen.«

»Nein«, sagt Deianeira, »davon hat mir mein Mann nichts erzählt.« Sie ahnt, daß etwas Böses auf sie zukommt.

Das alte Weib sagt: »Ja, ich möchte dir nicht weh tun, Deianeira. Aber du bist nichts anderes als der Preis für zwei Blutstropfen.«

Deianeira sagt: »Das verstehe ich nicht.«

Hera, verkleidet als alte Frau, sagt: »Weißt du, die Seelen in der Unterwelt, die haben kein größeres Gelüst als Blut. Herakles hat dort deinen Bruder getroffen, und dein Bruder hat zu Herakles gesagt: Ich habe eine wunderschöne Schwester dort oben, Deianeira heißt sie, du kannst sie haben. Du kannst mit ihr machen, was du willst. Gib mir dafür zwei Tropfen deines Blutes. Dann gehört sie dir. Und Herakles stach sich in den Finger«, erzählt die alte Frau, »und dein Bruder hat zwei Tropfen seines Blutes bekommen und hat dich dafür hergegeben. So ist das.«

Das trifft Deianeira furchtbar, denn sie glaubte, Herakles habe sie aus reiner Liebe genommen, sie glaubte, diese Liebe sei bei den Göttern beschlossen worden. Und nun muß sie erfahren, daß sie für zwei Blutstropfen verkauft worden ist.

Arme Deianeira!

Aber als sie wieder allein ist und vornübergebeugt mit verschränkten Armen in ihrem Zimmer auf und ab geht, sagt sie sich: »Es ist ja deswegen nicht ausgemacht, daß mich Herakles nicht liebt. Er hat mir doch seine Liebe immer wieder und immer wieder gezeigt. Wir haben doch Kinder miteinander, Hyllos und Makaria.«

Und sie ging hinüber ins Kinderzimmer und streichelte den beiden Schlafenden über die Köpfchen.

»Es kann ja sein«, redete sie weiter mit sich selbst, als sie wieder in ihrem Zimmer auf und ab ging, vornübergebeugt, die Arme vor dem Körper verschränkt, »es kann ja sein, daß er eine Wette eingegangen ist mit meinem Bruder, damals kannte er mich ja noch nicht. Aber jetzt kennt er mich, und jetzt liebt er mich und denkt gar nicht mehr an diese Wette.«

Dann kommt Herakles nach Hause. Deianeira ist versucht, ihm von dem Besuch der alten Frau zu erzählen. Aber sie tut es nicht.

Herakles nimmt nicht viel Notiz von ihr. Deianeira bemüht sich, Herakles zu gefallen. Sie versucht es zuerst mit Milde, ist sehr zärtlich zu ihm. Sie schmust. Aber sie merkt, Herakles hat sein Interesse an ihr verloren. Dann gibt sie sich kindlich und hilfsbedürftig. Gewöhnt sich Augenaufschläge und eine nuschelnde Sprechweise an. Aber auch das wirkt bei Herakles nicht. Sie gibt sich mütterlich und gibt sich streng, aber auch darauf reagiert Herakles nicht. Herakles hat jedes Interesse an ihr verloren.

Deianeira kann es nicht glauben. Helle Panik steigt in ihr auf. Da erfährt sie, daß Herakles ein Heer zusammenstellt. Was ist geschehen? Sie erkundigt sich, wo denn Krieg sei, was denn passiert sei. Sie erfährt, Herakles habe mit einem König einen Wettbewerb im Bogenschießen veranstaltet, Herakles – wer denn sonst – habe diesen Wettbewerb gewonnen, und der Preis sei die Tochter des Königs gewesen. Der König habe den Preis nicht zahlen wollen, und nun marschiere Herakles los. Denn er sei vernarrt in diesen Preis.

Das zerschmettert Deianeira. Sie geht hin zu diesem König und sucht diese Tochter auf. Die Tochter heißt Iole.

Deianeira sagt zu Iole: »Ich bin die Frau von Herakles. Was nimmst du ihn mir weg?«

Iole ist ein junges, arrogantes Ding, sie tut gelangweilt, sagt: »Ich bin gewonnen worden, mir ist es recht. Was willst du? Wenn er dich nicht liebt, wenn er kein Interesse mehr an dir hat, was kann ich dafür?«

Sie schickt Deianeira wieder weg.

Nun ist Deianeira noch verzweifelter. Da fällt ihr dieses Zaubermittel ein, das ihr der Kentaur Nessos gegeben hat, das Fläschchen mit dem Blut. Sie will sich selbst und auch dem Herakles etwas Gutes tun, sie ist ja der Meinung, daß Herakles bei ihr, nur bei ihr gesund werden kann, nur sie ihn von seiner grauenhaften Umtriebigkeit heilen kann.

Sie bestreicht mit dem Blut ein Gewand von Herakles und schickt es hinaus ins Feldlager zu ihrem Mann.

Nun erfahren wir, daß der Kentaur Nessos gelogen hat, daß er nicht eine letzte gute Tat tun wollte, daß er im Gegenteil eine letzte böse Tat tun wollte. Das Blut des Kentauren brennt wie Feuer. Es verbrennt den Körper desjenigen, der mit ihm in Berührung kommt. Und Herakles zog das Kleid an.

Die Weissagung des Orakels von Delphi ging also in Erfüllung: »Die Liebe wird in deinem Leben sehr heiß sein.«

Dieses Kleid, das mit dem Blut des Nessos getränkt war, das darum das Nesselkleid genannt wird, es brennt höllisch auf Herakles' Körper. Er reißt das Kleid herunter und reißt sich dabei die Haut mit ab. Herakles droht zu sterben.

Es gibt noch die zweite Weissagung, und die lautet: »Kein Lebender wird dich töten.« Der Kentaur Nessos ist ja schon tot. Ein Toter hat Herakles also zu Fall gebracht.

Herakles bricht nieder, schreiend, am ganzen Körper eine einzige Wunde. Als Deianeira davon erfährt, nimmt sie sich das Leben. Die Geschichte nimmt nun ein dramatisches Ende.

Herakles, der eine einzige Wunde ist, die Schmerzen sind unerträglich, bekommt von seinem Vater Zeus eine Nachricht zugesandt. Zeus läßt ihm in kühlen Worten ausrichten: »Bau einen Scheiterhaufen! Leg dich auf diesen Scheiterhaufen, und bitte jemanden, daß er diesen Scheiterhaufen anzündet.«

Herakles tut, was Zeus befiehlt. Er hofft auf seinen Vater, hofft, wenn er gehorcht, wird sich sein Schmerz auflösen.

Er richtet einen Scheiterhaufen auf, legt sich darauf und ruft seinen Freunden zu: »Wer will diesen Scheiterhaufen anzünden? Ich bitte euch, tut es! Tut es! Zeus will es so!«

Aber die Freunde sind starr vor Entsetzen, niemand traut sich, die Fackel auf diesen Scheiterhaufen zu werfen. Und Herakles liegt da und schreit zum Himmel.

Da kommt Poias des Weges. Poias ist ein Hirte. Er schaut sich die Sache an.

Herakles schreit: »Zünde mich an! Zünde mich an!«

Poias ist ein durch und durch materialistisch gesinnter Hirte, er sagt: »Was soll ich tun?«

»Mich anzünden!« schreit Herakles. »Zeus will es so. Und ich muß gehorchen!«

»Was gibst du mir dafür, wenn ich dich anzünde?« fragt Poias.

Herakles sagt: »Ich gebe dir das Beste, was ich besitze. Ich gebe dir meinen Bogen.«

Da sagt Poias: »Wer bist du?«

»Ich bin Herakles!«

Diesen Namen kennt Poias, und er sagt: »Na gut. Den Bogen des Herakles gegen die Brandfackel, das ist ein guter Tausch.«

Er wirft die Fackel auf den Scheiterhaufen, und Herakles verbrennt.

Bevor wir von der Himmelfahrt unseres Helden berichten, wollen wir kurz von der weiteren Geschichte dieses Bogens erzählen. Der Sohn des Poias war Philoktet, und Philoktet erbte von seinem Vater, als einziges Erbe übrigens, diesen Bogen des Herakles. Philoktet brachte es zum Meister auf diesem Gerät. Als dann die Helden von ganz Griechenland zusammengetrommelt wurden, um nach Troja zu ziehen, meldete sich auch Philoktet.

Er sagte: »Ich bin ein guter Bogenschütze. Außerdem besitze ich den Bogen des Herakles.«

Er war der beste Bogenschütze im Heer. Agamemnon, der Heerführer, war froh, einen solchen Bogenschützen bei sich zu haben.

Da wurde Philoktet, noch bevor sie Troja erreichten, von einer Schlange gebissen. Die Wunde begann zu schwären, sie stank entsetzlich und schmerzte genauso entsetzlich, und das veränderte den Charakter des Philoktet.

Er war nämlich vorher ein fröhlicher Mann gewesen, und nun wurde er zänkisch und böse. Er wurde zynisch und bitter, stöhnte die ganze Zeit über seine Schmerzen, beschimpfte seine Freunde, beschimpfte die Offiziere, und niemand wagte es, sich ihm zu nähern, weil die Wunde so entsetzlich stank.

Da machte Odysseus einen Vorschlag: »Dieser Philoktet wird die Moral der Truppe zersetzen«, sagte er. »Setzen wir ihn aus.«

Sie luden den Philoktet vom Schiff und warfen ihn auf eine einsame Insel. Dort lag er nun mit seinem Bogen, und die Wunde heilte nicht, sie schwärte weiter.

Aber siehe da, am Ende des Trojanischen Krieges, noch hatten die Griechen die Stadt nicht eingenommen, kam ein Wahrsager und sagte: »Ihr werdet diese Stadt niemals einnehmen, wenn nicht Philoktet bei euch ist, denn er ist der Besitzer des Bogens des Herakles.«

Nun mußten die Griechen jemanden losschicken, um den Philoktet, der nichts auf der Welt mehr haßte als diese Griechen, zu überreden, daß er zurückkomme und an ihrem Krieg teilnehme.

Sie schickten den Sohn des Achill, Neoptolemos, und es gelang ihm auch tatsächlich, den Philoktet zu überreden, denn nur mit dem Bogen des Herakles konnte Troja von den Griechen eingenommen werden. Und so war es dann auch.

Nun, Zeus hat den Herakles ja nicht auf den Scheiterhaufen befohlen, um ihn weiter zu quälen, sondern um die Sterblichkeit aus ihm herauszubrennen. Denn Zeus hatte beschlossen, den Herakles zu einem Gott zu machen.

Als seine leibliche Hülle verbrannt war, hob Zeus des Herakles eigentliches Wesen, wir sagen dazu: seine Seele, in den Himmel. Den Herakles selbst, also sein Sichtbares, heftete er an den Himmel als Sternzeichen.

Von nun an war Herakles ein Gott, er durfte an der Tafel der Götter speisen. Zeus gab ihm großzügig die Göttin Hebe zur Gattin. Hebe ist die Göttin der Jugend. Seitdem hatten die Griechen einen Gott mehr im Himmel.

Nicht alles geht logisch und chronologisch zu in diesen Geschichten. Es sind nicht unbedingt Geschichten, aber es sind schöne Geschichten. Und als solche sind sie wahr.

INACHOS

Von einem, der nur Ruhe und Frieden wollte – Von einem, der Schiedsrichter werden mußte – Von einem kleinen, häßlichen Wesen – Von der Kraft des Hasses – Vom Fluchen – Von einer Kuh – Vom Tränenwasser

Erinnern Sie sich an Io, die Priesterin der Göttin Hera, die bejammernswerte Io, die von Zeus in eine Kuh verwandelt wurde, weil er sie vor seiner eifersüchtigen Gattin verstecken wollte? Ich möchte die Geschichte noch einmal erzählen, diesmal aus einer anderen Perspektive, nämlich aus der Perspektive des Inachos, des Vaters der Io.

Inachos war ein Gott. Er war ein Flußgott – beziehungsweise eine Art Flußgott. Vielleicht war er kein richtiger Gott, bestimmt war er kein Gott vom Kaliber eines Apoll oder eines Hermes, eines Ares oder eines Hephaistos. Nein, Inachos gehörte nicht zur Elite der Unsterblichen, hatte keinen Zutritt zum Olymp, keine Altäre wurden ihm auf Erden errichtet.

Sein Vater war der Titan Okeanos, seine Mutter die Titanin Tethis (nicht zu verwechseln mit der Nymphe Thetis, der Mutter des Achill). Inachos stammte also aus einem uralten Geschlecht, das lange vor den Göttern schon da war. Aus einem besiegten Geschlecht stammte er, einem Geschlecht, das die nun herrschenden Götter in einer gewaltigen Schlacht geschlagen hatten.

Deshalb habe ich gezögert, Inachos einen Gott zu nennen. Er gehört zu den vielen Vor-, Zwischen- und Halbwesen, die nach dem Fall der Titanen, von Göttern und Mythographen mehr oder weniger unbeaufsichtigt, die Mythologie bevölkern.

Als Prometheus uns Menschen aus Lehm und Asche knetete, wird er sich – das ist meine persönliche Spekulation – ebendiese Vor-, Zwischen- und Halbwesen als Vorbild genommen haben. Er selbst war ja ein Titan, und warum sollte er seine Kreatur nicht nach seinem Ebenbild geschaffen haben? Der Charakter des Inachos, wir werden es sehen, war jedenfalls ein durch und durch menschlicher.

Dieser Inachos war eine friedliebende Person. Nichts galt ihm mehr als der häusliche Friede. Er hatte seine Halbschwester Melia geheiratet, und mit ihr lebte er in Bescheidenheit und Ruhe. Melia gebar ihm zwei Söhne und eine Tochter, eben Io.

Io war das jüngste Kind, und dem Vater war sie das liebste.

Gern hob er sie hoch und sagte: »Schau, das ist unser Fluß, er hat noch keinen Namen, aber eines Tages wird er einen bekommen. Und das ist die Argolis, das ist unser Land.«

Und als seine Tochter älter war, nahm Inachos sie an der Hand und ging mit ihr den ganzen Tag spazieren.

Am Abend sagte er zu ihr: »Noch einmal so groß ist die Argolis, unser Land, und noch zehnmal weiter fließt unser Fluß, der vorläufig noch keinen Namen hat, der aber eines Tages einen Namen bekommen wird.«

Des Inachos' ganzes Streben hatte nur ein Ziel: das Leben in Langsamkeit, Bedächtigkeit, Zufriedenheit, Bedürfnislosigkeit und Ruhe im Kreis seiner Familie zu verbringen, ohne bangen zu müssen, ohne hassen zu müssen, ohne vorsorgen zu müssen.

Ein Mann des Paradieses war dieser Inachos.

Und eines Tages wurde ausgerechnet Inachos in einen Streit hineingezogen. Er wurde in einem Konflikt zwischen Hera und Poseidon zum Schiedsrichter bestellt. Es ging schlicht darum, wer von den beiden das Land um Argos, eben die Argolis, in Zukunft besitzen dürfe.

»Was«, fragte Inachos, »welches Land?«

»Die Argolis«, hieß es, »kennst du etwa die Argolis nicht?«

»Freilich«, sagte Inachos, »es ist doch mein eigenes Land. Mein eigener Fluß fließt durch dieses Land. Er hat zwar vorläufig noch keinen Namen, aber er wird eines Tages einen bekommen.«

»Siehst du«, sagte Hera, »deshalb finden wir ja gerade, daß du, Inachos, der ideale Schiedsrichter in unserem Konflikt bist.«

»Aber«, stammelte Inachos, »wie kann ich, der ich der Besitzer der Argolis bin, entscheiden, wem von euch beiden die Argolis gehören soll?«

»Genau«, sagte Poseidon. »Wer könnte das besser entscheiden als du.«

»Das verstehe ich nicht«, sagte Inachos.

»Wir schon«, sagten Hera und Poseidon.

Die beiden olympischen Gottheiten kamen gar nicht auf den Gedanken, die Einwände des Inachos ernst zu nehmen. Sie gehörten zur Familie der großen, der ersten Gottheiten, also hatte sich der Rest der Welt gefälligst nach ihnen zu richten.

»Das heißt also, ihr wollt mir meinen Fluß und mein Land wegnehmen?« fragte Inachos.

»Ja«, sagte Hera, »das heißt es im Grunde.«

»Dafür aber«, sagte Poseidon, »werden wir dir unseren Respekt zollen und uns deinem Urteilsspruch bedingungslos beugen.«

»Tu's nicht«, sagte Melia, des Inachos' Frau.

»Aber was wird dann?« fragte Inachos.

»Sie werden wieder abziehen«, sagte Melia.

»Werden sie nicht«, sagte Inachos.

»Du wirst schon sehen: Erst nehmen sie uns das Land, und dann nehmen sie immer mehr«, sagte Melia.

»Ich gebe ihnen freiwillig das Land«, sagte Inachos, »dann werden sie uns nicht mehr nehmen und zufrieden sein.«

»Sie werden nicht zufrieden sein«, sagte Melia. »Die Götter sind nie zufrieden.«

Melia wird recht behalten. Inachos wird das erst nach langer Zeit einsehen.

Inachos entschied den Streit zugunsten von Hera. Ja, er verzichtete auf seinen Fluß und auf sein Land. Er sagte sich, was soll's, solange ich mit meiner Familie hierbleiben darf, kann es mir doch egal sein, wenn mir das Land und der Fluß offiziell nicht mehr gehören.

Für Hera entschied er sich, weil sie ihm, als er ein Kind war, einmal über den Scheitel gestreichelt hatte. Hera hatte das freilich längst vergessen. Aber Inachos hatte es nicht vergessen.

Poseidon hatte ihm nie über den Scheitel gestrichen. Also ging der zornige Gott des Meeres in diesem Konflikt leer aus.

Natürlich entschuldigte sich Inachos, so gut er konnte, bei Poseidon: »Darf ich dir als Ausgleich vielleicht einen Tempel errichten?«

»Nein«, sagte Poseidon, »deine Tempel interessieren mich nicht.«

»Oder einen regelmäßigen Ritus einrichten?«

»Deine Riten interessieren mich noch weniger!«

Poseidon war gekränkt, und er zog alles Wasser aus der Argolis zurück.

Für Inachos und seine Familie wurde von nun an das Leben schwer. Er mußte das Wasser von weit her schleppen, es mußten künstliche Kanäle angelegt werden. Das war harte Arbeit.

Aber dennoch schwor Inachos nach wie vor auf Sicherheit und auf Frieden. Er arbeitete härter und länger. Aber am Abend empfing er Gäste, und er gab den Wanderern und gab den Bettlern. Er verlegte sich nicht auf Straßenraub, wie es andere in seiner Lage taten.

»Friede«, sagte er. »Ich will Friede. Haß macht das Brot weder größer noch weicher.«

So vergingen die Jahre.

Dann kam Hera eines Tages wieder einmal in die Gegend. Vielleicht wollte sie ihren Besitz ansehen, vielleicht aber hatte sie auch längst schon vergessen, daß die Argolis ihr gehörte.

Sie fragte Inachos: »Bist du zufrieden?«

»Ja«, sagte er, und es war nicht gelogen.

»Du denkst, die ganze übrige Welt sollte ebenfalls zufrieden sein, stimmt's?«

»Stimmt«, sagte Inachos.

»Ich zum Beispiel«, sagte Hera, »ich bin nicht immer zufrieden.«

»Aha«, sagte Inachos. Er dachte, es gehöre sich für ihn nicht zu fragen, warum die Göttermutter Hera nicht immer zufrieden sei.

»Zur Zeit zum Beispiel«, sprach Hera weiter, »zur Zeit zum Beispiel bin ich sogar ganz unzufrieden. Ich will, daß man einen Tempel für mich errichtet. Könntest du das nicht übernehmen?«

»Tu's nicht«, sagte Melia, des Inachos' Frau. »Laß dir eine Ausrede einfallen.«

»Aber dann zürnt uns die Göttin«, sagte Inachos.

»Und wenn«, sagte Melia, »viel härter kann unser Leben nicht werden.«

»Ich trau mich nicht«, sagte Inachos.

»Ach«, sagte Melia.

Und Inachos beugte sich abermals und baute einen Tempel für die Göttin Hera.

Als der Tempel fertig war, kam die Göttin und sagte: »Einen schönen Tempel hast du für mich gebaut, Inachos. Ich will dich belohnen. Was wünschst du dir?«

»Ach, das ist nicht nötig«, sagte Inachos, und auch das war nicht gelogen.

»Aber ich möchte dir doch etwas schenken«, sagte Hera.

»Nimm nichts«, sagte Melia, des Inachos' Frau.

»Ein Geschenk von den Göttern muß man annehmen«, erwiderte Inachos, und zu Hera sagt er: »Also gut, dann schenk mir halt etwas.«

»Ich werde dir zum Dank für den schönen Tempel eine Ehre erweisen«, sagte Hera. »Ich will, daß deine Tochter Io meine Priesterin wird.«

»Was Priesterin!« empörte sich Melia, des Inachos' Frau. »Unsere Tochter soll heiraten und Kinder kriegen! Nichts anderes will sie!«

Inachos hatte mit Io ähnliche Pläne gehabt. Aber wieder traute er sich nicht, der Göttin zu widersprechen, wieder gab er nach.

Io wurde Priesterin der Göttin Hera.

Lange Zeit ging alles gut.

Dann träumte Io eines Nachts von Zeus. Der oberste Gott trat vor die Schlafende hin und sagte, er begehre sie, er wolle sich zu ihr legen. Er sei der oberste Gott, ihm müsse alle Kreatur gehorchen.

Io erwachte vor Schreck, und ihr Herz klopfte so sehr, daß sie nicht mehr einschlafen konnte. Sie, die Priesterin der Hera, wurde versucht, ihre Göttin zu betrügen, und das ausgerechnet mit deren Gatten!

Io erzählte ihren Eltern am nächsten Morgen von diesem Traum. »Was soll ich tun?«

»Da siehst du's!« sagte Melia.

Inachos aber: »Noch nie hat einer aus unserer Familie von Zeus geträumt. Ich habe keine Erfahrungen mit solchen Träumen. Ich will ein Orakel befragen.«

Das Orakel sagte: »Vorsicht, höchste Vorsicht! Wenn du dich und deinen Frieden retten willst, Inachos, dann bringe Io, deine liebste Tochter, aus dem Land. Sie muß euch verlassen! Du sollst sie nie mehr wiedersehen. Sonst ist dein Friede dahin.«

Inachos war erschüttert über diesen Orakelspruch, denn er liebte seine Tochter sehr, er wollte sie nicht fortschicken, er wollte die Familie zusammenhalten.

»Pfeif auf den Orakelspruch«, sagte Melia, des Inachos' Frau. »Ich will meine Tochter nicht hergeben!«

»Aber das Orakel hat gesagt «

»Aus dem Orakel sprechen die Götter«, fuhr ihn Melia an.

Das sei nicht erweisen, erwiderte Inachos und wiederholte, ihm sei nichts heiliger als der Friede, und darum gehorchte er dem Orakel.

»Komm«, sagte er zu Io und führte sie an die Grenzen der Argolis.

Es kam, wie es kommen mußte: Io entging der Begierde des Zeus nicht. Am Ende verwandelte sie der oberste Gott in eine Kuh, und Hera schickte eine Bremse, und diese Bremse jagte Io über die ganze Welt.

Bis zum Kaukasus kam sie, dort jammerte sie dem Prometheus ihr Schicksal vor, wie uns Aischylos berichtet.

Das Unglück war über den friedfertigen Inachos gekommen.

»Der Friede, die Ruhe, sie waren mir doch immer das wichtigste!« rief er immer wieder und wieder und raufte sich das Haar.

»Vielleicht ist gerade das dein Verhängnis«, sagte seine Frau, und zum ersten Mal gab es Streit in der Familie, heftigen Streit.

Von nun an saß Inachos nur noch vor seinem ausgetrockneten Flußbett, das ihm nicht einmal mehr gehörte, und weinte. Er bestellte die Felder nicht mehr, er kümmerte sich nicht mehr um den Haushalt, er saß nur noch da und weinte.

Als er so dasaß, bemerkte er auf einmal ein kleines Wesen auf sich zuhumpeln. Er konnte nicht erkennen, was es war. Es sah aus wie ein menschliches Wesen und doch wieder nicht, wie eine zusammengeschrumpelte, ausgetrocknete, winzige weibliche Person sah es aus und doch wieder nicht.

Dieses Wesen näherte sich ihm hinkend und fragte mit dünner Stimme: »Was tust du hier?«

Inachos sagte: »Ich sitze hier und leide.«

Da sagte das Wesen: »Schau mich an: Ich leide auch.«

Und Inachos sagte: »Ja, wir leiden beide.«

Und das Wesen, das kleine, verschrumpelte, sagte: »Schau mich genau an!«

Und Inachos besah sich das Wesen von allen Seiten.

»Ist es nicht so, daß ich vielleicht ein bißchen weniger leide als du«, fragte das Wesen, »daß du mich vielleicht beneidest, ein bißchen wenigstens – ein kleines bißchen wenigstens?«

Inachos sagte: »Nein, ich beneide dich nicht.«

»Gibt es niemanden, den du beneidest?«

»Ich beneide niemanden.«

»Auf der ganzen Welt niemanden?«

»Ich beneide niemanden auf der ganzen Welt.«

»Aber das kann doch nicht sein«, krächzte das kleine Wesen, und bitterste Verzweiflung klang aus dem Stimmchen, »wenn es jemandem schlecht geht, dann muß er doch Neid empfinden.«

»Nein, Neid empfinde ich nicht.«

Das Wesen schien noch kleiner und seine Stimme noch dünner zu werden.

Es sagte weiter: »Aber du mußt doch so etwas wie Haß empfinden, denn an deinem Unglück ist doch jemand schuld!«

»Ja«, sagte Inachos, »Zeus ist an meinem Unglück schuld, und Hera ist an meinem Unglück schuld, und ich bin traurig.«

Das Wesen ließ nicht locker. »Haßt du diesen Zeus nicht?«

»Ich kann doch nicht Zeus hassen«, sagte Inachos. »Niemand kann den obersten Gott hassen. Ich bin traurig. Das ist alles.«

Und das Wesen wurde noch kleiner und noch jämmerlicher, und es bohrte weiter und quiekte: »Überlege genau, Inachos! Suche dein Innerstes ab! Es tut dir vielleicht gut, wenn du in deiner Seele so etwas wie Groll auf diesen Zeus findest, der dir dein Liebstes genommen hat.«

»Meinst du?« fragte Inachos.

»Ich weiß es«, säuselte das Wesen.

Inachos dachte nach, plötzlich sagte er: »Ja, das ist wahr. Wenn ich recht überlege, dann merke ich, daß es in mir doch böse Gefühle gegenüber Zeus gibt.«

»Na, siehst du!«

Zu seinem Erstaunen sah Inachos, daß das Wesen zu wachsen begann, es erblühte. Und das stachelte ihn an.

»Ja, und wenn ich ganz genau überlege, habe ich auch einen Zorn auf Hera, die nicht auf ihre Priesterin aufgepaßt hat.«

Das hatte er schon in einem ziemlich heftigen Ton gesagt, und das Wesen wurde immer größer, es wurde eine Frau mit glatter Haut und mit roten Wangen.

»Weiter«, drängte das Wesen, »sprich weiter! Weiter, weiter!«

Da ließ Inachos alle seine Skrupel fahren und erntete das Gift in seinem Herzen ab. Erst hatte er ja noch ruhig gesprochen, dann wurde er immer lauter, immer heftiger, schließlich schrie und schimpfte er und bedachte Zeus und Hera mit bösen Namen. Und auch an Poseidon ließ er kein gutes Haar, der hatte ihm schließlich seinen Fluß genommen.

»Alles haben sie mir genommen, die Götter«, rief Inachos.

Wer war dieses Wesen? Wer war diese Frau?

Homer sagt über sie: »Was sie einmal begonnen hat, davon kann sie nicht mehr lassen. Von ihrer kleinen Gestalt wächst sie zu gigantischer Größe und Schönheit empor.«

Es war Eris, die Göttin der Zwietracht, die sich vom Neid und vom Haß der anderen nährt, und wenn Neid und Haß wieder verschwinden, dann trocknet sie aus.

Eris legte eine der Ursachen für den Trojanischen Krieg, als sie bei der Hochzeit von Peleus und Thetis den berühmten goldenen Apfel warf. Und als der Krieg tobte, wollte sie nichts anderes hören als das Stöhnen der sterbenden Krieger – berichtet uns Homer.

Eris war es, die den Neid und den Haß und die Mißgunst in Inachos wachgerufen hatte. Nun war er nicht mehr traurig, und er weinte nicht mehr um seine Tochter Io. Er wütete weiter gegen Zeus und gegen Hera und schimpfte auf Poseidon.

Und siehe da, der Haß hat seiner Seele gutgetan. Kraft kam in ihm hoch. Er zog durch das Land und predigte den Menschen.

Er sagte: »Vertraue du nicht dem anderen, vertraue schon gar nicht den Göttern!«

Neben ihm, unsichtbar für die Menschen, schritt Eris einher, inzwischen gigantisch gewachsen zu einer herrlichen Gottheit.

»Und was ist mit mir?« fragte ihn Eris eines Tages.

»Was soll mit dir sein«, fragte Inachos zurück.

»Vertraust du mir?«

Da überlegte Inachos. Und schließlich sagte er: »Nein, dir auch nicht.«

»Das ist gut«, sagte Eris. »Was willst du von mir als Pfand, damit du mir vertraust?«

»Ich will kein Pfand von dir«, sagte Inachos. »Denn an deinem Vertrauen liegt mir nicht das geringste. Ich will einen Lohn von dir. Das will ich. Mir, mir allein verdankst du deine Größe und deine Schönheit. Wenn ich es will, dann wirst du wieder klein und häßlich.«

»So ist es«, sagte Eris. »Also, was willst du?«

»Wann bekomme ich meine Tochter zurück?« fragte Inachos.

Eris, die Zwietracht, lügt grundsätzlich, vielleicht ist sie die einzige Gottheit, die lügt, das gehört zu ihrem Geschäft. Außer ihr hat es kein Gott nötig zu lügen.

Eris sagte: »Gut, ich werde dir deine Tochter zurückgeben. Aber erst fluche noch ein wenig weiter auf die Götter.«

Und Inachos fluchte los, er verfluchte Zeus, er verfluchte Hera, er verfluchte Poseidon, er verfluchte den ganzen Olymp. Er tat es, und Eris wuchs immer weiter und wurde noch schöner, noch herrlicher.

Schließlich sagte Inachos: »Jetzt muß es genügen, jetzt mußt du zufrieden sein.«

Und Eris sagte: »Das genügt mir alles noch nicht. Du mußt wissen, ich bin nie zufrieden.«

»Mehr fluchen als ich kann niemand«, sagte Inachos. »Ich habe schon alles verflucht, was da lebt.«

»Das genügt mir nicht«, sagte Eris. »Ich brauche mehr.«

»Es gibt aber nichts, was ich nicht schon verflucht hätte«, sagte Inachos.

»Dann verfluche deine Nachkommenschaft!« forderte Eris.

»Nein, das werde ich nicht tun«, sagte Inachos. »Ich werde doch nicht meine Tochter verfluchen, für deren Heil ich mich dir verschrieben habe.«

»Dann verfluche deine Nachnachkommenschaft, verfluche deine Enkel!«

»Nein, das werde ich ebenfalls nicht tun«, rief Inachos. »Dann mache ich ja meine Tochter unglücklich. Sie wird ihre Kinder lieben, wie ich die meinen geliebt habe.«

»Dann verfluche die Kinder deiner Enkel«, schrie die große Zwietracht.

Es begann ein Feilschen um das Fluchen. Schließlich einigten sie sich auf die fünfte Generation. Inachos sagte sich: Von denen werde ich sowieso niemanden kennen, und ich werde auch niemanden kennen, der jemand von denen kennt, da ist es mir egal, was mit ihnen geschieht.

Und so verfluchte Inachos, der immer ein Friedlicher sein wollte, sein eigenes Blut.

Und wie sah es bald aus in der Welt? Die Welt war ruiniert! Überall herrschten Streit und Hader, die Steine fielen übereinander her, die Pflanzen richteten ihre Dornen gegeneinander, die Tiere stritten und bissen sich, die Menschen sowieso. Das war das Werk der Eris.

Und was sagten die Götter dazu?

Zeus blickte herab vom Olymp und sagte: »Schluß! Da muß ein Ende gemacht werden!«

Er schickte die Erinnye Tisiphone aus, das ist die Mordrächende. Sie solle das Tohuwabohu wieder beseitigen.

Wir wissen nicht, warum Zeus ausgerechnet diese Furie losgeschickt hat, warum nicht Alekto, die Nie-Endende, deren Qualen zwar nicht allzu schmerzhaft sind, aber dafür nie aufhören, oder warum er nicht

Megaira ausgesandt hat, die Neidische, die aufs Bohren in der Herzgegend Spezialisierte.

Was tat Tisiphone? Sie schaute sich die Situation zunächst einmal an, sah, daß alles auf der Erde in Hader zerfallen war, daß die Pflanzen sich voneinander abwandten, daß die Tiere sich gegenseitig haßten, daß die Menschen sich nur im Haß begegneten.

Und sie sah, daß Inachos der Schuldige war. Sie fragte nicht danach, was die Gründe für Inachos' Haß waren. Es kümmerte sie nicht, daß Zeus selbst es gewesen war, der den Keim dafür gesät hatte, als er Io, die Tochter des Inachos, entführt und in eine Kuh verwandelt hatte, daß Hera und Poseidon wesentlich am Unglück dieses Mannes schuld waren, weil sie ihm sein Land und seinen Fluß geraubt hatten.

Die Furie Tisiphone war eine exzellente Technikerin der Qual. Sie ging über die Erde, pflückte ein Blatt von dieser Pflanze ab, riß ein paar Haare von jenem Tier aus, ein paar Federn von diesem Vogel, zupfte an der Haut jenes Menschen. Von allen Dingen und allen Wesen nahm sie ein klein wenig. Daraus flocht sie einen grausamen Strick. Und diesen Strick wand sie um das Herz des Inachos. Und aller Haß, alle Zwietracht, aller Neid, jeder böse Gedanke, alle bösen Wünsche, kurz: alle Übel der ganzen Welt schnitten ins Herz des Inachos.

Das ist für einen einzelnen zuviel. Das hält niemand aus. Inachos stürzte sich in seinen Fluß. Aber da war kein Wasser. Poseidon hatte ihm ja vor langer Zeit den Fluß ausgetrocknet. Und Inachos stürzte auf die harten, trokkenen Steine.

Da hatte Zeus dann wohl doch so etwas wie Erbarmen mit diesem gequälten Mann.

»Wir müssen etwas für ihn tun«, sagte er zu Hera, seiner Frau.

»Dann tu doch etwas«, sagte sie.

»Worunter leidet er eigentlich?« fragte Zeus.

»An sich selbst leidet er«, sagte Hera.

Zeus verwandelte Inachos. Das liegt nahe. Wenn einer an sich selbst leidet, dann scheint es richtig, wenn er ein anderer wird.

»Dann soll er eben ein Fluß werden«, sagte Zeus. »Soll er doch zum Fluß seiner Heimat werden! Soll er doch zum Gott dieses Flusses werden.«

Oh, der Fluß seiner Heimat – der war ausgetrocknet, dem hatte doch Poseidon vor Jahren das Wasser genommen! Aber das interessierte Zeus nicht weiter. Er verwandelte Inachos in einen ausgetrockneten Fluß, sozusagen in die Idee eines Flusses – was für eine irrationale, was für eine aberwitzige Existenz!

Und eines Tages kam Io, die immer noch eine Kuh war und immer noch von Heras Bremse um die Welt verfolgt wurde, eines Tages kam sie an das Ufer dieses ausgetrockneten Flusses. Und ihr Vater, der in seiner aberwitzigen Existenz dalag, erkannte sie.

Und Io erkannte ihren Vater, aber sie konnte sich nicht mit ihm verständigen. Mit dem Huf schrieb sie ihre Geschichte in den Sand.

Da weinte Inachos, und die Tränen füllten das Flußbett. Und damit war auch endlich Friede eingekehrt in das Herz des Inachos.

Io aber irrte weiter über die Erde, sie kam ins Land der Graien, das sind alte, häßliche Frauen, die lachten Io aus.

Sie riefen: »Du großes Tier rennst vor so einer winzigen Bremse davon!«

Da stach die Bremse Io in den Rücken, und Io trampelte drauflos und rannte die Graien über den Haufen und schlug ihnen die Zähne aus und schlug ihnen die Augen aus.

Seither haben die Graien nur ein Auge und einen Zahn. Und als Perseus sie später besuchte, nahm er ihnen auch noch diesen einen Zahn und dieses eine Auge weg. Aber das ist eine andere Geschichte …

Schließlich gelangte Io nach Ägypten, dort war sie am Ende und wollte nicht mehr weiter.

Sie sagte: »So, jetzt ist es entschieden. Hier werde ich sterben, geschehe, was wolle.«

Da erbarmten sich Zeus und Hera ihrer, und sie sahen sich an, und sie sahen, das Ganze war das Werk der bitteren Eris.

»Trotzdem hättest du nicht meiner Priesterin Io im Traum erscheinen sollen«, sagte Hera.

Und Zeus sagte: »Natürlich schlafe ich gerne mit Frauen, Nymphen, Göttinnen, aber du mußt einsehen, das ist darüber hinaus auch mein Schöpfungsauftrag.«

Hera räumte ein: »Das verstehe ich. Aber kann man das nicht irgendwie diskreter machen – auf eine Art und Weise, die mich nicht eifersüchtig macht? Du bist doch der oberste Gott, laß dir etwas einfallen, ein Wunder oder so …«

Zeus ließ sich etwas einfallen. Er berührte das Fell der Io. Da verwandelte sich Io zurück in eine Frau, die obendrein schwanger war. Zweifellos ein Wunder.

Sie war schwanger mit Epaphos, das heißt: »der durch Berührung Gezeugte«. Damit war Hera zufrieden.

Io ließ sich in Ägypten nieder, sie wurde dort als Göttin verehrt, ihr neuer Name war Isis. Ihr Sohn wurde als Apis verehrt.

Was aber ist aus Inachos geworden? – Wir sagten, vorläufig sei Friede in sein Herz eingekehrt. Er war ein Fluß, in dem Tränenwasser floß.

Eines Tages setzte sich ein verschrumpeltes, kleines, staubiges, dünnlippiges Wesen an das Ufer dieses Flusses und sagte: »Ich habe Durst.«

Inachos, der Fluß, sagte: »Mein Wasser kannst du nicht trinken.«

»O doch, das kann ich schon«, sagte das Wesen und schlürfte das salzige Tränenwasser. »Das schmeckt köstlich!«

Inachos sagte: »Was? Salzwasser schmeckt köstlich? Wem kann denn Salzwasser schmecken?«

Da sagte dieses Wesen: »Einer Bitteren schmeckt Salzwasser. Mir schmeckt es. Ich bin eine Bittere. Erkennst du mich denn nicht wieder? Ich bin Eris. Ich hoffe, du erinnerst dich noch an unsere Abmachung. Du hast die fünfte Generation deiner Nachkommenschaft verflucht. Das gilt. Das gilt immer noch.«

Inachos sagte: »Nein. Das gilt nicht mehr. Denn du hast mich belogen. Ich habe meine Tochter nicht zurückbekommen.«

Da sagte Eris: »Siehst du, eine Göttin kann vielleicht lügen, ein Wesen wie du, wenn das flucht, dann gilt dieser Fluch. Die fünfte Generation nach dir, sie wird verloren sein, glaub mir, sie wird verloren sein …«

DIE DANAIDEN

Von der ägyptischen Linie – Von Belos und Agenor, den Urvätern – Von Kinderfeindschaft – Von der Flucht nach Griechenland – Von einem verfilzten Wasserbauch – Von vernachlässigten Nachtwachen – Von Hypermnestra und ihrer Mission – Von Lynkeus und seiner Mission – Vom Heranrücken des Feindes – Von einer Massenhochzeit und einem Massenmord – Von einer klassischen Strafe

Zeus berührte Io, sie verwandelte sich, und sie war keine Kuh mehr, sondern wieder eine Frau. – Und sie war schwanger.

Io gebar also einen Sohn. Sie nannte ihn Epaphos. Eine Zeitlang lebten Mutter und Sohn unbekannt, unbelästigt, in Ruhe gelassen in Ägypten. Dann kam das Gerücht auf, die beiden seien Götter oder zumindest Göttersprößlinge. Verehrung setzte ein. Die Augen wurden vor ihnen gesenkt, Geschenke vor ihre Tür gelegt.

Io wird sich wohl gedacht haben: Oh, besten Dank, das steht mir wirklich zu. Nach all dieser Qual, die ich erlitten habe, lasse ich mich gern als Göttin feiern.

Die Menschen beteten zu ihr als Isis, ihren Sohn nannten sie Apis. – So berichtet uns jedenfalls Herodot.

Apis war ein ägyptischer Gott, ein Stiergott, und er wurde König des Landes. Er heiratete eine gewisse Memphis, die eine Tochter des Nils war. Apis gründete eine Stadt und gab ihr den Namen seiner Frau.

Aus der Ehe zwischen Apis und Memphis entsproß Libye. Nach ihr wurde ein großer Teil des nördlichen Afrika benannt, nämlich Libyen. Sie ließ sich mit dem

Meeresgott Poseidon ein, und sie gebar ihm zwei Söhne, Belos und Agenor.

Wir sind nun bei der vierten Generation nach Inachos angelangt. Noch wirkte der Fluch des Ahnen nicht. Betrachten wir Belos und Agenor, so muß man sogar sagen, die beiden waren besonders gesegnet. Sie waren die Stammväter eines großen Teils der mythischen Welt Griechenlands.

Agenor war der Vater der Europa. Europa, von Zeus nach Kreta entführt, war die Mutter des Minos. Mit Minos nimmt der kretische Sagenkreis seinen Anfang. Kadmos, ein Sohn des Agenor, wird Theben gründen. Ödipus wird sein Nachkomme sein.

Belos hatte zwei Söhne, nämlich Danaos und Aigyptos. Durch sie wurde auch er zum Ahnherrn großer Heroengeschlechter.

Von Danaos und Aigyptos will ich berichten.

Aigyptos und Danaos waren die Erfinder des reinen, des unverstellten Hasses. An Danaos und Aigyptos zeigte der Fluch des Inachos seine vollen Blüten. Wir sind bei der fünften Generation angelangt.

Schon im Mutterschoß, so hieß es, haßten sich die beiden. Sie kehrten sich in der Fruchtblase die Rücken zu, weil sie sich nicht in die Gesichter sehen wollten. Ihre Bewegungen machten ihrer Mutter große Schmerzen. Als die Zeit der Geburt gekommen war, drängten sie sich darum, wer der erste sein sollte. Jeder von beiden wollte natürlich der Erstgeborene sein.

Schließlich haben sowohl Danaos als auch Aigyptos eingesehen, daß sie gleich stark waren, daß keiner von ihnen der erste sein konnte. Da hätten sie, so heißt es, noch im Mutterschoß die Strategie geändert.

Nicht mehr sei es nun jedem von beiden darauf angekommen, selbst der erste zu sein, also sich selbst zu nützen, sondern dem anderen zu schaden, das sei von nun an das Ziel gewesen. Das nennt man reinen, unverstellten Haß. Diesem Haß geht es nicht darum, sich selbst größer, sondern den anderen kleiner zu machen.

Ihre Mutter schrie unter Schmerzen. Schließlich mußten Danaos und Aigyptos aus ihrem Leib geschnitten werden. Gleichzeitig traten sie in die Welt, keiner gönnte dem anderen auch nur einen Millimeter Vortritt.

Ihre Mutter aber starb.

Die beiden Brüder wuchsen während ihrer Kindheit getrennt voneinander auf. Es mußte sein. Erst hielt man die Buben in verschiedenen Zimmern. Sie schlugen die Türen ein und fielen übereinander her. Dann brachte man sie in verschiedenen Vierteln der Stadt unter. Aber in der Nacht schlichen sie sich aus dem Haus, trafen sich und schlugen sich auf dem Marktplatz die Nasen blutig.

Schließlich wurden sie an die Enden des Reiches verbannt, der eine weit nach Westen, der andere weit nach Osten.

Ihr Vater Belos sah, die beiden würden sich nie vertragen. Eine gemeinsame Regentschaft nach seinem Tod war eine Illusion. Er wollte sein riesiges Reich eigentlich nicht teilen, aber er wußte auch, es würde ihm nichts anderes übrigbleiben.

Um einen Erbstreit zu verhindern, übergab er schon zu seinen Lebzeiten den arabischen Teil seines Reiches an Aigyptos und den libyschen Teil an Danaos.

Dann starb Belos.

Der reine, unverstellte Haß, der kein Motiv kennt, der keine Argumente benötigt, der sich selbst Grund genug ist, dieser Haß ist nicht befriedbar. Kein Testament kann ihn beruhigen, keine Verträge können ihn binden, keine Verhandlungen ihn besänftigen.

Danaos wollte Aigyptos unter sich sehen, und Aigyptos wollte Danaos unter sich sehen. Nein, es ging den beiden nicht um das Land, es ging ihnen nicht um Besitz, nicht um Reichtum, nicht um Ruhm und Ehre, nicht einmal um die Macht in der Welt war es ihnen zu tun. Danaos war auf die Vernichtung seines Bruders Aigyptos aus, und Aigyptos wollte das Leben des Danaos zerstören.

Solcher Bruderhaß begegnet uns immer wieder in der griechischen Mythologie. Ich erinnere an Atreus und Thyestes. Von Eteokles und Polyneikes, den Söhnen des Ödipus, werde ich noch berichten.

Aigyptos hatte fünfzig Söhne, Danaos hatte fünfzig Töchter. Es ist bezeichnend, daß wir weder Nachricht über die Mütter der Söhne noch Nachricht über die Mütter der Töchter haben.

Viele Jahre war Ruhe. Schon hieß es, die beiden Brüder hätten aufeinander vergessen, ihr Haß sei in ihrer Alltäglichkeit untergegangen. Weit gefehlt!

Eines Tages kam Aigyptos an den Hof des Danaos. Danaos war erstaunt, und er war verängstigt. Er dachte sich: Wenn mein Bruder freiwillig zu mir kommt, dann kann das nur etwas Schlimmes bedeuten.

Aber Aigyptos beugte sein Haupt vor seinem Bruder und bat um Einlaß.

Danaos sagte: »Mißverstehe mich nicht, aber wir

haben eine lange gemeinsame Geschichte des Hasses hinter uns. Laß uns bereden, was wir zu bereden haben, hier draußen unter freiem Himmel wollen wir sprechen, damit Zeus Zeuge unseres Gesprächs sein kann.«

Aigyptos sagte: »Ich habe nichts vor Zeus zu verbergen. Also bin ich einverstanden. Ich schlage dir Frieden vor. Ich schlage vor, meine fünfzig Söhne sollen deine fünfzig Töchter heiraten. Überlege es dir, ich will dich nicht zu einer sofortigen Antwort drängen.«

Danaos sagte: »Verzeih mir, wenn ich dich nicht einlade in mein Haus, wenn ich dich bitte, draußen im Zelt zu übernachten. Ich werde mir deinen Vorschlag gründlich überlegen.«

Und sie wünschten sich eine gute Nacht, verabschiedeten sich unter Verbeugungen. – Kennen wir das nicht, daß durch Haß Verfremdete besonders höflichen Umgang miteinander haben?

In der Nacht erschien Pallas Athene dem Danaos.

Sie sagte zu ihm: »Wenn dein Bruder im offenen Haß gekommen wäre, dann hätte ich dir gesagt: Gut, stell dich! Tritt ihm entgegen! Aber wenn dein Bruder friedliche Absicht vorschützt, dann kann ich dir nur eines raten: Ergreife sofort die Flucht! Laß keine Zeit verstreichen! Laß alles hinter dir! Verlasse dein Land!«

Danaos war ein frommer Mann, ein athenefrommer Mann.

»Wohin soll ich fliehen?« fragte er die Göttin.

Pallas Athene antwortet ihm: »Dorthin, wo euer Haß seinen Ursprung hat.«

Das war Griechenland, die Argolis. Aus Argos war ihre Ahnin Io gekommen. Noch in derselben Nacht rief er seine fünfzig Töchter zu sich.

Es ist für uns rätselhaft und oft nicht zu verstehen, wem alles die Göttin Pallas Athene ihre Sympathie schenkte. Wir werden uns noch öfter wundern. Meistens sind wir ja durchaus mit ihrer Wahl einverstanden, denken wir nur an Odysseus, da können wir ihre parteiische Vorliebe verstehen, auch bei Jason, der die Argonauten geführt hat, ein charmanter Mann.

Manchmal verstehen wir die Launen der Göttin allerdings nicht. Wenn Pallas Athene dem Danaos ihre Zuneigung gab, so ist es uns vielleicht lieber, als wenn sie sich dem Aigyptos zugeneigt hätte, aber überhaupt Stellung zu beziehen in diesem Bruderhaß erscheint uns doch sonderbar und degoutant.

Eine Laune eben, aber eine göttliche Laune. Und göttliche Launen, das hat uns Prometheus gelehrt, können gefährlich sein.

Pallas Athene hat also Stellung bezogen in diesem Konflikt. Sie hat den Danaos über das Meer nach Griechenland geführt. Sie war die Beraterin und Beschützerin des Danaos und seiner fünfzig Töchter.

Nun, Danaos und seine fünfzig Töchter kamen also in Griechenland an, ankerten in der Nähe von Argos, und sie hatten Durst. Sie wollten aus dem Fluß Inachos trinken, aber dieser Fluß führte Salzwasser. Es waren die Tränen des Inachos um seine Tochter Io.

Danaos schickte eine seiner Töchter aus, um Wasser zu suchen, und zwar seine jüngste Tochter Amymone.

Amymone war eine sehr geschickte, kenntnisreiche Jägerin, und sie hatte eine besondere Gabe: Sie konnte Wasser riechen, trinkbares Wasser konnte sie riechen. So ging sie durch den Wald und schnüffelte und suchte Wasser.

Und da roch sie Wasser, und ihre Nase sagte ihr: Hinter diesem Busch dort gibt es Wasser. Sie nahm ihren Speer und holte aus, denn sie wollte den Boden aufstechen, um die Quelle zu erschließen.

Aber es war keine Quelle. Hinter dem Gebüsch lag ein Satyr. Der schlief dort.

Amymones Speer traf den Bauch dieses Satyrs. Aber weil der Bauch so dicht mit verfilztem Fell bedeckt war, durchdrang die Speerspitze nicht die Haut.

Dieser Satyr – niemand weiß seinen Namen – war ein Tunichtgut und obendrein kein besonders schlauer Tunichtgut. Er hatte sich zu Mittag bei Bauern eingeladen und den Bauch mit gesalzenen Fischen vollgeschlagen. Davon hatte er einen irrsinnigen Durst bekommen. Dagegen hatte er Honig getrunken, weil er eben ein bißchen dumm war. Durch den Honig war der Durst noch größer geworden, noch unerträglicher. Nirgends war Wasser. Der einzige Fluß in der Gegend, der Fluß Inachos, der führte Salzwasser. Und in seinem unerträglichen Durst hatte der Satyr eine Gewitterwolke, die gerade über das Land flog, vom Himmel heruntergesaugt und hatte die ganze Gewitterwolke ausgetrunken.

Nun lag er zufrieden hinter einem Busch mit einem Bauch voll Wasser, und dieses Wasser hat Amymone gerochen.

Der Speerstich machte, daß der Satyr erwachte, und er sah Amymone vor sich und wollte sich auf sie stürzen und sie vergewaltigen. Das wäre, dachte er, ein guter Abschluß seines Mittagsschläfchens.

Amymone konnte zwar Wasser riechen, und sie konnte prächtig den Speer werfen, aber gegen wilde, verfilzte Satyrarme verstand sie sich nicht zu wehren. Sie rief um Hilfe.

Poseidon war in der Nähe. Er war auf der Suche nach seiner Gewitterwolke, die ihm abhanden gekommen war. Er ist der Gott der Gewässer, der am Himmel schwebenden Gewässer ebenso wie der am Boden plätschernden und brausenden.

Poseidon hörte die Schreie der Amymone, eilte herbei, kickte den Satyr aus der Geschichte und rettete das Mädchen.

»Danke«, sagte sie.

»Genügt nicht«, sagte er.

»Was noch«, sagte sie.

Er sagte es ihr.

»Wer bist du?« fragte sie.

Er sagte es ihr.

Der Gott Poseidon wird ihr lieber gewesen sein als ein verfilzter Satyr mit einem Wasserbauch. Sie legte sich mit Poseidon hin.

Wenn er will, heißt es, kann Poseidon ein guter Liebhaber sein, und Amymone war ihm eine gute Liebhaberin.

Als Gegenleistung schlug Poseidon seinen Dreizack in den nächstbesten Felsen, und frisches, süßes Wasser sprudelte heraus.

Das frische Wasser rann in den bitteren Fluß Inachos, und so wurde sein bitteres Salzwasser versüßt.

Danaos und seine Töchter hatten endlich zu trinken. Und das Land ergrünte. Und Inachos, der Fluß, durfte hoffen, daß nun sein Fluch getilgt sei.

»Dieses Land«, sagte Danaos zu seinen Töchtern, »soll unsere neue Heimat werden.«

»Und was ist mit unserem Reich zu Hause in Libyen?« fragten sie.

»Vergeßt die alte Heimat«, sagte Danaos.

»Aber«, sagten die Töchter, »dort haben wir viel gegolten. Dort waren wir angesehen. Dort war unser Geschlecht groß. Wer sind wir hier?«

»Auch hier werden wir groß werden«, sagte Danaos. »Und unser Geschlecht wird besungen werden.«

Hatte Danaos recht? Ja, er hatte recht. Wenn wir die Ilias lesen, dann werden wir feststellen, daß Danaos' Zuversicht begründet war. Homer nennt die Griechen vor Troja die Danaer. Das ganze Volk wurde nach Danaos und seinen Töchtern benannt. Was aber nicht heißt, daß ihre eigene Geschichte eine glückliche war ...

Danaos und seine Töchter meinten, in Griechenland einigermaßen sicher vor Aigyptos und seinen fünfzig Söhnen zu sein. Aber sie waren dennoch auf der Hut. Danaos wußte, sein Bruder Aigyptos würde keine Ruhe geben, ehe er nicht bekommen hatte, wonach sein Haß begehrte.

Danaos instruierte seine Töchter. Er sagte: »Vergeßt nicht: Wir wollen hier nicht nur vorübergehend bleiben. Wir wollen nicht wieder fliehen müssen. Das ist unser Land. Gebt acht!«

Sie stellten Wachen auf. Kein normales Leben gab es. Am Tag arbeiteten die Töchter des Danaos auf den Feldern und im Haushalt. In der Nacht wurden sie zu Wachdiensten eingeteilt.

Aber die Töchter waren inzwischen auch schon alle erwachsen, sie hatten sich Männer genommen, manche von ihnen jedenfalls. Sie hatten eigene Familien. Die Ereignisse in Nordafrika lagen weit zurück, die Erinnerung daran begann zu verblassen.

Und nicht wenige der Töchter sagten: »Unser Vater ist alt. Wir verstehen ihn ja. Er kann den Haß nicht vergessen. Aber es ist in erster Linie sein Haß. Was haben wir mit diesem Haß zu schaffen? Er kann nicht verlangen, daß wir unser ganzes Leben nur nach seinem Haß ausrichten. Wir haben ein eigenes Leben, und wir haben ein Recht auf ein eigenes Leben.«

Sie wurden nachlässig. Bei den Nachtwachen schliefen sie ein, sie nahmen Decken und Kissen mit auf die Wache und etwas zu lesen. Bald blieben sie ganz zu Hause.

»Genügt es denn nicht, wenn wir uns Hunde halten?« fragten sie. Und sie gaben sich gleich selbst die Antwort: »Ja, es genügt, wenn wir uns Hunde halten.«

Nur eine Tochter stand nach wie vor ganz auf der Seite des Vaters. Diese Tochter hieß Hypermnestra. Sie war die älteste Tochter des Danaos.

Hypermnestra predigte ihren Schwestern: »Die Gefahr ist noch nicht überstanden. Solange unser Onkel lebt, sind wir in Gefahr. Wir müssen zu unserem Vater stehen. Unser Vater bildet sich nicht nur irgend etwas ein.«

»Ja, ja, schon, aber ...«, sagten ihre Schwestern.

Und dann hielten sie einige Nächte hindurch ordentlich Wache. Bald aber nahmen sie wieder ihre Zudecken und Kopfkissen mit und auch etwas zu lesen.

Und schließlich sagten sie: »Ach, die Hunde genügen doch ...«

Hypermnestra aber blieb standhaft. Je nachlässiger ihre Schwestern wurden, desto härter wurde sie. Fanatisch vertrat sie den Haß ihres Vaters.

Die Schwestern machten sich nicht lustig über sie, nein, das nicht, sie sagten nur: »Ach, es ist ein Jammer mit Hypermnestra. Ihre Treue zu unserem Vater, meine Güte, das ist doch nur scheinbar Treue. Sie hat niemanden, das ist es. Sie hat keinen Mann, sie hat keinen Geliebten, sie hat keine Kinder. Alles, was sie hat, ist der Haß unseres Vaters auf unseren Onkel. Das ist der Sinn ihres Lebens, und diesen Sinn hat sie sich ausgeliehen. Einen eigenen Sinn gibt es in ihrem Leben nicht. Wir aber haben Familie, unseren Lebenssinn haben wir uns selbst geschaffen.«

So redeten sie.

Hypermnestra wollte Jungfrau bleiben. Ja, sie sah ihre Aufgabe auf dieser Welt darin, als Offizier neben ihrem Vater zu stehen. Das schwor sie sich jede Nacht, wenn sie Wache stand. Sie schwor es, und die Sterne waren ihre Zeugen.

»Das ist meine Mission«, sagte sie zu sich. »Erst wenn die Feinde meines Vaters vernichtet sind, darf ich an mich selbst denken.«

Und eines Nachts, als Hypermnestra wieder Wache stand und auf die Felder hinausblickte, kam ein junger Mann des Weges. Das war nichts Außergewöhnliches. Aber dieser junge Mann fing ein Gespräch mit Hypermnestra an. Und das war etwas Außergewöhnliches. Denn jeder in der Umgebung kannte die strenge Tochter des Danaos, und niemand hatte es bisher gewagt, sie anzusprechen.

»Ich sehe«, sagte der junge Mann, »du beobachtest die Sterne.«

»Ja, das tue ich«, sagte Hypermnestra.

Und sie unterhielten sich über die Sterne.

Der junge Mann wußte viel über die Sterne. Er kannte Namen für die Sterne, die Hypermnestra nicht kannte. Und Hypermnestra merkte sich diese Namen. Es waren arabische Namen.

Und in der darauffolgenden Nacht kam der junge Mann wieder vorbei. Und auch in den nächsten Nächten trafen sie sich, ohne daß sie sich verabredet hätten.

»Was ist los mit dir?« fragten die Schwestern am Tag. Denn noch nie bisher war es geschehen, daß Hypermnestra gelächelt hatte. Nun lächelte sie.

»Was soll schon los sein«, sagte sie.

»Soll dich eine von uns bei der Nachtwache ablösen?« fragten die Schwestern.

»Nein«, sagte Hypermnestra.

Vor stürmischer Leidenschaft hätte Hypermnestra Angst gehabt. Der junge Mann aber war voll Respekt zu ihr. Das gefiel ihr. Am Tag war sie ungeduldig, sehnte die Nacht herbei.

So trafen sich die beiden über Wochen hinweg jede Nacht, und sie wurden einander vertraut. Schließlich gestand sich Hypermnestra ein, was sie ja längst schon in ihrem Herzen wußte, nämlich, daß sie diesen jungen Mann liebte.

»Wie heißt du?« fragte sie ihn.

»Lynkeus heiße ich«, sagte er.

»Ich habe dich vorher noch nie hier gesehen«, sagte Hypermnestra. Aber sie fügte gleich hinzu: »Das hat nichts zu bedeuten, weißt du. Ich habe bisher die Welt um mich herum gar nicht wahrgenommen.«

»Du kannst mich hier vorher nicht gesehen haben«, sagte Lynkeus, »denn ich stamme nicht von hier.«

Er sei von einem fernen Land hierher geschickt worden, sagte er, um hier eine Mission zu erfüllen. Er könne Hypermnestra aber nicht sagen, was für eine Mission das sei. Es sei eine schwere Mission, sie laste auf seinem Herzen.

Hypermnestra sagte: »Auch ich habe eine schwere Mission zu erfüllen, und auch ich kann dir nicht sagen, was für eine Mission es ist.«

Ihre Schwestern hatten bald herausbekommen, daß sich Hypermnestra in der Nacht mit einem Mann traf. Sie waren froh darüber. »Dann kommt sie auf andere Gedanken«, sagten sie.

Und zu Hypermnestra sagten sie: »Wir wissen, daß du dich in der Nacht mit einem Mann triffst. Wir freuen uns darüber. Siehst du, auch wir lieben unseren Vater, und wir würden alles für ihn tun. Und wenn er uns ausdrücklich etwas befiehlt, dann werden wir selbstverständlich gehorchen. Aber inzwischen besteht er selbst schon nicht mehr auf den Nachtwachen. Sein Haß auf den Onkel läßt nach. War ja auch höchste Zeit! Lebe nun auch du endlich dein eigenes Leben!«

Hypermnestra beschloß zu heiraten. Sie wollte Lynkeus einen Antrag machen. Eine Nacht noch will ich wachen, sagte sie sich, in dieser Nacht will ich ihm mein Wort geben und will sein Wort nehmen.

Aber ausgerechnet in dieser Nacht kam Lynkeus nicht.

Hypermnestra blickte hinaus auf die mondbeschienenen Felder und wartete. Und da überfielen sie Zweifel an ihrem bisherigen Leben. Was habe ich aus meinem Leben gemacht, dachte sie. Meine Schwestern hatten recht. Was mache ich, wenn Lynkeus nie wiederkommt?

Da hörte sie ein Dröhnen. Da sah sie im Mondlicht Staub am Horizont aufwirbeln. Da sah sie, daß sich ein

Heer näherte. Es war das Heer ihres Onkels Aigyptos, der mit seinen fünfzig Söhnen und Tausenden Soldaten heranrückte.

Hypermnestra schlug Alarm.

Danaos und seine Töchter konnten der Übermacht nichts entgegensetzen. Aigyptos und seine Söhne umzingelten ihre Stadt.

Sie schickten einen Unterhändler, er sagte: »Aigyptos will mit seinem Bruder sprechen.«

Und Aigyptos kam ins Lager, und er sagte zu Danaos: »Ich mache dir noch einmal denselben Vorschlag. Es wird dir und deinen Töchtern nichts geschehen. Tun wir uns zusammen, meine fünfzig Söhne, deine fünfzig Töchter. Sie sollen ihre Männer und ihre Kinder fortschicken. Auch meine Söhne werden ihre Weiber und ihre Kinder fortschicken. Nur unsere Familie zählt! Beginnen wir von vorne! Lassen wir unsere Kinder sich verheiraten!«

Das kaiserliche Österreich hat für diese Art der Außenpolitik sehr viel später eine Formel gefunden: Tu felix austria, nube! – Du glückliches Österreich, heirate!

Und nicht anders hat es auch Aigyptos gesehen: »Legen wir unsere beiden Reiche zusammen, und besiegeln wir unsere neue gemeinsame Macht durch Heirat!«

Danaos wollte das nicht. Er erbat sich Bedenkzeit, hielt Zwiesprache mit seiner Göttin Pallas Athene.

»Nein, mach das nicht«, sagte Athene. »Aber sei schlau!«

Und Danaos war schlau. Zum Schein stimmte er dem Vorschlag seines Bruders zu. Es wurde der Tag der Massenhochzeit bestimmt.

»Was sollen wir tun?« empörten sich die Töchter des

Danaos. »Unsere Männer und unsere Kinder sollen wir wegschicken? Das tun wir nicht.«

Danaos sagte: »Nur zum Schein habe ich zugestimmt. Im offenen Kampf sind wir meinem Bruder unterlegen. Seine Kraft sind seine Söhne, wie meine Kraft ihr, meine Töchter, seid. Er hat mir mein Land genommen. Ich bin vor ihm geflohen. Ihr, meine Töchter, ihr müßt mich rächen! Heiratet die fünfzig Söhne des Aigyptos, aber in der Hochzeitsnacht sollt ihr euren Bräutigamen mit den Haarnadeln, die ich euch hier schenke, das Herz durchbohren.«

So weit wollten die Töchter auch wieder nicht gehen.

»Gibt es denn keinen anderen Ausweg?« fragten sie. »Muß es so hinterlistiger Mord sein? Kann man nicht reden mit denen?«

»Nein, kann man nicht!«

Es war Hypermnestra, die das Wort ergriffen hatte. Sie hatte wieder ganz auf die Seite ihres Vater umgeschwenkt. Sie wußte: Das ist die Mission, die ich zu erfüllen habe. Und sie hoffte: Wenn ich diese Mission endlich erfüllt habe, dann wird Lynkeus mein Mann, und mein Leben wird durch nichts mehr gestört werden.

Zum Schein stimmte Danaos dem Vorschlag seines Bruders zu. Die Töchter und die Söhne wurden zusammengebracht, der jüngste Sohn zur jüngsten Tochter, der zweitjüngste zur zweitjüngsten und so weiter.

Zuletzt trat der älteste Sohn des Aigyptos in das Zelt der ältesten Tochter des Danaos.

Dieser älteste Sohn war Lynkeus, und die älteste Tochter war Hypermnestra. Und Hypermnestra sah, daß Lynkeus der Sohn ihres Erzfeindes war, und Lynkeus sah, daß Hypermnestra die Tochter seines Erzfeindes war.

Aber die Liebe zwischen ihnen war gereift, und Hypermnestra konnte den Befehl ihres Vaters nicht ausführen. Sie zerbrach ihre Haarnadel.

Hypermnestra sagte zu Lynkeus: »Fliehen wir!«

Und sie flohen.

Aber die neunundvierzig Töchter des Danaos erstachen in dieser Nacht die neunundvierzig Söhne des Aigyptos.

Ein Blutbad war das, und das Blut floß zusammen, und es floß in den Fluß Inachos, der nun beinahe schon seinen Frieden gefunden hatte. Er färbte sich rot, und wieder war sein Wasser ungenießbar.

Was geschah mit Hypermnestra und Lynkeus? Die einen sagen, sie seien später von Hypermnestras Schwestern getötet worden. Andere behaupten, Lynkeus sei zurückgekehrt und habe die neunundvierzig Schwestern seiner Frau getötet.

Ich glaube, Lynkeus und Hypermnestra kamen nie wieder zurück. Ich glaube, sie haben sich irgendwo, weit weg, am anderen Ende der Welt niedergelassen, haben nie mehr ein Wort über die Sache fallen lassen.

Was aber wurde aus den neunundvierzig Töchtern, die ihre Gatten in jener Nacht getötet haben?

Als Mörderinnen kamen sie nach ihrem Tod in den Tartaros. Dort müssen sie seither eine der klassischen Strafen verbüßen. Ja, neben Tantalos, der im Wasser steht und Durst hat, und Sisyphos, der den Stein auf seinen Felsen wälzt, gehören die Danaiden zu den klassisch Bestraften: Sie müssen Wasser in Weidenkörben transportieren. Wenn sie an ihrem Ziel ankommen, ist kein Wasser mehr in den Körben, und sie werden zurückgeschickt und müssen wieder Wasser in die Körbe füllen und so weiter auf ewig. Zur Sinnlosigkeit sind sie verurteilt worden.

Das ist die Geschichte der Danaiden – der fünften Generation nach Inachos.

ANTIOPE

Von der Herrschaft der Schönheit – Von der Faszination des Häßlichen – Vom Tod des Nykteus – Von der Grausamkeit des Lykos – Von der Geburt der Zwillinge – Von der grausamsten Frau – Von Amphion und Zethos – Von ihrer Begegnung mit einer armen Frau – Von einer vergebenen Chance

Es war einmal ein König, der hieß Nykteus. Er herrschte über die Stadt Kadmeia.

Kadmeia war von Kadmos gegründet worden, dem Bruder der Europa, der auf der Suche nach seiner Schwester von Afrika nach Griechenland gekommen war.

Dieser Nykteus war ein Ästhet. Er wollte nur das Schöne sehen, nur das Reine, das Saubere, das Ausgewogene, das Harmonische. Er fühlte sich als Herr und Richter über den guten Geschmack. Das Schräge, Klimprige, Angepatzte, Mißtönende verabscheute er, es machte ihn krank.

Nykteus – wir hören es gern – haßte auch den Krieg. Ebenso lehnte er schweißtreibende Sportveranstaltungen ab. Wettbewerbe jeder Art waren ihm zuwider. Streit ebenso wie allzu gute Laune waren unter seiner Herrschaft verpönt. Lärm war überhaupt verboten. Nykteus war kultiviert.

Er hatte eine Tochter, und die vergötterte er, diese Tochter hieß Antiope. Alles, was dieses Töchterchen wünschte an Schönem, das besorgte ihr Nykteus. Die Dinge, die sie umgaben, waren alle aufeinander abgestimmt. Kein Querschläger in Farbe, Form, Ton, Geruch oder Geschmack störte die Sinne.

Antiope lebte in Schönheit. Antiope war kultiviert.

Dann verliebte sie sich. In einen schönen jungen Mann verliebte sie sich. Wen wundert's?

Nein, sie verliebte sich eigentlich nicht. Wenn man das weitere Schicksal der Antiope kennt, dann muß man sagen: Sie verliebte sich nicht in diesen jungen, schönen Mann, sie glaubte lediglich, sie verliebe sich in ihn.

Dieser schöne junge Mann hieß Epopeus. Auch er war kultiviert.

Epopeus und sein Schwiegervater Nykteus verstanden sich vorzüglich. Nichts taten sie lieber, als Feste zu planen, Festivals zu organisieren. Da gab es keine Gabel, die nicht zum Messer, keine Nachspeise, die nicht zur Vorspeise, kein Haarband, das nicht zum Schuhband paßte. Und der Höhepunkt der Feste war stets: der Auftritt Antiopes.

Und eines Tages verdrehte Antiope die Augen! Sie erschrak und sagte sich: Ich habe die Augen verdreht! Stimmt irgend etwas nicht?

Die Geschichte der Antiope ist auch eine Geschichte über den Fluch der Langeweile und über die Faszination des Häßlichen. Ja, Antiope, die schöne Tochter des schönen Vaters, die schöne Braut des schönen Bräutigams, begann sich zu langweilen. Das Schöne verlor seinen Reiz für sie, das Ausgeglichene regte sie auf, Harmonie machte sie wahnsinnig.

Sie zog hinaus in die Natur, in die ungeordnete Natur, in der nichts zu nichts paßte und alles war, wie es war. Der Garten zu Hause war kunstvoll gepflegt, mit Schere und Hacke recht anspielungsreich gebändigt. Die Natur dagegen war wild und unsinnig. Da lagen Bäume und faulten, Igel wurden von Parasiten gequält, Enten konnten nicht richtig gehen, Hühner nicht fliegen. Da galt das Schöne nichts, da galt nur das Starke.

Das zog Antiope an.

Wer kennt das Herz des Menschen? Hermes kennt es. Er ist Psychopompos, der Seelenführer, er trägt die Seelen der Verstorbenen hinunter zum Hades. Er kennt ihre Klagen. Und worüber klagen die Seelen der Verstorbenen? Sie beklagen die Wünsche, die sie in ihrem Leben unterdrückt haben. Und nichts offenbart den Charakter des Menschen mehr als seine unterdrückten Wünsche. Hermes ist der Menschenkenner oben im Olymp. Er sieht den Menschen die Wünsche im Gesicht an.

Es ergab sich, daß Zeus hinunterschaute und Antiope sah. Und da begehrte er sie. Er wandte sich an Hermes.

»Was, Sohn, muß ich tun, um diese Antiope zu gewinnen?« fragte er.

»Mach dich häßlich«, sagte Hermes. »Verwandle dich in ein häßliches, stinkendes, lärmendes Wesen!«

Zeus vertraute Hermes. Er schlüpfte in das körperliche Gewand eines Satyrs, der die geforderten Voraussetzungen erfüllte. Zottelig war sein Fell, schmutzig war er von oben bis unten, keine Manieren hatte er.

Auf dieses Wesen nun traf Antiope bei einem ihrer Waldspaziergänge. Der Satyr stand wenige Meter vor ihr und bewegte sich nicht. Er starrte Antiope gerade und frech in die Augen. Ließ sie nicht los. Auch Antiope bewegte sich nicht. Sie betrachtete dieses Wesen, und sie fürchtete sich vor ihm. Aber sie rührte sich nicht von der Stelle. Sie hätte schreien wollen. Aber sie blieb still.

Da hob der Satyr den Arm und streckte seine krallige Hand nach ihr aus.

Nichts mehr würde so sein wie vorher.

Antiope ahnte, daß die Gefahr, die von diesem Satyr ausging, zugleich auch die sicherste Waffe gegen die Langeweile war, die so viel Verheerung in ihrem Herzen anzurichten drohte.

Antiope ließ sich mit diesem Satyr ein. Sie traf dieses Wesen von nun an jeden Tag. Sie hatte keine Ahnung, daß es Zeus war. Sie treibt es mit einem Satyr in der ungeordneten, häßlichen Natur.

Sie kommt nicht los von ihm, sie läßt sich von dem Unhold beschimpfen, sie wartet auf ihn. Sie liebt sein häßliches, struppiges Gesicht, liebt seine rohen Umarmungen. Liebt den scharfen Geruch seines Rachens.

Zu Hause fragt man: »Was machst du im Wald?«

»Nichts«, sagt sie.

»Dann nimm mich doch einmal mit hinaus«, sagte Epopeus, ihr Bräutigam.

»Nein«, gab sie zur Antwort. »Ich will nicht.«

Sie fürchtete, er könnte ihr heimlich folgen und sie mit ihrem häßlichen Liebhaber beobachten.

»Was ist mit dir los?« fragte nun auch ihr Vater.

»Nichts«, antwortete sie wieder.

Antiope ist voll Unruhe. Ihre Unehrlichkeit bedrückt sie, ihr Begehren bedrückt sie. Sie liebt ihren Vater, sie liebt ihren Bräutigam. Aber sie entfremdet sich ihnen. Das bedrückt sie.

Heute würde sie vielleicht Trost von einem Psychiater erbitten, damals befragte man in solchen Fällen das Orakel.

»Was soll ich tun?«

»Du mußt sehr vorsichtig sein, Antiope«, antwortet das Orakel. »Vom Häßlichen geht Leid aus.«

Aber Antiope weiß nicht, was Leid ist, nie in ihrem Leben hat sie Leid erfahren, nie hat sie Leid gesehen. Abgeschirmt von allem Schweren war sie aufgewachsen.

So fragt sie: »Was ist das, Leid?«

Das Orakel antwortet darauf: »Leid läßt sich nicht beschreiben.«

»Wie kann ich dann wissen, was Leid ist?«

»Indem du Leid erfährst.«

Und Antiope fragt: »Ist Leid langweilig?«

Und das Orakel antwortet: »Nein, langweilig ist das Leid ganz gewiß nicht. Leid ist gräßlich.«

Und Antiope sagt: »Was gibt es Gräßlicheres als die Langeweile?«

Sie ließ sich vom Orakel nicht warnen. Weiter traf sie den häßlichen, launischen, respektlosen, eben unkultivierten Satyr im Wald.

Seine Häßlichkeit zog sie an, aber sie stieß sie auch ab. Mit einem Kribbeln im Nacken hörte sie sich seine obszönen Reden an, zugleich aber entsetzte sie sich auch darüber. Sie liebte dieses Wesen, und sie ekelte sich vor ihm.

Wenn sie sich aus seiner Umarmung löste, wünschte sie sich nichts mehr, als zu Hause zu sein, umgeben zu sein von Harmonie, Sauberkeit, Schönheit. Wenn sie dann aber zu Hause war, meinte sie zu sterben vor Langeweile.

Antiope lebte in einem innerer Konflikt, ihr Leben spannte sich zwischen verbotener Neigung und angenehmer Gewohnheit, und diese Spannung machte, daß sie besonders anziehend wirkte. Ja, das dauernde Widersprechen, unter dem sich ihre Seele wand, machte sie nach außen besonders attraktiv.

Und das wiederum wirkte zurück auf ihren Bräutigam Epopeus. Dieser Mann wurde angesteckt vom Leben.

»Ist dir nie aufgefallen, daß unser Dasein hier langweilig ist?« fragte er eines Tages.

»O ja«, sagte Antiope, »o ja, das ist mir auch schon aufgefallen.«

»Tatsächlich?«

»Ja, tatsächlich.«

»Aber dagegen müssen wir etwas tun«, ereiferte sich Epopeus.

»Aber was denn?« fragte sie, stellte sich unschuldig.

»Das fragst du mich«, rief Epopeus, »ausgerechnet du!«

»Wie meinst du das?« fragte Antiope.

Aber Epopeus wußte ihr darauf keine Antwort. Daß Mut und Kühnheit von ihr ausgehen, sagte er, daß er es jedenfalls so empfinde, daß er doch spüre, wie vergeudet ihre Zeit hier am Hof ihres Vaters sei, daß er, Epopeus, es jedenfalls so empfinde, wenn sie, Antiope, in seiner Nähe sei.

Einen Augenblick überlegte Antiope vielleicht sogar, ob sie Epopeus ihr Geheimnis verraten sollte. Aber sie schwieg.

»Darf ich dich wenigstens einmal in den Wald begleiten?« fragte er wieder.

»Nein«, sagte sie wieder. »Das will ich nicht.«

Dann eines Tages merkte Antiope, daß sie schwanger war. Und sie wußte, sie war schwanger von diesem häßlichen, unflätigen, unkultivierten Satyr.

Da bekam sie es mit der Angst zu tun. Vor ihrem Vater fürchtete sie sich. Der haßte das Häßliche mehr als alles andere auf der Welt, und das Kind, das sie gebären würde, daran zweifelte sie nicht, es würde so häßlich sein wie sein Vater, dieser häßliche, unflätige, unkultivierte Satyr.

Aber zugleich freute sie sich auf dieses Kind. Es war ihr, als verheiße ihr dieses Kind ein neues Leben, ein Leben, in dem es nie langweilig sein würde.

Sie beschloß zu fliehen.

Sie sagte zu Epopeus: »Wenn du mit mir gehst, gut. Wenn nicht, dann wirst du mich nie wiedersehen.«

Und Epopeus war begeistert. »Ich komme mit«, sagte er. »Nichts hält mich hier.«

»Aber«, sagte sie, »du darfst mich nie ausfragen.«

»Worüber ausfragen?«

»Schon das ist eine Frage, die du nie wieder stellen darfst.«

Er versprach es.

Alles hätte er ihr versprochen. Auch für Epopeus war die Langeweile die Hölle. Alles hätte er getan, um ihr zu entfliehen.

Ein letztes Mal ging Antiope in den Wald, um den Satyr zu treffen.

»Ich bekomme ein Kind von dir«, sagte sie.

»Nein«, sagte der, »zwei wirst du bekommen. Zwillinge sind in dir.«

»Wie kannst du das wissen«, sagte sie.

»Ich weiß es eben.«

»Wer bist du?« fragte sie.

»Das ist eine gefährliche Frage«, sagte er.

»Wer bist du«, wiederholte sie. »Wer steckt in Wahrheit unter diesem zotteligen, schmutzigen Fell?«

»Willst du mich wirklich sehen als den, der ich bin? Willst du mich in meiner ganzen Herrlichkeit sehen?« fragte Zeus.

Da erschrak Antiope. Und sie lief aus dem Wald.

Kannte sie etwa die Geschichte von Semele, die ebendies gewollt hatte, nämlich Zeus in seiner ganzen Herrlichkeit zu sehen, und die diesen Anblick dann nicht ausgehalten hatte und in Flammen aufgegangen war – kannte Antiope diese Geschichte? Vielleicht ...

Antiope lief aus dem Wald, lief nach Hause, packte eilig ihre Habseligkeiten zusammen und verließ mit Epopeus den kultivierten Hof ihres kultivierten Vaters.

Für König Nykteus war das ein Strich durch seine Lebensrechnung. Erziehung zu Harmonie und Schönheit – dieses Programm sollte fortgesetzt werden in seinen Enkeln. Nykteus sah seine Tochter als sein Eigentum, in das er investiert hatte. Da hatte er ein Leben lang vorgegeben, den Krieg zu hassen, hatte stets nach allen Seiten hin behauptet, die wortgeschliffene Verhandlung der schweißtreibenden Auseinandersetzung vorzuziehen, und nun, da ihm sein »Eigentum« genommen wurde, da sich dieses »Eigentum« ihm entzog, da sagte er sich: Gepfiffen ist auf die vornehme Lebensart!

Aber weil er keine Ahnung vom Kriegshandwerk hatte, wandte er sich an seinen Bruder Lykos, der in allem sein Gegenteil war, gewalttätig, roh, unschön, eben unkultiviert.

Er sagte: »Du mußt mir helfen, Lykos! Ich will meine Tochter, die mein Eigentum ist, zurückbekommen!«

Lykos nickte, stellte einen Trupp von Rabauken zusammen, und los ging's, den beiden hinterher.

Es kommt zum Kampf. Der schöne, an der Langeweile verzweifelte Epopeus, der durch die Wende in seinem Leben neue Spannung und Kraft bekommen hat, tötet

Nykteus. Er wollte das nicht. Ein kurzes Schwertschwingen, eine ungeschickte Bewegung, die sich als geschickte Bewegung herausstellte, und schon liegt der König im Staub. – Ein malerisches Bild übrigens.

Zum ersten Mal in ihrem Leben kommt Schmerz über Antiope, denn sie hat ihren Vater geliebt. Und daß es ausgerechnet Epopeus war, der ihren Vater getötet hat, macht den Schmerz noch brennender.

»Ist das Leid?« fragt sie.

Und sie antwortet sich selbst: Wenn es Leid ist, dann ist es auf jeden Fall nicht langweilig.

Der sterbende Nykteus bat seinen Bruder Lykos zu sich und sagte: »Mein Leben war umsonst. Jetzt im Tod weiß ich es. Schönheit und Harmonie sind Illusionen. Du hast dich in deinem Leben um Schönheit und Harmonie nichts geschert.«

»Nein, habe ich nicht«, sagte Lykos.

»Räche mich«, sagte Nykteus.

»Und wie willst du es haben?«

»Das überlasse ich dir.«

Dann starb Nykteus.

Antiope, hochschwanger inzwischen, und Epopeus sind vor Lykos geflohen und haben sich in den Wäldern versteckt, wo sich Antiope gut zurechtfand. Aber noch kannten sie die Welt nicht, noch kannten sie die Menschen nicht, vor allem kannten sie Lykos nicht.

Der war nicht nur ein rauher Geselle, er war hinterlistig, und Gewalt machte ihm Freude. Er ließ überall verkünden, Antiope und Epopeus hätten nichts von ihm zu befürchten. Er wolle mit ihnen verhandeln.

»Verhandeln wir«, sagte Epopeus zu Antiope. »Er ist dein Onkel. Du bist schwanger – ich darf ja nicht fragen von wem –, aber er wird deinen Zustand respektieren und ehren.«

Sie stellten sich.

Keine Gefangennahme, keine schlechte Behandlung, die beiden wurden ins Zelt des Lykos geführt. Sie warteten, wurden bedient. Ob sie Wünsche hätten, wurde gefragt. Alles schien gut zu sein, alles gut, keine Rache, alles vergessen …

Dann kam Lykos, setzte sich zu ihnen. Alles gut, alles gut …

Und dann, mitten im Gespräch, das ruhig und friedlich verlaufen war, in gepflegter Atmosphäre sozusagen, zieht Lykos sein Schwert, spielt mit dem Daumen an der Klinge, während er noch spricht, und plötzlich schlägt er Epopeus vor den Augen der Antiope den Kopf ab.

Antiope aber läßt er abführen, läßt sie in Ketten legen.

Das ist Leid, und es ist nicht langweilig. Nein, langweilig ist es nicht. Aber all dies Leid, es ist nur ein Vorgeschmack auf das, was noch folgt.

Antiope wird von ihrem Onkel verschleppt, wird von ihm wie eine Sklavin behandelt. Lykos weiß ja, welchen Stellenwert die Ästhetik, die Sauberkeit, die Schönheit, das Abgerundete im Leben der Antiope hatte. Er verspottet sie, gibt ihr die häßlichsten Kleider, die schmutzigsten, dreckigsten Fetzen, zwingt sie, nur einen Schuh zu tragen. So muß sie hinter der Karawane herhumpeln. Asche wird ihr ins Gesicht geworfen.

So führt Lykos die Hochschwangere langsam, auf einem elend langen Umweg durch das ganze Land, vorbei an jedem Gehöft, damit sie alle Menschen sehen, damit sie alle verspotten können.

Unterwegs kommt sie nieder, und sie bringt Zwillinge

zur Welt. Es sind Buben. Sie sieht, diese Buben sind nicht häßlich, wie sie befürchtet hatte, im Gegenteil, sie sind besonders schön und herzallerliebst.

Und noch etwas, und das ist eine wunderbare Ausnahme, wenn wir die griechische Mythologie betrachten: Diese beiden Buben lieben sich vom ersten Augenblick an. Schon als sie zur Welt kommen, umarmen sie sich, diese beiden Säuglinge, und es ist gar nicht so leicht, sie voneinander zu lösen. Es sieht aus, als ob der eine den anderen beschützen wollte.

»Ja«, stöhnt die arme Antiope, »ich kann nicht auf euch aufpassen. Mir ist mehr Leid zugestoßen, als ich für möglich hielt. Ihr müßt auf euch selber aufpassen, einer auf den anderen.«

Und sie legt sich ihre Buben an die Brust.

»Amphion und Zethos will ich euch nennen«, sagt sie.

Lykos zwingt die Mutter, ihre Kinder auszusetzen. Er reißt sie ihr von der Brust und legt sie am Wegrand nieder. Weiter geht die Reise.

Und noch ist nicht genug Leid auf Antiope gehäuft. Die Karawane erreicht den Hof des Lykos.

Und Lykos zu Antiope: »Hör gut zu, du. Ich habe etwas mit dir vor. Du sollst hier bei uns bleiben dürfen.«

Sie sagt: »Ganz egal, was du mir antust. Du hast mir schon so viel angetan, es kann nicht mehr schlimmer werden. Du hast mir meine Söhne genommen. Was kann mir noch geschehen. Nichts kann mir mehr weh tun.«

Und Lykos sagt: »Vielleicht irrst du dich. Glaubst du, ich sei der grausamste Mensch?«

Sie sagt: »Ich weiß, du bist der grausamste Mensch, der auf dieser Welt lebt.«

Da lacht Lykos und sagt: »Nein, nein, jetzt erst wirst

du einen wirklich grausamen Menschen kennenlernen, nämlich meine Frau. Du wirst denken, die Zeit bei Lykos war eine schöne Zeit. Ich gebe dich meiner Frau zur Sklavin.«

Lykos' Frau hieß Dirke, und sie war wahrhaftig eine grausame Frau. Sie ließ Antiope in ein Verlies sperren. Immer wieder kam sie, und jeden Tag stieg sie hinunter zu ihr.

»Antiope, hörst du mich?«

Und Antiope mußte sagen: »Ja, ich höre dich.«

»Antiope, ich habe Nachricht von deinen Söhnen.«

»Ach, das glaube ich dir nicht. Das hast du gestern auch gesagt, und es war gelogen.«

»Ah! Dann soll ich also wieder gehen und die Nachricht für mich behalten?«

»Nein! Nein! Vielleicht hast du ja tatsächlich Nachricht von Amphion und Zethos.«

Und dann erzählte Dirke der armen Mutter, welch schreckliches Leid ihren beiden Buben zugestoßen sei. Antiope wußte, daß Dirke log. Ihr Verstand sagte: Laß dich nicht narren. Aber ihr Herz sagte: Vielleicht sagt sie heute ausnahmsweise die Wahrheit.

Und Leid wächst im Herzen. So quälte Dirke die arme Antiope.

Und da endlich besann sich Antiope, und sie sagte zu sich: »Wieviel schöner war doch der Schmerz der Langeweile!«

Was ist mit den Söhnen der Antiope geschehen, mit Amphion und Zethos?

Die beiden wuchsen bei einem Hirten auf, der sie am Wegrand gefunden hatte. Er nahm sie mit auf seinen

Bauernhof, und dort wuchsen sie auf. Ihr Ziehvater kümmerte sich nicht viel um sie. Als sie zupacken konnten, mußten sie zupacken. Als sie alt genug waren, die Schafe zu hüten, mußten sie die Schafe hüten.

Es ist nirgends berichtet, ob sie von ihrer Stiefmutter und von ihrem Stiefvater geliebt worden sind. Aber es wird auch nicht berichtet, daß sie nicht geliebt worden sind.

Wie auch immer: Amphion und Zethos hatten einander, und sie ergänzten einander, und eigentlich brauchten sie niemanden.

Amphion war der Musische von beiden, in allem sah er das Schöne, in allem sah er das Liebliche, das war das Erbe seines Großvaters. Zethos war der Kräftige, der Starke, der Anpackende, der auch das Leben des Amphion beschützen konnte und es auch tat.

Es war schwer, mit ihnen ins Gespräch zu kommen. Sie waren an niemandem interessiert. Sie trieben das Vieh auf die Weide, und dort plauderten sie miteinander.

Wenn sie ein Problem hatten, über das sie nachdenken mußten, dann gab es dafür einen Baum auf der Weide, an den lehnten sie sich und rieben sich den Rücken und hatten das Gefühl, dieses wohlige Reiben belebe ihren Geist, und so lösten sie ihre Probleme. Probleme, die sich auf diese Weise nicht lösen ließen, hatten sie nicht.

Es war für sie das Paradies.

Aber dann meldete sich der Stachel der Langeweile auch in diesen beiden Buben, die inzwischen junge Männer geworden waren, und sie fingen an zu jammern.

»Kennst du etwas, was schlimmer ist als die Langeweile?« fragte Zethos seinen Bruder.

»Nein«, sagte Amphion.

Und Zethos sagte: »Komm, spiel mir etwas auf deiner Flöte vor!«

Dann spielte Amphion eine Weile auf der Flöte. Dann sagte er: »So, jetzt habe ich alles gespielt, was ich kann. Sonst kann ich nichts. Und von vorne anfangen will ich nicht.«

Und Zethos sagte: »Kennst du etwas, was schlimmer ist als die Langeweile?«

Und Amphion sagte: »Nein. Komm, zeig mir ein paar von deinen Kunststücken!«

Dann stemmte Zethos Felsbrocken und stapelte sie aufeinander.

Und er sagte: »Jetzt habe ich alle Felsbrocken aufeinandergestapelt, die hier herumliegen. Jetzt mag ich nicht mehr.«

Sie jammerten nur noch, daß die Tage so lang seien und einer wie der andere.

Wenn sie früher, als sie noch Buben waren, mit niemandem gesprochen haben, dann sehnten sie sich nun danach, daß irgend jemand, wer auch immer, ihren kleinen Bauernhof besuche.

Sie sagten sich: »Neues Leben, neue Geschichten, neue Welt, das alles kommt nur mit neuen Menschen.«

Aber wenn sie dann am Abend mit dem Vieh nach Hause trabten, da saßen nur wieder die Nachbarn beieinander wie an jedem Abend und tranken und freuten sich oder tranken nicht und freuten sich nicht, und kein neues Gesicht war darunter.

Aber eines Tages, Amphion und Zethos waren wieder auf der Weide, da sahen sie jemanden den Weg heraufkommen.

»He, schau!! Ist das ein Mann oder eine Frau?«

Und sie konnten nichts erkennen. Sie liefen über die Wiese hinunter, und da sahen sie, daß es eine Frau war, eine alte Frau, eine müde, alte, gebeugte Frau.

»Ach«, sagten sie sich, »die wird auch nicht viel Abwechslung in unser Leben bringen.«

Aber dann stachelte sie die Neugierde, und sie schlichen sich näher an die Fremde heran. Und da sahen sie: Die war schrecklich beieinander, schrecklicher, als es von weitem ausgesehen hatte. Sie war verdreckt, ihr Gesicht war grau, ihre Bewegungen waren fahrig, sie fuchtelte mit den Armen in der Luft herum, sie sprach laut mit sich selbst. Manchmal schrie sie verzweifelt, und ihre Augen hatten einen irren Glanz.

Amphion und Zethos traten der Frau entgegen und fragten: »Wer bist du?«

Die Frau sagte: »Bevor ich euch sage, wer ich bin, will ich euch etwas fragen: Was war das Schrecklichste, das euch in eurem Leben begegnet ist?«

Amphion und Zethos sahen sich an und sagten: »Da brauchen wir nicht lange nachzudenken. Da gibt es nur eine Antwort darauf: die Langeweile. Die Langeweile ist das Schrecklichste.«

Da fing die Wahnsinnige zu heulen an und schrie: »Sagt das nicht! Sagt nicht so etwas! An eurer Stelle würde ich niederknien und ein Loblied mit hundert Strophen auf die Langeweile singen.«

Amphion und Zethos lachten: »Ja du! Wie kannst du das beurteilen! Vielleicht war es dir noch nie richtig langweilig in deinem Leben.«

Die Frau heulte weiter: »Was! Ihr blöden Grünschnäbel! Mir war es sehr wohl langweilig. Ach, wär' es mir nur wieder so langweilig!«

Diese Frau erkannte die beiden jungen Männer nicht, wie sollte sie auch, und die beiden jungen Männer erkannten die Frau nicht, wie sollten sie auch. Wir aber wissen: Die Frau war Antiope, die Mutter der beiden, die Mutter von Amphion und Zethos.

Es war ihr nach vielen Jahren des Leids gelungen, aus dem Verlies zu entkommen, in das sie Dirke, die Frau des Lykos, gesperrt hatte. Sie war in die Welt hinaus geflohen.

Und sie rief immer nur: »Helft mir, helft mir, helft mir! Meine Feinde sind hinter mir her!«

Ihr Geist war verwirrt. Allen, die es hören wollten, predigte sie über die Vorzüge der Langeweile, und allen, die es nicht hören wollte, predigte sie dasselbe. Niemand wollte es hören.

Auch Amphion und Zethos wollten ihre Predigt nicht hören.

Sie sagten: »Also, Pause jetzt! Möchtest du Geld von uns haben? Möchtest du etwas zu trinken haben? Möchtest du etwas zu essen haben? Bist du eine Bettlerin?«

Antiope sagte: »Was fällt euch ein! Ich bin keine Bettlerin. Ich will, daß ihr mir helft. Ich möchte gegen meine Feinde die Herrschaft der Langeweile wieder errichten.«

Amphion und Zethos blickten sich wieder an, grinsten, schüttelten die Köpfe. Jeder dachte bei sich: Diese Frau ist verrückt. Was sollen wir tun mit einer Verrückten?

Sie sagten: »Also, komm, Weib, entweder trink etwas, oder iß etwas, oder nimm Geld, oder geh deines Weges. Wir können dir nicht helfen.«

Und Antiope ging.

So vergaben Amphion und Zethos die Chance, in das Schicksal einzugreifen. Ich weiß nicht, ob so eine Chance in der Mythologie überhaupt besteht, manchmal hat man den Eindruck, es besteht eine solche Chance. Aber wenn in unserem Fall eine bestand, dann haben sie Amphion und Zethos vertan.

Antiope ging weiter ihres Weges, und Amphion und Zethos trabten nach Hause und beklagten weiterhin ihre Langeweile.

AMPHION UND ZETHOS

Von der bösen Dirke – Von einem klugen Baum – Von einem Fest für Dionysos – Vom großen Aufräumen – Vom großen Gehen – Vom Tod der Antiope – Von der Macht der Musik – Von der Stadt Theben und ihren sieben Toren – Von Niobe und ihrem Stolz – Von der gekränkten Leto – Vom Tod der vielen Kinder – Vom Ende der Brüder Amphion und Zethos

Antiope war also aus dem Kerker der Dirke geflohen. Diese Dirke hatte sie zwanzig Jahre lang gequält.

Täglich war sie zu ihr ins Verlies hinabgestiegen und hatte in die Dunkelheit hineingerufen: »Antiope, hörst du mich?«

Und Antiope mußte antworten: »Ja, ich höre dich, grausame Dirke.«

Und Dirke wisperte: »Antiope, ich habe Nachricht von deinen Söhnen.«

»Ach, das glaube ich dir nicht. Das hast du gestern auch gesagt, und da war es gelogen.«

»Ah! Dann soll ich also wieder gehen und die Nachricht für mich behalten?«

Und Antiope rief: »Nein! Nein! Vielleicht hast du ja tatsächlich Nachricht von Amphion und Zethos. Bleib da, und erzähle mir.«

So war es der armen Antiope zwanzig Jahre lang ergangen. Und dann war sie geflohen. Übers Land war sie gelaufen, hatte den Menschen gepredigt und hatte ihre Söhne getroffen. Aber sie hatte sie nicht erkannt, und sie war nicht von ihnen erkannt worden.

Nachdem Amphion und Zethos das alte, verwirrte Weib weggeschickt hatten, kehrten sie zu ihrer Weide zurück. Sie lachten über die merkwürdige Gestalt, aber dann wurden sie nachdenklich, und sie lehnten sich an ihren Baum und rieben sich den Rücken.

Und als sie so an dem Baum lehnten und sich den Rücken rieben, hörten sie plötzlich eine Stimme.

»Wollt ihr, daß euch die Erinnyen hetzen?«

Amphion und Zethos blickten sich um, aber der eine sah nur das Gesicht des anderen.

»Wer spricht hier?«

»Ich bin es!« sagte die Stimme. »Ich, der Baum, der euch in all den Jahren beim Denken behilflich gewesen ist. Aber offensichtlich hat es nicht viel genützt. Ihr habt nicht richtig nachgedacht. Ihr habt diese Frau nicht ein zweites Mal gefragt, wer sie ist.«

»Wer war sie denn?« fragten Amphion und Zethos.

Der Baum antwortet: »Es war eure Mutter! Eure Mutter, der ihr nach eurer Geburt weggenommen worden seid.«

Da erschraken Amphion und Zethos und fragten den Baum: »Was ist mit unserer Mutter geschehen, daß sie so verwirrt ist?«

»Sehr viel Leid ist ihr angetan worden«, sagte der Baum. »Wenn ihr eurer Mutter nicht helft, dann wird sie vernichtet werden. Macht euch auf den Weg, sucht sie, helft ihr!«

Da ließen Amphion und Zethos die Tiere im Stich und liefen der Bettlerin nach, dieser Wahnsinnigen. Aber sie konnten sie nicht finden.

Auf ihrer Suche kamen sie in die Stadt Kadmeia. Hier waren sie noch nie gewesen. Die Stadt war in Aufruhr.

Sie fragten: »Was ist los?«

Und es hieß: »Heute abend soll ein großes Fest stattfinden zu Ehren des Gottes Dionysos. Oben auf dem Hügel soll das Fest stattfinden, nur Frauen sind zugelassen.«

»Und was soll so besonders sein an diesem Fest?« fragten Amphion und Zethos.

Sie bekamen zur Antwort: »Heute soll ein ganz besonderes Opfer dem Dionysos dargebracht werden. Das ist das Besondere.«

Zethos sagte zu Amphion: »Ach, laß uns hier nicht verweilen. Wir haben keine Zeit, uns um Feste zu kümmern. Gehen wir weiter, suchen wir unsere Mutter.«

Amphion, der Musische, aber sagte: »Zethos, Bruder, ich habe so ein Gefühl in mir. Ich habe so ein bestimmtes Gefühl in mir, das sagt mir, hier wird deine Stärke gebraucht.«

Zethos war immer gut damit gefahren, diesen bestimmten Gefühlen seines Bruders zu vertrauen.

»Gut«, sagte er, »wenn du meinst, bleiben wir hier, schauen wir uns das an.«

Sie verkleideten sich, zogen sich Frauenkleider über, und pilgerten am Abend hinauf auf diesen Hügel, um sich das Fest für den Gott Dionysos anzusehen.

Amphions Vorahnung bestätigte sich. Hier wurde die Kraft seines Bruders Zethos tatsächlich gebraucht.

Was sie sahen, war schrecklich. Ein Stier wurde auf den Platz geführt. Auf seine Hörner war eine Frau gebunden, und Amphion und Zethos erkannten die Frau. Es war ihre Mutter Antiope.

Das hatte sich die grausame Dirke ausgedacht. Sie hatte Antiope aufgegriffen und in Ketten gelegt. Als

Höhepunkt des Festes zu Ehren des Gottes Dionysos sollte Antiope von diesem Stier getötet werden.

Da fuhren dann aber Amphion und Zethos dazwischen! Stießen alles um, warfen alles über den Haufen, brüllten, daß dem Stier angst wurde.

Zethos, der Starke, nahm den Stier in den Schwitzkasten. Amphion band Antiope los. Und dann, wie sie es gewohnt waren, stellten sich Amphion und Zethos Rükken an Rücken und verteidigten ihre Mutter gegen die Angreifer.

Zuletzt packten sie Dirke, die ihre Mutter so böse, so lange gequält hatte, und sie banden die Grausame auf die Hörner des Stieres.

Und sie riefen: »Lauf los, Stier! Wie fühlt sich das an, Dirke? Du sollst den Tod erleiden, den du für unsere Mutter vorgesehen hast!«

Die Dionysos-Anhängerinnen waren damit zufrieden, die wollten nur, daß ihrem Gott ein Opfer dargebracht würde, was für eines, war ihnen egal. Vielleicht dachten sie sogar, dieser ganze Aufruhr, daß diese beiden Männer in Frauenkleidern auftauchen und so weiter, gehöre zum Spektakel. Aus dem Dionysoskult hat sich ja bekanntlich das Theater entwickelt.

So wurde also Dirke, die Böse, hingerichtet.

Als sie gerettet war, sagten Amphion und Zethos zu ihrer Mutter: »Bleib du hier stehen! Warte hier auf uns! Rühre dich nicht von der Stelle! Wir gehen nur schnell und erobern die Stadt. Wir werden hier ordentlich aufräumen.«

In Eile hatte ihre Mutter ihnen nämlich alles erzählt, und sie wollten nun auch Lykos, der das ganze Elend ihrer Mutter verursacht hatte, zur Rede stellen.

»Wir werden auch mit ihm abrechnen!« riefen sie Antiope zu. »Mach deine Ohren zu, und laß dir nichts einreden, mach deine Augen zu, und laß dich nicht von der Stelle winken!«

Sie stürmten in die Stadt, brachen in den Palast ein, rissen Lykos aus dem Schlaf und schlugen ihm den Kopf ab.

Dann sagten sie: »So, jetzt ist es genug. Nun glauben auch wir, daß die Langeweile ihre Vorzüge hat. Auf diese Art von interessantem Leben, wie wir es in den letzten paar Stunden erfahren haben, können wir gerne verzichten. Holen wir unsere Mutter, gründen wir irgendwo einen kleinen Bauernhof, und wir leben zufrieden in wohliger Langeweile.«

Sie eilten also zum Hügel des Dionysos zurück und wollten ihre Mutter abholen. Aber Antiope war nicht mehr da.

Was war geschehen?

Der Gott Dionysos war Antiope erschienen. Ja, und er hat sie erneut mit Wahnsinn geschlagen, und er hat sie erneut in die Welt hinaus gejagt.

Wenn es eine Gottheit gibt, die ganz bestimmt nicht langweilig ist, die das Gegenteil der Langeweile verkörpert, dann ist es Dionysos.

Er kam und flüsterte Antiope den Wahnsinn ins Ohr. Er sagte: »Hörst du mich, Antiope?«

»Wer bist du?« fragte sie.

»Was stellst du schon wieder Fragen, die du nicht stellen sollst!«

»Was willst du von mir?«

»Auch das ist eine Frage, die du besser nicht stellen solltest!«

»Was für eine Frage soll ich denn stellen?«

»So ist es gut, Antiope. So kommen wir der Sache schon näher. Wäre es für den Menschen im allgemeinen nicht am wichtigsten, nach seiner Bestimmung zu fragen?«

»Was ist meine Bestimmung?« fragte Antiope.

Nach diesem Leben voll Qual wollte sie es wissen.

»Deine Bestimmung«, sagte Dionysos, »deine Bestimmung ist es, zu gehen, zu gehen, ohne Unterbrechung zu gehen, bis du nicht mehr kannst.«

»Das ist meine Bestimmung?« fragte sie.

»Das ist deine Bestimmung«, sagte Dionysos.

Was hat dieser Dionysos, daß man ihm nicht widersprechen kann?

So ist sie also wieder losgegangen.

Antiope ist gegangen Tag und Nacht, sie hat im Gehen geschlafen, sie hat im Gehen gegessen, sie hat im Gehen getrunken. Sie ist gegangen, bis sie die Wüste erreichte, dann ist sie in die Wüste hineingegangen.

Und weil ihr rechtes Bein kürzer war als ihr linkes, denn Lykos hatte sich, viele Jahre war es her, einen Spaß daraus gemacht, ihr einen Schuh wegzunehmen, darum hinkte sie, und das machte, daß sie im Kreis durch die Wüste ging.

So ging sie im Kreis und ging im Kreis, um sie herum die langweiligste Landschaft, die man sich vorstellen kann, nichts war rechts, nichts war links, das war Landschaft gewordene Langeweile, durch die ging sie, und immer im Kreis, und der Kreis ist die langweiligste Form, die es gibt, und sie ging, bis sie umfiel und tot war.

Arme Antiope ...

Die einen sagen: »So rächte sich Dionysos, weil seine Feier gestört worden war.«

Die anderen sagen: »Nein, aber nein, Dionysos war besonders gnädig, er gab Antiope das, was sie sich eigentlich immer gewünscht hatte.«

Nun hatten Amphion und Zethos, die Zwillingsbrüder, die sich so innig liebten, ihre Mutter verloren. Das brachte Leid über sie, aber sie waren noch jung. Bald kamen sie über das Leid hinweg.

Sie beschlossen, die Macht in der Stadt Kadmeia zu ergreifen. Und die Bürger der Stadt waren damit einverstanden. Sie sahen, diese beiden sind unterschiedlich in ihren Begabungen und ihrem Charakter, aber sie sind gut. Zethos kümmerte sich um die praktischen Dinge, Amphion um die Musik.

Und ein klein wenig mehr mochten die Bürger von Kadmeia den Amphion …

Amphion spielte die Flöte. Aber dieses Instrument war für seine Ambitionen nicht genug. Er experimentierte herum, spielte mit zwei Flöten gleichzeitig, spielte und schnaubte durch die Nase eine Melodie dazu. Alles mögliche probierte er, aber er blieb unzufrieden.

Da setzte sich eines Tages der Gott Hermes neben ihn ins Gras.

»Du probierst gern musikalische Sachen aus, stimmt's«, sagte Hermes.

»Stimmt genau«, sagte Amphion.

»Und Flöte ist irgendwie beschränkt, stimmt's?«

»Irgendwie schon«, sagte Amphion.

»Versuch's damit«, sagte Hermes.

Er gab ihm seine Lyra.

»Weißt du was? Ich werde dir meine Lyra borgen, sagen wir für ein Jahr. Schau dir das Instrument genau an.

Wenn es dir gelingt, darauf irgend etwas Neues zu entwickeln, eine Art Musik, die es vorher nicht gegeben hat, dann sollst du meine Lyra behalten.«

Dann flog er davon, der Gott. Dieser Gott, Hermes, wollte, daß sich die Menschen um die Musik kümmern.

Amphion setzte sich wieder ins Gras, drehte das Instrument zwischen seinen Händen, betrachtete es genau. Die Lyra hatte vier Saiten. Interessant. Er probierte, darauf zu spielen. Klang nicht schlecht.

Einige Tage benötigte er, um das Instrument überhaupt einmal kennenzulernen. Einige Wochen investierte er in Üben, Üben, Üben.

Dann kam er auf die Idee, daß so eine Lyra eigentlich viel opulenter klingen müßte, wenn noch eine oder zwei Baßsaiten mehr aufgespannt würden. Und dann vielleicht auch eine oder zwei hohe Saiten dazu, das müßte gut klingen.

Zuletzt fügte er der viersaitigen Lyra weitere drei Saiten hinzu. Das schien ihm am günstigsten. Und bald beherrschte er das Spiel auf diesem neuen Instrument. Kein Abend, an dem er nicht ein kleines Konzert auf dem Marktplatz gab.

Punkt nach einem Jahr kam Hermes, und Amphion sagte: »Hör zu, Gott, ich spiele dir etwas vor!«

Hermes hörte zu, und dann sagte er: »Ja, das ist sehr gut. Du hast aus meiner viersaitigen, etwas langweilig klingenden Lyra etwas Besseres gemacht. Das Instrument soll dir gehören.«

Und Zethos? Er war besonders stolz auf seinen Bruder. Nein, er war nicht neidisch. Keine Spur!

Dann sagten sie sich: »So, wir wollen aus dieser Stadt Kadmeia eine ordentliche Stadt machen. In was für schrecklichem Zustand ist sie! Eine Häuseransammlung, eine Straße, fertig. Das ist nichts!«

Sie hielten eine Bürgerversammlung ab und fragten: »Wann ist eine Stadt eine richtige Stadt?«

Da wußte keiner eine Antwort.

Sie wußten es: »Eine Stadt ist erst dann eine richtige Stadt, wenn sie Mauern hat. Dann können uns unsere Feinde nichts antun.«

Die Bürger waren begeistert von dieser Idee. Na gut, es soll zwar den einen oder anderen gegeben haben, der fragte: »Welche Feinde denn?« Aber dieser eine oder andere hatte entweder eine schwache, oder die Mehrheit hatte eine stärkere Stimme.

Zethos und Amphion machten sich ans Werk.

Und während der Arbeit wäre es beinahe zu einem Streit gekommen, zu ihrem ersten.

Es war ganz klar: Zethos schaffte das Fünffache, das Zehnfache von dem, was sein zarter Bruder Amphion fertigbrachte. Zethos zog seinen Bruder auf, er lachte ihn nicht direkt aus, er spöttelte vielleicht ein wenig.

»Du mit deinen zarten Lyrahändchen kannst halt nicht so gut arbeiten.«

Nichts Schlimmeres.

Und da sagte Amphion, und auch er ganz und gar nicht in böser Absicht: »Du, paß auf, sag das nicht, meine Lyra ist in der Lage, vielleicht mehr zu bewegen als deine prankigen Hände.«

»Das will ich sehen!« sagte Zethos.

Amphion setzte sich auf einen Stein, betete zum Gott Hermes, sagte: »Hermes, mach, daß die Musik aus meiner Lyra einen starken Eindruck hinterläßt, mach, daß sie die Steine vom Boden hochhebt und zu einer Mauer zusammenfügt.«

Hermes dachte sich: »Das ist schön. Das wird die Leute überzeugen, wenn es Musik mit starker Ausdruckskraft gibt.«

Amphion begann zu spielen, glaubte nicht im Traum daran, daß sich irgend etwas bewegen könnte. Aber: Die Steine hoben sich! Und wahrscheinlich, weil Amphion auf einer siebensaitigen Lyra spielte, flogen die Steine zu sieben Toren zusammen. Kein Zweifel: ein Wunder!

Das hat dem Zethos einen Stich gegeben.

»Da kann ich ja meine Sachen gleich packen«, sagte er. »Ich habe immer gedacht, du brauchst mich. Nun sehe ich, du brauchst mich nicht.«

»Ach, was«, sagte Amphion, »das war eine einmalige Demonstration. Das hat Hermes gemacht, nicht ich. Wenn ich jetzt noch einmal spiele, tut sich gar nichts.«

»Dann spiel noch einmal!« rief Zethos.

Und nun flehte Amphion in sich hinein zu Hermes: Laß nichts geschehen, großer Hermes, laß einfach nichts geschehen! Mach, daß diese Lyra in alle Zukunft nichts weiter zustande bringt als Musik. Das genügt doch.

Und Hermes hatte ein Einsehen. Er ließ einfach nichts geschehen.

Und seither bringt eine Lyra nichts weiter zustande als Musik. Zethos war einigermaßen beruhigt. Zufrieden war er nicht.

Als Amphion sah, daß sein Bruder zwar einigermaßen beruhigt, aber noch lange nicht zufrieden war, da schlug er vor, man solle der neuen Stadt auch einen neuen Namen geben.

»Es soll die neue Stadt in Zukunft nach deiner lieben Frau heißen«, sagte er.

Die Frau des Zethos hieß Thebe. Darum nannten sie die Stadt Theben. Das siebentorige Theben wurde eine stolze, eine berühmte Stadt.

Auch Amphion heiratete nun, und er heiratete in ein finsteres Geschlecht hinein. Seine Frau war Niobe.

Wer war Niobe? Eine Schwester des Pelops, und Pelops war ein Sohn des Tantalos. Niobe war also die Tochter jenes sagenumwobenen Tantalos, der unten im Tartaros bis zu den Knien im Wasser steht und höllischen Durst leidet, über dessen Haupt sich die Äste unter dem Gewicht ihrer Früchte biegen und der dennoch höllischen Hunger leidet..

Das Geschlecht der Tantaliden war verflucht. Pelops, der Sohn, war verflucht, die Sohnessöhne Atreus und Thyestes waren verflucht, der Urenkel Agamemnon war es, und auch dessen Sohn Orest bekam diesen Fluch zu spüren.

Auch Niobe war verflucht. Die Tantaliden zeichneten sich durch ihren bitteren Stolz aus, sie fürchteten niemanden und zollten niemandem Respekt, und das Eigene ging ihnen über alles.

Niobe also heiratete den schwachen, der Kunst zugeneigten Amphion. Sie dachte sich: Ich möchte seinen Bruder Zethos ablösen, nun kann ich für Amphion sorgen, den Bruder brauchen wir nicht mehr.

Sie sagte: »Ich bin stärker als dein Bruder Zethos, denn ich bin auch klug. Du sollst nur noch deine Musik machen. Um alles andere werde ich mich kümmern.«

Niobe gebar sieben Söhne und sieben Töchter.

Sie sagte: »Wir werden nicht in der Stadt wohnen bleiben, wir werden außerhalb der Stadt ein prächtiges, mächtiges Haus errichten. Denn wir wollen mit den Leuten hier nichts zu tun haben. Wir wollen mit niemandem irgend etwas zu tun haben, wir sind ganz für uns. Unser Glück soll beschützt werden von mir. Meine sieben Söhne, meine sieben Töchter, mein Mann – das ist mein Leben. Sonst zählt nichts.«

Das war der Hochmut der Tantalidin.

Eines Tages wurde in Theben das große Fest zu Ehren der Göttin Leto gefeiert. Leto ist die Mutter des Apoll und der Artemis, und sie ist eine sehr stolze Mutter, und ihr ganzer Stolz besteht in ihren beiden göttlichen Kindern. Jedes Jahr wird ein Fest für sie und ihre Kinder gefeiert. Die Bürger ziehen durch die Straßen und loben die große Leto dafür, daß sie so wunderbare Gottheiten hervorgebracht hat.

Die Menschen rufen: »Du, Leto, du bist die stolzeste Mutter der Welt, du bist die stolzeste Mutter der Welt! Keine kann sich mit dir vergleichen!«

Just an diesem Tag kam Niobe wieder einmal in die Stadt. Sie stand am Straßenrand und sah sich die Prozession an und hörte sich diese Jubelrufe an. Und sie schüttelte den Kopf.

Und dann hielt sie es nicht mehr aus und stellte sich dem Zug in den Weg und rief: »Nein! Hört her, ihr Bürgerinnen und Bürger von Theben. Die stolzeste Mutter der Welt ist nicht diese Leto. Wie sollte sie auch! Niemand weiß, wie sie aussieht. Nie zeigt sie sich. Sie wird wohl Gründe haben. Schaut ihre Kinder an! Zwei hat sie, nur zwei. Apoll, der ist weibisch, Artemis, die ist männisch. Er hat lange Haare und kaum einen Bart, sie hat kurze Haare und einen Flaum auf der Lippe.«

Die Bürger riefen, sie solle still sein, sie werde den Zorn der Götter auf sich ziehen und nicht nur auf sich, auch auf die ganze Stadt.

»Fürchten diese Götter etwa die Wahrheit?« agitierte Niobe weiter. »Die glücklichste Mutter dieser Welt bin ich. Ich habe vierzehn Kinder, nicht zwei. Ich habe sieben Söhne und sieben Töchter, und alle sind sie besser geraten als Apoll und Artemis.«

Die Leute waren entsetzt, und sie sagten: »Sie ist verrückt geworden. Sie muß verrückt geworden sein.«

Und jeder dachte bei sich: Sie flucht auf Leto, ja, gut, Leto ist vielleicht wirklich nicht die großartige Göttin, als die wir sie hier feiern, aber Apoll, aber Artemis!

Leto war auch irgendwo anwesend, unsichtbar freilich, und sie weinte. Sie weinte und rief ihre beiden Kinder, Apoll und Artemis, zu sich.

Sie sagte: »Habt ihr das gehört? Wir sind beleidigt worden. Ich, eure Mutter, bin beleidigt worden. Du, Apoll, bist beleidigt worden. Du, Artemis, bist beleidigt worden. Diese Niobe hat uns verspottet. Was jetzt?«

Apoll und Artemis sahen sich an, und sie wußten, was sie zu tun hatten. Sie holten Pfeil und Bogen, und ohne Mitleid und ohne jede Verzögerung töteten sie die Söhne und die Töchter der Niobe.

Niobe raste über den Platz in Theben und sah vor sich ihre toten Kinder. Sie rief nach Amphion, der kam gelaufen mit der Lyra im Arm.

Sie flehte: »Spiel! Spiel auf deiner Lyra! Mach sie uns wieder lebendig, unsere Kinder!«

Amphion spielte, aber diese Lyra hatte vielleicht einmal Steine aufeinandersetzen können, Tote zum Leben erwecken, nein, das konnte sie nicht. Sie konnte Musik machen und nichts weiter.

Die Kinder von Amphion und Niobe lagen in ihrem Blut, und das verkraftete Amphion nicht, und er nahm sich das Leben.

Nun war Niobe allein.

Niemand kam, um sie zu trösten. Niemand wagte es. Sie weinte sieben Tage um ihre Lieben. Es fand sich in ganz Theben niemand, der bereit war, ihren Mann und ihre Kinder zu begraben, denn die Bürger der Stadt Theben hatten Angst vor Apoll und Artemis.

Es waren am Ende ausgerechnet die Mörder, Apoll und Artemis, die sich ein Herz nahmen und die Kinder der Niobe und auch Amphion begruben.

Als die letzte Schaufel Erde auf ihre Körper gelegt war, ging Niobe aus der Stadt, ging zu ihrem mächtigen, stolzen Haus, das sie sich erbaut hatte für ihre Familie, die ihr ganzes Glück war. Bevor sie das Haus betrat, nahm sie eine Feige von einem Baum, biß hinein, dann fiel sie nieder und war tot.

Sie verwandelte sich in einen Stein. An der Spitze des Steines traten ihre Tränen aus.

Und was ist aus Zethos geworden?

Manche sagen, er sei von seiner Frau Thebe aus Versehen bei der Gartenarbeit getötet worden. Andere wissen es besser, sie sagen, er sei aus Kummer zugrunde gegangen, aus Kummer über den Tod seines Bruders Amphion.

Nach dem Tod von Amphion und Zethos bestieg Laios

den Thron von Theben. Er wird der Vater des Ödipus werden …

Noch viele Dramen wird diese stolze Stadt erleben, ehe sie untergeht.

TANTALOS UND SEIN SOHN

Von der Götterspeise – Von einem grausamen Test – Von Pelops und Hippodameia – Von Myrtilos, dem Wagenlenker – Von Flüchen

Das Schattenreich ist das Paradies der Phantasten. So hat es Immanuel Kant einmal ausgedrückt. Tatsächlich haben sich die Romantiker aller Zeiten auf diese Schatten gestürzt, haben sich von der Dunkelheit angezogen gefühlt. Aber dieses Schattenreich ist auch der Quell aller Ängste, die christliche Religion hat die Hölle daraus gemacht, und das heilige Rom hat hier seine einträglichsten Provinzen.

Im Hades, so wird das Schattenreich nach seinem König genannt, gibt es einige Heldenfiguren, die eine besondere Behandlung erfahren. Da ist zum Beispiel Sisyphos. Sein Name ist zum Begriff geworden. Er muß einen schweren Stein auf einen Berg wälzen, der immer wieder auf der anderen Seite herunterrollt, er muß ihn abermals hinaufwälzen, und wieder rollt er hinunter, und so weiter in alle Ewigkeit. Er ist das Urbild des Zwangsneurotikers.

Da sind die Danaiden, das sind jene fünfzig Frauen, die in der Hochzeitsnacht ihren Männern mit langen Nadeln die Herzen durchstochen haben. Sie müssen durchstochene Krüge mit Wasser zu einer Wanne tragen. Wenn sie an ihrem Ziel angekommen sind, ist das Wasser herausgelaufen, und sie müssen noch einmal von vorne anfangen.

Diese Arbeit ist vielleicht nicht schwer, aber sie ist sinnlos, absurd. Die Sinnlosigkeit war für die Griechen der Begriff für die Hölle. Ich weiß nicht, was sie sagen würden, wenn sie heute in eine normale Fabrik gingen und sich dort umschauten. Ob sie diese Arbeit an die Quälereien im Hades erinnerte?

Der Prominenteste neben Sisyphos, der im Hades gequält wurde, ist Tantalos. Seine Qualen sind bis heute sprichwörtlich – man spricht von Tantalosqualen. Wir sehen ihn: Er steht im Wasser, das Wasser reicht ihm bis zur Hüfte, und er hat großen Durst. Wenn er sich niederbeugt, um zu trinken, dann sickert das Wasser vor ihm ab. Er hat großen Hunger, über ihm hängen Äste, schwer beladen mit den besten Früchten. Wenn er danach greifen will, bläst ein Wind die Äste beiseite.

Was hat der Tantalos angestellt, daß er so sprichwörtlich für alle Zeiten – denn das muß dazu gesagt werden: Tantalos ist unsterblich – gequält wird? Die anderen Schatten verblassen mit der Zeit, das heißt, sie verlieren das Bewußtsein ihrer Lage. Tantalos ist seiner Qualen immer gewärtig.

Tantalos ist ein Sohn des Zeus. Er durfte als Kind, weil Zeus ihn besonders geliebt hat, oben im Olymp mit den Göttern an einem Tisch sitzen. So konnte er die Gespräche der Götter belauschen, und wer die Gespräche der Götter belauscht, wird, so will es die Mythe, unsterblich. Er hat vom Nektar getrunken und von Ambrosia gegessen.

Dann aber hat er ein Verbrechen begangen – in den Augen der Götter war es ein Verbrechen: Er hat ihre

Gastfreundschaft verletzt. Er hat sich nämlich etwas von der Götterspeise eingesteckt, weil er auf der Erde vor seinen Freunden damit prahlen wollte. Er war auch sehr reich, alle haben ihn zu sich eingeladen, jeder wollte sein Freund sein, jeder hat ihn beschenkt. Und er hat geprahlt, hat ebenfalls Einladungen gegeben, hat den Gästen Nektar und Ambrosia zu trinken und zu essen gegeben.

Dann hatte er den Verdacht, daß ihm die Götter dahintergekommen wären, und er dachte sich: »Wenn ich die Götter selbst zu mir zum Essen einlade, dann sind sie vielleicht besänftigt und sehen mir meinen kleinen Diebstahl nach. Schließlich bin ich der Sohn des Zeus.«

Er hat die Götter also zu sich nach Hause eingeladen in seine irdische Wohnung. Und tatsächlich: sie kamen alle.

Und da hat er gemerkt: Ich habe nicht genug im Haus für alle. Er ist in Verlegenheit geraten, hatte den göttlichen Appetit unterschätzt. Und das hat dann seine Katastrophenphantasie angestachelt. So etwas gibt es: Man macht einen Fehler, und anstatt daß einem die Phantasie eingibt, wie man diesen Fehler wiedergutmachen könnte, fallen einem nur lauter weitere Fehler ein, und man bekommt ein dringendes Bedürfnis, wenigstens einen dieser Fehler auszuprobieren. Und so war es auch bei Tantalos. Er wollte die Götter testen. Wollte sehen, ob sie auch außerhalb des Olymps solche mächtigen Wesen waren. Wollte wissen, ob sie tatsächlich allwissend sind.

Er beging ein entsetzliches Verbrechen: Er schlachtete seinen Sohn Pelops, zerhackte ihn in Teile, warf ihn in einen Kessel, kochte ihn und setzte ihn den Göttern als Speise vor.

Die Götter sind – um es mit dem Lieblingswort eines österreichischen Dichters zu sagen: naturgemäß sind sie allwissend. Sie wandten sich voll Ekel von dieser Speise ab. Nur Demeter aß ein Stück der linken Schulter des Pelops. Sie war verwirrt, ihre Gedanken waren bei ihrer Tochter Persephone, die erst vor kurzem von Hades geraubt worden war.

Die Götter verließen das Haus des Tantalos, und sie verfluchten ihn. Den Kessel mit der Speise nahmen sie mit. Hermes bekam von Vater Zeus den Auftrag, den Pelops wieder in seinen ursprünglichen Zustand zurückzuversetzen. Demeter, die die Schulter verzehrt hatte, formte eine Schulter aus Elfenbein. So wurde Pelops nach göttlicher Rezeptur wieder zusammengesetzt. Er entstieg dem Kessel des Tantalos schöner, als er zuvor gewesen war.

Auf der Stelle verliebte sich Poseidon in ihn. Er beschenkte ihn mit den schönsten Pferden, mit jenen berühmten fliegenden Pferden nämlich, die über das Meer fliegen konnten, und machte ihn zu seinem Bettgenossen.

Tantalos aber wurde in die Hölle geschlagen, in den tiefsten Tartaros, der, wie es heißt, noch einmal so tief unter der Hölle liegt, wie der Himmel über der Erde ist. Aber eines bitte ich zu beachten: Nicht wegen des bestialischen Mordes an seinem Sohn wird Tantalos bestraft, sondern weil er die Götter versucht hat – weil er ihre Allwissenheit testen wollte!

Pelops erbte die sagenhaften Reichtümer seines Vaters. Eine ganze Insel hat ihm gehört. Bis heute noch trägt diese Insel seinen Namen – Peloponnes, die Insel des Pelops.

Nun wird dieser Pelops, könnte man annehmen, sich so benehmen, daß der Fluch der Götter ihn nicht auch noch trifft, weiß er doch, was einem dann blüht. Aber das ist ein Irrtum …

Pelops, der Sohn des Tantalos, hatte einen weißen Fleck an der linken Schulter, dort schimmerte der Elfenbeinknochen durch, der ihm eingesetzt worden war. Diesen weißen Fleck vererbte er auf seine Kinder und auf seine Kindeskinder. Daran konnte man die Nachfahren des Pelops erkennen. Und alle waren sie verflucht.

Pelops verliebte sich eines Tages in Hippodameia, die Tochter des Königs Oinomaos. Poseidon wird das vielleicht nicht so gerne gesehen haben, daß sich sein Schatz in eine Frau verliebte, aber er ließ es dann doch geschehen, vielleicht hatte er auch schon genug von Pelops. Ein Gott lebt ja außerhalb der Zeit, seine Affären dauern ebenso einen Augenblick wie eine Ewigkeit.

König Oinomaos wollte seine Tochter nicht hergeben, er wollte sie nicht verheiraten. Manche Erzählungen behaupten, es sei ihm geweissagt worden, sein Schwiegersohn werde ihn töten, andere wissen davon, daß er selbst in Hippodameia verliebt gewesen sei. Wie auch immer, er machte es seiner Tochter und ihren Freiern schwer.

Es kamen viele Bewerber um Hippodameia. Sie war sehr schön, und alle brachten wertvolle Geschenke mit. Oinomaos ließ sich erst einmal diese Geschenke aushändigen, dann stellte er seine Bedingungen. Einige dieser Bewerber, die klügeren und die feigeren, werden, wenn sie sich der Stadt näherten, vielleicht ihre Zweifel bekommen haben, ob es richtig war, was sie da vorhatten. Denn über der Mauerkrone waren lauter Köpfe aufgespießt und Hände. Das waren die Köpfe und die Hände der

Bewerber um die Prinzessin Hippodameia, die ihr Ziel nicht erreicht hatten.

Die hatte ihr Vater umgebracht. Er hatte sich ein Ritual ausgedacht.

Er sagte: »Jeder, der meine Tochter haben will, der soll sie sich nehmen. Meine Tochter muß aus meinem Reich weggeführt werden. Ich gebe sie niemandem. Aber wer sie wegführen kann, der soll sie haben. Und der soll nicht nur meine Tochter haben, er kriegt auch noch mein ganzes Reich mit dazu.«

Er sagte: »Es soll der Bewerber meine Tochter auf seinen Wagen nehmen, er soll die Pferde antreiben und soll davonfahren. Ich selbst werde ihm eine halbe Stunde Vorsprung geben, dann werde ich ihn verfolgen. Wenn ich ihn erreiche, bevor er mein Reich verlassen hat, werde ich ihm von hinten den Speer in den Rücken stoßen. Wenn ich ihn nicht erreiche und er meine Tochter bis an das Ende meines Reiches entführt, dann gehört sie ihm.«

Der Haken daran war, daß Oinomaos die Pferde des Kriegsgottes Ares besaß, und damit hat er spielend jeden eingeholt.

Pelops wußte davon. Er war gewarnt worden, und als er in seinem Gespann auf die Stadt zufuhr, legte er sich einen Plan zurecht. Mit Stärke allein, das war ihm klar, gab es hier nichts zu gewinnen. Er hatte zwar die Pferde des Poseidon, aber das waren Pferde, die über das Wasser fliegen konnten, an Land waren sie nicht besser als andere Pferde, gegen die Rosse des Kriegsgottes hatten sie keine Chance.

Günstig für Pelops war, daß sich Hippodameia wahrhaftig in ihn verliebt hatte. Sie gab ihm Ratschläge. Er sollte den Wagenlenker ihres Vaters bestechen. Der

Wagenlenker hieß Myrtilos, er war ein berühmter Wagenlenker, der Sohn eines Gottes, der Sohn des Hermes! Ihn sollte Pelops bestechen. Wie er das mache, sagte Hippodameia, das sei seine Sache.

Pelops hatte die Verruchtheit seines Vaters geerbt, er machte es auf seine Weise. Er zog Myrtilos eines Nachts beiseite und sagte: »Ich habe Achsen aus Wachs geformt. Diese Achsen wirst du statt der Achsen aus Eisen in den Wagen deines Herrn einsetzen.«

Myrtilos sagte: »Wie komm' ich denn dazu! Ich diene meinem Herrn. Ganz im Gegenteil, ich werde dich verraten, du Narr!«

»Hör zu«, sagte Pelops. »Wenn ich das Wagenrennen gewinne, werde ich auch das ganze Reich gewinnen, und ich werde die Frau dazu gewinnen, und ich werde mit dir teilen. Du sollst das halbe Reich bekommen und die erste Nacht bei der Frau. Überleg es dir.«

Ja, Myrtilos überlegte, und er überlegte nicht lange. Er, der Sohn eines Gottes, wurde von seinem Herrn und König nur angetrieben und geschlagen. Was heißt da Loyalität! Er sagte zu: »Gut, ich werde es tun.«

Er tauschte heimlich die stählernen Achsen aus gegen die wächsernen. Das Wagenrennen begann. Pelops hatte, wie von Oinomaos versprochen, eine halbe Stunde Vorsprung. Aber er fuhr nur bis zur nächsten Kehre. Dort wartete er mit Hippodameia. Sie stand auf seiner Seite, sie wußte, was ihren Vater erwartete. Sie haßte ihren Vater, der ihr seit der Kindheit nachgestellt hatte. Heute war der Tag der Rache.

Tatsächlich, nach einer halben Stunde kam Oinomaos angefahren. Und schon in der Kurve waren die wächsernen Achsen so weich, daß der Wagen zusammenbrach.

Aber die Pferde des Ares hatten eine ungeheure Geschwindigkeit drauf, und Pelops mußte gar nichts weiter tun als zusehen, wie der König zu Tode geschleift wurde.

Somit hatte er das Rennen gewonnen.

Er bekam das Reich zu seinen ungeheuren Schätzen dazu und nahm die Tochter des Oinomaos zu seiner Frau.

Er fragte sie: »Was wünschst du dir für eine Hochzeitsreise?«

Sie sagte: »Ja, mit deinen Pferden, die über das Wasser fliegen können, mit denen möchte ich einmal über unser schönes Mittelmeer fliegen.«

»Das ist kein Problem«, sagte Pelops.

Da stellte sich Myrtilos dazwischen und sagte: »So, das hätte ich auch gerne.«

»Gut«, sagte Pelops, »dann steig du auch auf.«

Und sie flogen über das Mittelmeer.

Sie landeten auf einer Insel, und Hippodameia sagte, sie habe nun Durst. Ihr Gatte soll ihr etwas zu trinken holen.

Pelops ganz ruhig: »Ja, das werde ich tun.«

Er ging zu einer Quelle, füllte seinen Helm mit Wasser. Als er zurückkehrte, kam ihm seine Frau schon entgegengelaufen, weinend, und rief, Myrtilos habe sie vergewaltigen wollen.

Pelops sagte weiter nichts, befahl ihnen, in den Wagen zu steigen, und als sie oben in der Luft waren, gab er Myrtilos einen Stoß, und der stürzte ab.

Noch im Fliegen flehte Myrtilos zu seinem Vater, Hermes, er möge seinen Tod rächen, und er verfluchte Pelops und rief: »Über dich und über dein ganzes Geschlecht soll mein Fluch noch zum Fluch des Tantalos dazukommen.

Deine Söhne sollen sich vom ersten Augenblick ihrer Geburt an bis zu ihrem Tod hassen, und sie sollen sich bis zum Augenblick ihres Todes in Haß verfolgen.«

Das war der Fluch des Myrtilos. Sein Vater Hermes fing ihn auf, bevor er auf der Wasseroberfläche aufschlug, und weil er gerade so einen Schwung im Arm hatte, schleuderte er den Myrtilos in den Himmel, und dort blieb er als Sternbild des Wagenlenkers hängen.

Pelops und Hippodameia hatten viele Kinder. Dann hatte Pelops, das sei nur nebenbei erwähnt, noch einen ledigen Sohn, wir kennen ihn bereits, Chrysippos hieß er, er wurde später der Liebhaber des Laios, des Vaters des Ödipus. Uns interessieren die beiden Söhne Atreus und Thyestes. Sie hat der Fluch des Wagenlenkers Myrtilos am schwersten getroffen.

ATREUS UND THYESTES

Vom Bruderhaß – Von einem goldenen Schaf – Von der Umkehr der Sonne – Von einem grausigen Essen – Vom unbändigen Haß – Von einer Killermaschine

Steigen wir hinab in die vielleicht grausamste Geschichte der griechischen Mythologie! In keiner anderen Sage wird das logische, psychologische und moralische Fortschreiben eines Fluches in so katastrophal konsequenter Kausalität demonstriert wie hier. In keiner anderen Sage wird die innere Motorik von Haß und Krieg so schonungslos vorgeführt.

Pelops wußte, daß seine Söhne Atreus und Thyestes sich außerordentlich haßten, und er verfügte, daß die beiden, jedenfalls solange er lebte, nicht zusammenkamen. Sie wurden in getrennten Teilen des Schlosses untergebracht. Wenn der eine beim Vater war, durfte der andere sein Zimmer nicht verlassen; wenn der andere bei der Mutter war, mußte der eine warten; wenn der eine schlief, war der andere wach; wenn der eine spielte, dann mußte der andere essen – und so weiter. Sie wußten voneinander, aber man ließ sie nicht zusammen.

Aber schließlich waren sie erwachsen, und nach dem Tod ihres Vaters drohte die Frage: Wer wird das Reich erben?

Es hieß, ein Seher habe geweissagt: »Derjenige, welcher der Herrscher sein wird, dem wird ein Zeichen gegeben.«

Eines Tages entdeckte Atreus in seiner Herde ein goldenes Lamm, und er ging davon aus, das sei das Zeichen. Er untersuchte das Fell, es war aus purem Gold, er untersuchte die Zunge des Lammes, sie war aus purem Gold, und er sagte sich: »Das kann nur das Zeichen sein, ich werde alles erben.«

Er wollte das Schaf der Göttin Athene weihen, aber dann war es ihm doch zu schade, und er ließ ein anderes schlachten und weihte dieses Schaf der Göttin. Das goldene Schaf aber schlachtete er für sich, nahm es aus und ließ es ausstopfen. Dann gab er überall bekannt, ihm sei das erwartete Zeichen gegeben worden.

Was Atreus nicht wußte, war, daß seine Frau hinter seinem Rücken ein Verhältnis, ein sehr leidenschaftliches Verhältnis zu seinem Bruder Thyestes unterhielt. Die Frau verriet Thyestes, dem eingeborenen Feind, daß das Zeichen ein goldenes Lamm sei und daß Atreus dieses Lamm besitze. Sie führte Thyestes in die geheimste Kammer des Atreus, und Thyestes stahl das goldene Lamm.

Bald darauf berief Thyestes eine Volksversammlung ein.

Er sagte: »Jetzt muß endlich eine Entscheidung getroffen werden!«

Atreus war immer noch der Meinung, er sei der Besitzer des goldenen Lammes, und er stimmte seinem Bruder zu, forderte ihn sogar auf, weiterzusprechen.

»Es muß eine Entscheidung getroffen werden«, sagte Thyestes, »und ich bin der Meinung, das Volk soll entscheiden, wer von uns beiden der König sein soll.«

»Nein«, sagte Atreus, »nicht das Volk soll entscheiden, die Götter sollen ein Zeichen setzen. Und die Götter haben bereits ein Zeichen gesetzt. Wer von uns ein goldenes Lamm vorweisen kann, der soll der König werden!«

Zur Verwunderung des Atreus stimmte Thyestes zu.

»Ich bin in allem deiner Meinung«, sagte er. »Du und ich, wir sind die Anwärter auf den Thron, und ich sage dasselbe wie du: Wer das goldene Lamm vorweisen kann, der ist der König. Das hat mir Zeus im Traum gesagt. Gehen wir jetzt beide nach Hause, schauen wir in unsere Kammer, vertrauen wir dem Ratschlag des Obersten Gottes!«

Da mußte Atreus kichern, und er antwortete: »Du bist ein einsichtiger Mann, mein Bruder. So werden wir es machen.«

Aber Thyestes wies vor allem Volk das ausgestopfte Lamm vor und forderte den Thron.

Atreus wußte nun, daß er von seinem Bruder betrogen und bestohlen worden war. Der Haß wuchs noch mehr, und er flehte zu Zeus um Rache.

Und tatsächlich, Zeus hatte größeres Wohlgefallen an Atreus als an Thyestes. – Diese Geschichte erinnert uns von Ferne an zwei andere, zwei biblische Brüder, die auch von Gott nicht gleichermaßen geliebt wurden, Kain und Abel. Und wir wissen, was daraus geworden ist.

Zeus sagte zu Atreus: »Berufe auch du eine Volksversammlung ein und sage folgendes: Wer von uns beiden die Sonne, wenn sie am Mittag steht, zwingen kann, in die andere Richtung zu wandern, so daß sie nicht im Westen, sondern im Osten untergeht, der soll der tatsächliche König sein.«

Atreus sagte: »Wie soll das einer können? Wie soll ich das können?«

Und Zeus sagte: »Das werde ich dir machen.«

Atreus berief also eine neue Volksversammlung ein, er sagte: »In dieser Nacht hatte ich ebenfalls einen Traum. In diesem Traum hat mir Zeus einen Auftrag gegeben. Ich soll euch folgendes verkünden: Wer von uns beiden – Thyestes oder ich – die Sonne am Mittag anhalten und sie zurückzwingen kann nach Osten, so daß sie im Osten aufgeht und wieder im Osten untergeht, der soll nun tatsächlich euer König werden.«

Thyestes dachte, nun sei sein Bruder Atreus verrückt geworden, und er stimmte grinsend zu.

So standen sie alle auf dem Marktplatz und warteten, bis es Mittag war, stellten Stöcke auf, die Schatten warfen, zeichneten mit Kreide Striche neben diese Stöcke, damit sie sofort sahen, wohin der Schatten fiel.

Und tatsächlich, als es genau Mittag war, hielt Helios, der Sonnengott, die Rosse an, drehte seinen Wagen das erste Mal seit der Entstehung des Universums auf der Stelle um und fuhr in dieselbe Richtung, aus der er gekommen war, nämlich nach Osten.

Das Volk aber machte Atreus zu seinem König, und Thyestes wußte, vor diesem König mußte er sich in acht nehmen, denn der konnte nur im Bunde sein mit dem höchsten Gott.

Thyestes floh und nahm sich vor, nie wieder in seinem Leben auch nur in die Nähe von Atreus zu kommen.

Atreus war nun der Herrscher. Aber der Haß auf seinen Bruder Thyestes war dadurch, daß er alles gewonnen hatte, noch lange nicht gestillt. Der Haß ist von Tatsachen unabhängig. Er sann weiter nach Rache, er sann weiter danach, wie er seinen Bruder noch mehr demütigen und verletzen könnte. Er sandte Herolde ins Land, sie sollten seinen Bruder finden und ihm mitteilen, Atreus habe Einsicht gewonnen, er sei in sich gegangen, er wolle, daß Thyestes zurückkehre zu ihm und seiner Familie, er wolle sich mit ihm aussöhnen. Endlich solle ein Schlußstrich gezogen werden unter diesen grauenhaften, nun schon Generationen überdauernden Haß.

Thyestes glaubte seinem Bruder. Er zog mit seiner Familie, seinen beiden kleinen Söhnen und seiner Frau zu Atreus.

Er wurde mit schönstem, größtem Prunk empfangen. Die Frau des Thyestes wurde in ihre Gemächer geführt, von Sklavinnen verwöhnt. Atreus selbst führte die beiden Söhne des Thyestes, seine Neffen, in den sonnendurchfluteten Garten, wo die wunderbarsten Spielsachen auf sie warteten.

Und schließlich fiel Atreus vor seinem Bruder auf die Knie, und er bat die Familie des Thyestes: »Laßt uns beide Brüder eine kurze Zeit allein. Wir wollen uns in die Augen sehen. Wir werden dann alle zusammen ein großes Fest feiern, aber zuerst möchte ich mit meinem Bruder Thyestes allein sein.«

Das sah die Frau des Thyestes ein, und die Kinder sahen es auch ein, eben weil draußen so wunderschöne Spielsachen waren. Und Thyestes war gerührt von diesem Vorschlag, und er folgte seinem Bruder Atreus in das Kellergewölbe des Schlosses.

Dort, in einem fensterlosen Raum, wo nur Fackeln brannten, setzten sich Atreus und Thyestes gegenüber, und Thyestes fragte: »Warum führst du mich gerade hierher in diesen düsteren Raum?«

Atreus antwortete: »In diesem düsteren Raum habe ich all die Jahre um dich getrauert. Einmal am Tag war ich hier unten und habe mich nach dir gesehnt und habe auf den Haß geflucht, der uns beide trennt.«

Und Atreus sprach weiter: »Tu mir einen Gefallen, Bruder: Bevor wir unser großes Fest feiern, laß uns beide hier gemeinsam essen. Ich möchte dich bedienen. Du ganz allein sollst hier mein Gast sein.«

Thyestes war noch mehr gerührt durch diese Demut seines Bruders, und er stimmte zu.

Atreus brachte eine Schüssel mit Fleisch. Er legte seinem Bruder vor, und Thyestes aß.

Nachdem er gegessen hatte, fragte Thyestes: »Wie ist es dir ergangen in all den Jahren, Bruder? Was hast du gemacht?«

Atreus sagte: »Ich habe mich mit Astronomie beschäftigt und auch etwas mit Kunst.«

Und Thyestes fragte: »Mit Kunst? Das ist interessant.« – Er war verlegen, er wollte das Gespräch mit seinem Bruder nicht abreißen lassen.

Atreus sagte: »Ja, mit Kunst habe ich mich beschäftigt, ein wenig mit Bildhauerei. Möchtest du sehen, was ich gemacht habe?«

»Ja, selbstverständlich«, sagte Thyestes, »ich würde sehr gerne etwas sehen.«

Atreus ging und kam zurück mit einem Tablett. Auf diesem Tablett waren zwei merkwürdige Figuren. Es waren zwei kleine Köpfe, man sah sie nur von hinten. Von den Köpfen standen die Hände ab, und unten waren zwei Füße. Es sah aus wie ein Kopf ohne Körper, ohne Torso. Und das Ganze konnte Thyestes obendrein nur von hinten sehen, denn sein Bruder hatte das Tablett gedreht.

Thyestes war nun noch mehr verlegen, denn er dachte

sich: Das sind ja Mißgeburten. Das kann nicht der Ernst meines Bruders sein, daß er solche Dinge macht.

Atreus fragte ihn treuherzig: »Gefallen dir diese Figuren?«

Thyestes wollte ihn nicht beleidigen und sagte: »Ja, sie gefallen mir schon. Aber ich habe das Gefühl, es fehlt ihnen der ganze Mittelteil. Vielleicht täusche ich mich ja, vielleicht sollte ich sie einmal von vorne sehen.«

Atreus sagte: »Ja, du solltest sie von vorne sehen.«

Er drehte das Tablett um, und da erkannte Thyestes, daß es die Köpfe und Glieder seiner beiden Söhne waren.

Atreus sagte: »Du hast dich für ihren Mittelteil interessiert, für ihre Körper. Die hast du gerade gegessen.«

Thyestes übergab sich, erbrach das Fleisch seiner Söhne, und er lief aus dem Haus.

Er hatte von nun an nur noch einen einzigen Gedanken: Wie er sich an seinem Bruder Atreus rächen könnte. Als erstes suchte er einen Seher auf, weil er wußte, mit natürlichen Mitteln konnte er gegen dieses Scheusal nicht ankommen.

Der Seher sagte zu ihm: »Nimm dich in acht, Thyestes. Nimm dich in acht vor der Rache. Die Rache ist nur über einen grausamen Weg zu erreichen.«

»Das ist mir egal«, sagte Thyestes, »ganz egal ist mir das! Ich will Rache!«

»Gut«, sagte der Hellseher, »du sollst deine Tochter vergewaltigen, und wenn sie einen Sohn zur Welt bringt, wird er dich rächen. Er wird deinen Bruder töten.«

Thyestes überlegte nicht lange und suchte seine Tochter auf. Sie war noch ein junges Mädchen, das von alledem nichts wußte, weil ihre Mutter sie von dem Haß der beiden Brüder fernhalten wollte. Thyestes sah sie, wie sie gerade ins Wasser stieg, um sich zu baden, bei einem Wasserfall war das, und er hatte kein Mitleid mit seinem Töchterchen, er wollte nur die Rache. Er stürzte sich auf sie und vergewaltigte sie.

Sie brachte den Aigisthos zur Welt. Dieser Knabe wurde von Thyestes wie eine Killermaschine erzogen. Als Siebenjähriger tötete er Atreus mit demselben Schwert, mit dem er zuvor seine Mutter, die ihn an dieser Tat hindern wollte, getötet hatte.

Und damit war der Fluch weitergesponnen. Das Töten und Hassen hatte sein Ende noch nicht gefunden.

AGAMEMNON UND OREST

Von Klytaimnestra – Von Iphigenie – Von der Pflicht zur Rache – Von Aigisthos – Von den Göttinnen der Rache – Von der Vergebung

Atreus hatte zwei Söhne, Agamemnon und Menelaos. Agamemnon, der König von Mykene, war der große Heerführer der Griechen vor Troja, der Völkerfürst, wie er bei Homer auch genannt wird. Er hat die verschiedenen Heere der Griechen zusammengeführt und hat als Generalissimus die Belagerung und den Angriff gegen Troja geleitet.

Menelaos, sein Bruder, herrschte über Lakedaimon, das später Sparta hieß, und war der reichste Mann in der damaligen Welt. Er war der Gatte der Helena, aber davon wird noch ausführlich berichtet werden.

Bleiben wir bei Agamemnon. Agamemnon begehrte Klytaimnestra, die Schwester der schönen Helena. Aber Klytaimnestra war bereits verheiratet. Sie war mit einem unansehnlichen, aber höflichen Mann verheiratet, und sie hatte ein Kind mit diesem unansehnlichen, aber höflichen Mann. Sie liebte ihren Mann, und der Mann liebte sie, und beide liebten sie ihr Kind, sie waren eine glückliche Familie. Es verlangte sie nicht danach, in die Geschichte einzugehen, sie wollten ein ruhiges, friedliches, langweiliges Leben führen. Aber das Schicksal sah anderes vor.

Als Agamemnon Klytaimnestra zum ersten Mal sah, es war bei einem königlichen Empfang, saß sie im Thronsaal neben ihrem höflichen Mann und hielt ihr Knäblein im Arm. Agamemnon wollte sie haben. Sofort, auf der Stelle wollte er sie haben. Vor allen Anwesenden zog er das Schwert, schlug Klytaimnestra das Kind aus dem Arm, schlug es in zwei Teile und metzelte ihren Mann nieder. Nicht genug: In diesem Blutbad über den Leichen derer, die ihr Leben bedeutet hatten, vergewaltigte Agamemnon Klytaimnestra.

Es läßt sich wohl denken, daß Klytaimnestra dieses Vieh niemals geliebt hat. Und bei allem, was weiter geschehen wird, sind wir versucht, dieser Frau einen Freibrief auszustellen, um so mehr, als sie in den Erzählungen so wenig Gerechtigkeit erfährt. Gustav Schwab führt in seinen Sagen des klassischen Altertums für die Bestialität des Agamemnon Gründe der Staatsräson an und verurteilt am Ende die arme, geschundene Frau.

Klytaimnestra wurde Agamemnons Frau. Ihr Vater Tyndareos ließ sich für die Untat von Agamemnon bezahlen und versöhnte sich mit ihm.

Agamemnon sagte: »Das war eine Aufwallung von Zorn, ich habe eben einen aufbrausenden Charakter.«

Tyndareos sagte: »Die Sache ist vergessen«, und zu Klytaimnestra sagte er: »Bleibe du bei Agamemnon, er ist ein reicher Mann.« Sie hatte wenig Möglichkeiten, nicht zu gehorchen.

Klytaimnestra gebar Agamemnon die Kinder Iphigenie, Elektra und Orest.

Als dann der Trojanische Krieg begann und das Heer sich in Aulis sammelte, vertrieb sich Agamemnon die Zeit mit Jagen. Und erlegte eine heilige Hirschkuh.

Artemis, die Göttin der Jagd, war darüber zornig, und sie bestrafte die Flotte der Griechen mit Windstille. Die Schiffe lagen im Hafen, die Helden mußten ihre Kriegslust zügeln.

Als der Seher Kalchas befragt wurde, was denn zu tun sei, damit endlich günstiger Wind aufkomme, sagte er: »Wenn Agamemnon bereit ist, seine Tochter Iphigenie auf einem Altar der Artemis zu opfern, dann wird günstiger Wind kommen.«

Agamemnon zögerte nicht einen Augenblick. Zu wichtig war es, nach Troja zu ziehen, um dort Köpfe einzuschlagen. Er zwang das Mädchen Iphigenie auf die Opferbank, und er hätte ihr eigenhändig die Kehle durchgeschnitten, wenn nicht Artemis im letzten Augenblick Mitleid gehabt hätte und Iphigenie vom Altar hinweghob. – Dieses Bild erinnert uns natürlich wieder an eine biblische Geschichte. Die Mythen der Welt, so scheint es, sind untergründig miteinander verstrickt. Es erinnert uns an die Geschichte von Abraham und Isaak. Auch Isaak ist im letzten Augenblick gerettet worden, ebenfalls von der gleichen Macht, die zuvor seine Tötung angeordnet hatte.

Iphigenie wurde von der Göttin Artemis hochgehoben und wurde auf die Insel Tauris getragen. Der Wind setzte wieder ein, und die Männer konnten endlich nach Troja fahren. Klytaimnestras Haß aber wuchs. Sie sann auf Rache, blickte sich nach einem Verbündeten um.

Während des Trojanischen Krieges kam es zu einem denkwürdigen Zwischenfall. Der Erfinder Palamedes, der auf der Seite der Griechen kämpfte, wurde in eine Intrige verwickelt, die Odysseus angezettelt hatte, es wurde ihm vorgeworfen, er habe an den Feind Geheimnisse verraten. Das war glatt gelogen, ich sage es gleich. Aber Agamemnon gab Befehl, den Palamedes zu steinigen. Und der Befehl wurde ausgeführt.

Da kam des Palamedes Vater Nauplios ins Lager, forderte Aufklärung und Genugtuung. Aber er wurde nur verlacht und beschimpft. Da fluchte er auf das ganze Heer und sagte: »Ihr alle, die ihr dafür gewesen seid, daß mein Sohn Palamedes gesteinigt wird, ihr alle werdet euch noch wundern!«

Und was war dieses Wunder? Nauplios war ein Mann, der über die Kunst des Überredens verfügte wie kein zweiter. Er machte sich auf den Weg, besuchte die Heimat eines jeden griechischen Helden, der in Troja kämpfte, und überredete ihre Frauen dazu, sich mit anderen Männern ins Bett zu legen. Das konnte er. Und das gelang ihm.

So kam er auch an den Hof des Agamemnon in Mykene und traf dort Klytaimnestra. Bei ihr mußte er keine große Überredungskunst aufwenden, er fand in Klytaimnestras Herzen hinreichend Haß vor. Und welchen Mann redete er der Gattin des Agamemnon als Galan ein? Den Aigisthos. Ja, jenen Aigisthos, der als Siebenjähriger Atreus, des Agamemnon Vater, mit dem Schwert getötet hatte. Nauplios kuppelte zwischen Klytaimnestra und Aigisthos, in Aigisthos fand Klytaimnestra den richtigen Verbündeten im Haß gegen ihren Mann. – Dieses Paar war lebendiger Sprengstoff.

Sogar die Götter machten sich Sorgen. Hermes wurde vom Olymp heruntergeschickt, um den Aigisthos zu warnen: »Tu das nicht«, sagte er, »es wird ein bitteres Ende finden.«

Aber Aigisthos ließ sich nicht umstimmen, moralische

Skrupel kannte er nicht. Und auch Klytaimnestra hatte längst jede Hemmung abgelegt.

Sie sagte zu Aigisthos: »Wenn du mich nur ein wenig liebst und wenn du alles bekommen willst, was mir gehört, und mir gehört alles, dann hilf mir, meinen Gatten Agamemnon zu töten. Denn mein Leben hat nur noch dieses eine Ziel: Ich will ihn tot sehen.«

Aigisthos versprach ihr seine Hilfe. Er war der Sohn des Thyestes, seit seiner Kindheit galt ihm ein Motto: Die Atriden müssen vernichtet werden.

Dann kehrte Agamemnon aus Troja zurück. Er kam nicht allein, er brachte Kassandra, die trojanische Seherin, als seine Beute mit.

Klytaimnestra lud ihn ins Bad. »Nach so vielen Jahren Krieg, was wirst du dich nach einem wohlriechenden, heißen Bad gesehnt haben!«

Agamemnon sagte: »Ja, das habe ich.«

Und als er ins Bad steigen wollte, warf Aigisthos ein Netz über ihn, und Klytaimnestra stand da mit dem Beil, und sie erschlug Agamemnon.

Und Aigisthos erschlug Kassandra.

Elektra, die Tochter von Klytaimnestra und Agamemnon, soll angeblich Zeugin gewesen sein, als ihr Vater ermordet wurde – ihr geliebter Vater, sie hatte ihn ja nicht gekannt, er war ja im Krieg gewesen, als sie aufgewachsen war, aber er war für sie das große Vorbild, der Held ihrer Kindheit. Elektra soll mit angesehen haben, wie ihr Vater von ihrer Mutter und dem Liebhaber ihrer Mutter im Bad erschlagen wurde wie ein Ochse im Schlachthaus.

Elektra suchte ihren Bruder Orest auf, den die Großeltern aufgezogen hatten.

Elektra sagte zu Orest: »Du weißt, was du zu tun hast.« Orest war noch ein blutjunger Mann, und er sagte: »Ich weiß nicht, was ich zu tun habe.«

»Du mußt unseren Vater rächen«, sagte Elektra.

Man stelle sich das vor! Orest hat weder seine Mutter gekannt, den Aigisthos hat er überhaupt nicht gekannt, und seinen Vater Agamemnon hat er nie gesehen. In was für eine Situation gerät er da! Ein halber Knabe noch! Er will das nicht.

Elektra sagt: »Gut, ich will dich nicht drängen, geh du nach Delphi. Geh nach Delphi und befrage das Orakel, was du tun sollst.«

Orest tat es, er ging nach Delphi, und das Orakel sagte: »Du mußt die Blutrache weiterführen. Du mußt deinen Vater rächen. Wenn du es nicht tust, wirst du die Lepra bekommen, sie wird dir dein Fleisch von den Knochen fressen. Dein Körper wird in einem Haufen Schimmel ersticken.«

So der Wortlaut.

Nun wußte Orest, daß es nicht nur der Wunsch seiner Schwester Elektra, sondern auch göttlicher Wunsch war: Er sollte seine Mutter töten.

Er zog Erkundigungen ein, erfuhr, wie sich Aigisthos aufführte, daß er keinen Tag vergehen ließ, ohne daß er sein Wasser auf das Grab des Agamemnon abgeschlagen hatte; daß er auf dem Grabhügel tanzte und dabei rief: »Komm, Orest, verteidige die Ehre deines Vaters, verteidige dein Eigentum!«

Schweren Herzens machte sich Orest auf den Weg nach Mykene, das er bereits als kleines Kind verlassen hatte.

Er kam auf den Hof, gab sich nicht als der zu erkennen, der er war. Er führte eine Urne bei sich, sagte, er wolle mit Klytaimnestra und Aigisthos sprechen. Aigisthos war gerade dabei, ein Opfer darzubringen. Man fragt sich: Wem eigentlich? Gab es da noch einen Gott, an den sich Aigisthos wenden konnte? Es ist dies eine unzutreffende, eine christliche Frage, die griechischen Götter waren keine Adepten der Bergpredigt oder irgendwelcher kategorischer Imperative.

Aigisthos hatte hellseherische Fähigkeiten. Er riß den Tieren den Bauch auf und las in den Gedärmen die Zukunft. Er ließ sich bei Orest entschuldigen, er sei im Augenblick beschäftigt.

Orest sprach zuerst also mit seiner Mutter Klytaimnestra allein. Er sagte: »Ich habe deinen Sohn Orest gekannt, er ist gestorben. Ich bringe dir in der Urne hier seine Asche.«

Darüber war Klytaimnestra sehr traurig, aber auch froh, denn sie hatte gefürchtet, daß ihr Sohn sich würde rächen wollen. Sie lud diesen jungen Mann, der ihr die Botschaft gebracht hatte, ein, eine Weile am Hof zu bleiben. Er war ihr sympathisch.

Orest sagte, er würde gerne auch den Aigisthos kennenlernen, er habe so viel von ihm gehört, überall sei man voll des Lobes über ihn, er sei dem Reich in der schwersten Stunde beigestanden, heiße es überall – sagte er. Er sei gerade dabei, aus den Eingeweiden eines Tieres seine und ihre Zukunft zu lesen, sagte Klytaimnestra. Ob er da nicht zuschauen dürfe, fragte Orest, das interessiere ihn.

»Gern«, sagte Klytaimnestra.

Sie begaben sich in die Opferkammer, wo Aigisthos gerade über das Opfertier gebeugt war. Da riß ihm Orest das breite Opfermesser aus der Hand und schlug damit dem Aigisthos den Kopf ab. Der Kopf fiel in die Eingeweide des Tieres und versank im Blut.

Klytaimnestra erkannte, daß dies ihr Sohn Orest war. Schreiend fiel sie vor ihm auf die Knie, flehte, er möge sie, seine eigene Mutter, verschonen. Öffnete ihr Gewand und zeigte ihm ihre Brüste. »Daraus hast du getrunken«, schrie sie.

Aber ohne jedes Mitleid, mit einem Schlag seines Schwertes, enthauptete Orest seine Mutter. Damit hatte er vollbracht, was das Orakel in Delphi von ihm gefordert hatte.

Aber die Erinnyen, jene Rachegeister, die aus den Blutstropfen des Uranos entstanden sind, die grausamen, unbarmherzigen Erinnyen werden Orest verfolgen. Sie lassen es nicht zu, daß der Sohn ungestraft die Mutter tötet. Sie hetzen ihn durch die ganze Welt.

Orest wird wahnsinnig. Er wird verrückt, er beißt sich in seiner Verzweiflung einen Finger ab. Schließlich liefern ihn die Erinnyen an ein weltlich-göttliches Gericht aus, nämlich an den Areopag in Athen.

Diesem Gericht steht Pallas Athene vor. Apoll übernimmt die Verteidigung des Orest. Sein Orakel in Delphi hat ihm ja geraten, die Blutrache weiterzutreiben. Die Erinnyen vertreten die Anklage. Als Schöffen sind die Bürger von Athen bestellt.

Jeder trägt seine Sache vor. Orest sagt: »Apoll und sein Orakel haben mich geheißen, meine Mutter zu töten.«

Die Erinnyen argumentieren: »Niemand darf den Leib töten, aus dem er selbst gekommen ist.«

Am Schluß stimmen die Bürger von Athen ab, und siehe da, es besteht Stimmengleichheit. Es gibt kein eindeutiges Urteil gegen und für den Orest.

Da geschieht etwas Merkwürdiges: Pallas Athene, die Göttin – sie ist ja eine Frau, eine weibliche Gottheit – Athene steigt von ihrem Vorsitz herunter und stellt sich zu jenen Schöffen, die für Orest gestimmt haben.

Und zwar tut sie das mit der Begründung: »Väter haben gegenüber den Müttern den Vorrang.«

Genauso drückt sie es aus. Damit ist das Matriarchat zu Ende.

Ursprünglich gab es nur weibliche Gottheiten. Die männlichen Gottheiten sind alle später entstanden, sie kamen erst dazu. Mit ihrem Spruch über das Schicksal des Orest hat Athene das Matriarchat verabschiedet.

KRIEG UM TROJA

Von der Nymphe Thetis und ihren Liebhabern – Von einer gestörten Hochzeit – Von einem goldenen Apfel – Vom Urteil des Paris – Von einer anderen Hochzeit – Von Helena und Menelaos – Vom Raub der schönsten Frau der Welt – Vom Krieg im allgemeinen – Von der Kunst, sich zu drücken – Vom Krieg im besonderen

Der Trojanische Krieg war für die Antike der Inbegriff des Krieges – vielleicht ist er der Inbegriff des Krieges im Abendland. Wenn wir uns anschauen, wie viele Dichter allein in unserem Jahrhundert den Trojanischen Krieg als Quelle ihrer Inspiration genutzt haben – angefangen bei Bert Brecht über Friedrich Dürrenmatt, Jean Giraudoux, Jean Anouilh oder in Amerika Eugene O'Neill.

Im Gegensatz zu anderen Mythen ist der reale Hintergrund des Trojanischen Krieges noch sehr deutlich sichtbar. Troja hat es gegeben, sogar mehrere Trojas hat es gegeben, die übereinander gebaut worden sind, man spricht von den verschiedenen Schichten. Aber auch das legendäre Troja, vor dessen Toren dieser Krieg stattgefunden hat, war real. Es war dies der erste Krieg zwischen Europa und Asien. Troja liegt in Kleinasien, in der heutigen Türkei. Es war eine Tochterstadt Griechenlands, also eine Kolonie. Es werden machtpolitische Gründe gewesen sein, die zu diesem Krieg geführt haben, und dann hat sich die Mythe das Geschehen anverwandelt, hat die Geschichte aus dem Aktuellen ins Überzeitliche gehoben und somit einen Spiegel geschaffen, in dem sich die Generationen bis herauf zu uns wiedererkennen.

Uns interessieren die mythischen Antworten. Es gibt zwei Wurzeln des Krieges. Von ihnen soll im folgenden die Rede sein.

Von der Nymphe Thetis habe ich bereits erzählt. Sie muß bezaubernd schön gewesen sein. Zeus, wie sollte es auch anders sein, verliebte sich in sie. Nicht nur Zeus verliebte sich in sie, auch Poseidon verliebte sich in sie. Wir erinnern uns daran, daß sie eine fürsorgliche Ersatzmutter für Hephaistos war, den Gott, der von Hera vom Himmel heruntergeschleudert worden war. Es wird wohl ihr Wesen, ihre gütige, warme, mütterliche Art gewesen sein, von der die beiden großen Götter angezogen wurden.

Aber über Thetis schwebte ein Orakelspruch, und der besagte: »Wenn Thetis einen Sohn gebären wird, dann wird der mächtiger werden als sein Vater, ganz egal, wer dieser Vater auch sein mag.«

Man kann sich denken, daß dieser Orakelspruch das Werben von Zeus und Poseidon doch einigermaßen gehemmt hat. Aber wie es ist: Wenn feine, große Herren sich um ein hübsches, kleines Mädchen bewerben, das sie dann doch nicht kriegen, weil sie es eben doch nicht wollen, dann wollen sie dieses Mädchen wenigstens in sicheren – sprich törichten – Händen wissen, und sie kümmern sich um eine Verheiratung.

Nicht anders dachten und handelten Zeus und Poseidon.

Zeus sagte: »Gut, mich wird sie nicht kriegen.«

Und Poseidon sagte dasselbe: »Wir wollen ihr aber für die Lieblichkeiten, die sie uns gewährt hat, revanchieren und sie mit einem anständigen – also etwas langweiligen – Mann verheiraten, bei dem es keine Rolle spielt, wenn sein Sohn mächtiger wird als er.«

Zeus blickte sich auf dem Erdenrund um, und sein Blick fiel auf Peleus. Von Peleus wird erzählt, er sei ein äußerst kräftig gebauter junger Mann gewesen. Er soll einen besonders schönen Körper gehabt haben, und auch was seine Männlichkeit betraf, soll er sehr entwickelt gewesen sein.

Eines Tages sei, so hieß es, und diese Geschichte gab den Ausschlag, daß sich Zeus ausgerechnet für ihn entschied, eines Tages soll Peleus bei einem befreundeten König zu Gast gewesen sein. Der König sei ein geradezu idiotisch beschäftigter Mann gewesen, er hatte nicht einmal Zeit, mit seinem Gast zu frühstücken. Das tat dann die Königin. Und nach dem Frühstück wollte sie diesen wohlgebauten Peleus in ihr Bett ziehen. Aber Peleus, zwar kräftig und schön gebaut, aber schlicht, einfach von Gemüt, sträubte sich dagegen.

Er sagte: »Du bist schön, und ich halte es ja auch kaum aus, neben dir am Frühstückstisch zu sitzen. Aber ich kann unmöglich ein Gast deines Mannes sein und zugleich mit dir ins Bett gehen. Das kann ich nicht, das tue ich nicht.«

Die Königin zeigte daraufhin den Peleus bei ihrem Mann an, sagte: »Er wollte etwas von mir.«

Aber Peleus leugnete so standhaft, und sein Blick war so gerade, daß ihm der König glaubte.

Diese Begebenheit hat sich Zeus vom Olymp aus mitangesehen, und er sagte zu Poseidon: »Schau her, Bruder, das wäre doch der richtige Mann für unsere Thetis. Da bekommt sie einen ehrlichen, liebenswürdigen, etwas langweiligen, aber gut gebauten Menschen, und es spielt keine Rolle, wenn sein Sohn bedeutender wird als er. Was meinst du?«

Poseidon war einverstanden.

Die Göttermutter Hera freute sich auch darüber, daß wenigstens ein weibliches Wesen ihrem Gatten entgangen war, und so schlug sie vor, man solle doch die Hochzeit der Thetis ordentlich mit allem Prunk und Protz feiern.

Aber vorher mußte Peleus die Nymphe erst für sich gewinnen, und das war ganz und gar nicht so einfach. Die Nymphe Thetis wußte von dem Orakelspruch, und sie ärgerte sich darüber, versaute er ihr doch eine gute Partie, denn sie hätte sich eben doch den große Zeus oder wenigstens Poseidon als Liebhaber gewünscht. Zeus und Poseidon wußten, daß sie mit einem Menschen nicht auf Anhieb einverstanden sein würde.

Sie gaben dem Peleus einige Ratschläge, sie sagten: »Warte hier vor dieser Grotte auf sie, sie kommt jeden Nachmittag. Sie reitet auf einem Delphin hierher, um ihr Mittagsschläfchen abzuhalten. Dann, sobald sie liegt, mußt du auf sie drauf, du mußt sie festhalten, ganz egal, was mit ihr geschieht. Wenn du sie losläßt, verlierst du sie.«

»Was geschieht denn mit ihr«, wollte Peleus wissen.

Das sagten ihm die Götter nicht, sie wollten sich den Spaß des Zusehens nicht schmälern.

Peleus hat also vor der Grotte auf Thetis gelauert. Sie kam auf dem Delphin reitend daher, legte sich nieder, und Peleus stürzte sich auf sie. Da verwandelte sich Thetis in einen Feuerball und verbrannte ihm die Haut, aber er ließ sie nicht los. Sie verwandelte sich in eine Bärin und kratzte ihm die eben wundgebrannte Haut vom Körper. Aber Peleus ließ sie nicht los. Als sie sah, daß dieser Liebhaber sie so feurig begehrte, gab sie nach und umarmte ihn.

Das sahen die Götter, und sie sagten: »Jetzt können wir auch zu eurer Hochzeit kommen.«

Schon einmal waren die Götter zu einer Hochzeit auf die Erde herabgestiegen; erinnern wir uns: Es war, als Kadmos die Harmonia heiratete. Nun geschah es zum zweiten Mal – und es war auch das letzte Mal.

Sie kamen und brachten prächtige Geschenke mit. Dem Peleus schenkten sie ein paar unsterbliche Pferde. Es ist gar nicht auszudenken, was für ein Geschenk das war! Sie schenkten ihm aber auch noch eine goldene Rüstung, die schönste Rüstung, die je gemacht worden war. Geschmiedet hatte sie natürlich kein anderer als Hephaistos, der Alleskönner.

Es war ein wunderbares, einzigartiges Fest. Alle Götter waren gekommen, nur eine Gottheit war nicht eingeladen worden, nämlich Eris, die Göttin der Zwietracht. Wer lädt schon die Zwietracht zu seinem Hochzeitsfest ein?

Und wie wir es auch aus den Märchen der Brüder Grimm kennen: Das hat die Übergangene sehr ergrimmt. Und sie ist dann doch erschienen. Gerade nach dem Essen, als die Herrschaften noch bei einem Gläschen zusammen standen, kam sie zur Tür herein. Sie hatte auch etwas mitgebracht. Sie blickte sich um und sah die drei Göttinnen, Athene, Hera und Aphrodite, viel bedeutendere Göttinnen, als sie eine war, beieinander stehen, miteinander plaudern. Da schlich sie sich in ihre Nähe und packte ihr Geschenk aus, es war ein goldener Apfel. Diesen goldenen Apfel rollte sie auf dem Boden in Richtung auf diese drei Göttinnen zu, und dann verließ sie laut lachend den Saal.

Es trat Ruhe ein. Alle sahen, Eris war gekommen, und alle wußten, es wird nun etwas Schreckliches geschehen.

Peleus, der Bräutigam, hob schnell den goldenen Apfel auf. Den Göttinnen war ja nicht zuzumuten, daß sie sich bückten. Peleus schaute den Apfel an und las, was in seine Schale eingraviert war.

Dort stand nämlich: »Für die Schönste.«

Ach, wäre dieser Peleus doch klug genug gewesen und hätte sich aus der Affäre winden können, hätte zum Beispiel gesagt: »Ich möchte um Verständnis bei den anwesenden Göttinnen bitten. Ich möchte diesen Apfel an meinem Hochzeitstag selbstverständlich meiner Frau überreichen.« Alle hätten es verstanden, hätten es als eine charmante Geste empfunden.

Aber Peleus verfügte über keinerlei Klugheit, über keinerlei Charme. Er stand wie eingepflockt, blickte zu den drei Göttinnen und sagte: »Entschuldigung, eine Frage: Welche von euch dreien ist die Schönste? Den Apfel hier, den muß ich, glaub' ich, weitergeben.«

Da schritt schnell Zeus ein und sagte: »Nein, nicht Peleus, der Bräutigam, soll diese verdammte Entscheidung treffen. Wie kommt er dazu!«

Zeus nahm den Apfel an sich und sagte: »Ein anderer soll entscheiden, wer von euch dreien, Aphrodite, Hera, Athene, die Schönste ist.«

Die Menschen haben kein Glück mit den Göttern, die Götter kein Glück mit den Menschen. Erst hatte Zeus einen Gemahl für Thetis gesucht, jetzt suchte er einen Schiedsrichter.

Sein Blick fiel auf Paris, einen der Prinzen von Troja. Er war der Sohn des Priamos und der Hekabe. Paris, als er noch im Mutterleib war, verursachte einige Aufregung im Hause seiner Eltern, denn bevor er geboren wurde, hatte seine Mutter einen Traum. Hekabe träumte, sie gebäre ein Holzscheit, aus dem brennende Schlangen hervorbrechen.

Ihr Traum wurde gedeutet, und der Seher sagte zu ihr: »Du mußt das Kind sofort nach der Geburt töten lassen. Denn dieser Traum heißt: Das Kind wird Unglück und Feuersbrunst über die Stadt bringen.«

Es wurde beschlossen, den Prinzen zu töten.

Wir kennen die ähnliche Geschichte von Ödipus. Der Knecht, der Paris hätte töten sollen, brachte es auch nicht übers Herz. Er übergab das Kind einer Bärin, und die zog ihn auf. Paris wuchs schließlich bei Hirten auf. Als er ein junger Mann war, wurde er von seinen königlichen Brüdern erkannt und freudig zu Hause aufgenommen. Soweit seine Vorgeschichte.

Warum Zeus ausgerechnet ihn zum Schiedsrichter bestimmte? Man weiß es nicht. Der göttliche Ratschluß wird vor uns Menschen nicht gerechtfertigt. Jedenfalls, Paris, der nichts lieber tat, als seine Rinder zu hüten, sitzt da eines Tages am Wegesrand, hat einen Grashalm im Mund, und plötzlich, wie aus der Erde geschossen, stehen die drei Göttinnen vor ihm und sagen: »Du sollst entscheiden, wer von uns die Schönste ist.«

Hera verspricht ihm Macht, Athene Weisheit und militärische Stärke. Interessant, interessant. – Aphrodite aber verspricht ihm die schönste Frau der Welt.

Paris gab den goldenen Apfel der Aphrodite. – Er kann einem leid tun, denn es war ihm schon klar: Ganz egal, wen ich auch wählen werde, ich werde eine Freundin, aber zwei Feindinnen haben.

Aphrodite fädelte nun alles ein. Paris fuhr über das Meer zu Menelaos, dem König von Sparta, dem Gatten der Helena. Er raubte Helena – denn sie war die schönste Frau der Welt – und fuhr mit ihr zurück nach Troja.

Der Raub der Helena war der Anlaß für den Trojanischen Krieg.

Warum aber haben sich sämtliche Fürsten Griechenlands zusammengefunden, um diesem zwar ungeheuer reichen, aber eher schwächlichen König Menelaos zu helfen, seine Frau zurückzuerobern? Die Geschichte der griechischen Fürsten läßt sonst nicht darauf schließen, daß sie zusammengehalten hätten. Ganz im Gegenteil: Was dem einen zustieß, hat den anderen nicht interessiert oder gar gefreut. Diesmal standen sie alle zusammen, kamen aus allen Enden Griechenlands, um dem Menelaos zu helfen. Warum?

Ich muß wieder weiter hinten anfangen. Und wo fängt es an: Wieder beim Göttervater Zeus …

Leda, eine Königin, bekam eines Tages Besuch von Zeus. Aber weil Zeus ihr nicht in seiner Herrlichkeit erscheinen wollte, hatte er sich in einen Schwan verwandelt. Als Schwan stieg er über die Leda und befruchtete sie. Leda gebar ein Ei, und aus diesem Ei schälte sich ein wunderschönes weißhäutiges Mädchen. Es war jedem klar, dieses Kind wird die schönste Frau des ganzen Erdkreises werden. Es war Helena.

Helena wuchs bei Leda, ihrer Mutter, und Tyndareos ihrem Ziehvater, auf. Ihr Ruf war ein sagenhafter. Sie war bekannt als die schönste Frau, die je gelebt hat, und man sagte, es werde nie eine schöner sein. Und nun wurde sie zur Vermählung freigegeben.

Aus allen Ecken und Enden Griechenlands kamen die Helden, die Tapferen, die Schönen, die Klugen, die Reichen, die Mächtigen, um sich um die Hand der schönen

Helena zu bewerben. Da war Agamemnon, der führte allerdings nicht seine eigenen Geschäfte, der führte die Geschäfte seines Bruders Menelaos, weil sich Menelaos nicht traute. Es kam der telamonische Aias, der lokrische Aias, Idomeneus kam, und Diomedes kam, es kam aber auch Odysseus. Dem Tyndareos wurde langsam angst und bange. Denn er wußte: Gleich, wem er Helena zur Frau geben wird, er wird alle anderen zu Feinden haben. Er dachte: »Sobald ich das Urteil gesprochen habe, werden diese Haudegen übereinander herfallen und sich die Köpfe blutig schlagen, und mich werden sie als ersten hinmachen.« – Das wollte er natürlich verhindern.

Odysseus war der ärmste der Anwärter, er hatte nichts mitgebracht, er war auch gar nicht so scharf auf die Helena. Er war vielmehr interessiert an Penelope, ihrer Cousine.

Odysseus trat vor Tyndareos hin und sagte: »Paß auf! Wenn ich verhindern kann, daß es Streit gibt, sorgst du dann dafür, daß ich die Penelope bekomme?«

»Oh, gern! Selbstverständlich!« rief Tyndareos.

»Gut«, sagte Odysseus, »dann machen wir doch folgendes: Laß ein Pferd schlachten, breite das Fleisch auf dem Boden aus. Alle Helden sollen auf das Fleisch steigen und schwören, daß sie, wer auch immer Helena zur Gattin bekommt, demselben beistehen, sollte jemand versuchen, sie ihm abspenstig zu machen.« – Ein etwas komplizierter Schwur, zugegeben. Aber Odysseus erklärte es den Männern, und sie begriffen und waren alle einverstanden.

Erleichtert gab Tyndareos seine Ziehtochter Helena an Agamemnon, damit dieser sie für seinen Bruder Menelaos nach Hause führe. Menelaos war der Reichste von allen. Die anderen zogen, vielleicht zähneknirschend, ab. Ein Schwur war ein Schwur. Sie dachten: »Wer wird sich schon an die Frau von Menelaos heranmachen wollen, Menelaos steht ja unter dem Schutz seines mächtigen Bruders Agamemnon.«

Aber dann kam dieser Paris, der Prinz aus der kleinasiatischen Kolonie, und er raubte Helena. Und es fiel ihm nicht einmal schwer, denn Helena, von Aphrodite präpariert, hatte sich in ihn verliebt.

Nachdem Menelaos seine Tränen getrocknet hatte, rief er seinen Bruder.

»Jetzt ist es soweit«, sagte er.

Und Agamemnon sagte: »Ja, jetzt ist es soweit.«

Alle Helden, die geschworen hatten, wurden zusammengetrommelt. Es wurden die berühmtesten Seher geholt, weil ohne einen Seherspruch wäre man niemals in den Krieg gezogen. Man konnte Kalchas gewinnen, neben Teiresias der berühmteste Seher des Altertums. Als erstes sagte er: »Folgendes muß geschehen, sonst brauchen wir gar nicht loszufahren: Sucht den Sohn des Peleus und der Thetis! Ohne diesen Sohn, der, wie das Orakel sagte, stärker sein wird als sein Vater, brauchen wir überhaupt nicht in See zu stechen.«

Wer war dieser Sohn, der stärker und mächtiger und berühmter werden würde als sein Vater? – Es war niemand anderer als der strahlendste Held der gesamten griechischen Mythologie, nämlich Achill.

Über Achill will ich noch eine kleine Geschichte erzählen: Als ihn Thetis zur Welt gebracht hatte, dieses kleine, stählerne Baby, das sich schon so kräftig anfaßte, tat ihr dieses Kind sehr leid. Denn sie wußte, es ist ein

Menschenkind, zumindest ein halbes Menschenkind ist es, und es wird eines Tages sterben müssen. Also wollte sie Achill unsterblich machen. Sie schürte ihren Ofen an, worin sie sonst ihr Brot buk, nahm das Kind und schob es hinein, weil sie sich sagte: »Ich möchte alles Sterbliche an ihm ausbrennen.«

Diese Methode war nicht verrückt, sie funktionierte durchaus, das wissen aber nur Nymphen und Halbgötter, normale Menschen wissen das nicht. Als der kleine Achill im Ofen war und so richtig ausgebrannt wurde, kam Peleus in die Höhle seiner Gattin, sah, was sie da tat, und wurde von Entsetzen gepackt. Sie hatte den Achill noch nicht ganz in den Ofen geschoben, sie hielt ihn noch an der Ferse fest, da stürzte sich Peleus auf sie, stieß sie beiseite, holte seinen kleinen Sohn aus dem Ofen und warf ihn ins Wasser, um ihn abzukühlen.

»Bist du denn von allen guten Geistern verlassen!« schrie Peleus seine Gattin an.

Und Thetis schrie den Peleus an: »Du hast ja keine Ahnung von dem, was ich hier mache! Was funkst du denn dazwischen!«

Und er: »Du willst doch nicht dein Kind verbrennen?«

Und sie: »Ich will es nicht verbrennen, ich will es unsterblich machen. Aber mit dir will ich nicht mehr zusammen sein!«

Sie sprang ins Meer und verließ Peleus.

Achill war nun fast am ganzen Körper unsterblich gemacht, das heißt unverwundbar, nur nicht eben an der einen Stelle, wo ihn die Thetis festgehalten hatte, nämlich hinten an der Ferse, dort war noch Menschliches, Sterbliches, Schmerzhaftes. Jeder weiß, wie die Sehne heißt, die zur Ferse führt, es ist die Achillessehne.

Wir erinnern uns an unsere etwas grobschlächtigere nordische Mythologie, an Siegfried. Er war am ganzen Körper durch Drachenblut, in dem er als junger Mann gebadet hatte, geschützt, auch er war also unverwundbar. Nur an einer Stelle, zwischen den Schulterblättern, wo ein kleines Lindenblatt darauf gefallen war, da war er verwundbar.

Nun also machte sich Menelaos auf den Weg, um die Fürsten an ihr Versprechen zu erinnern. Er wurde dabei begleitet von dem alten, weisen König Nestor von Pylos und von dem intelligenten Erfinder Palamedes. Nicht alle ließen sich gerne an ihren Schwur erinnern, einer zumindest wäre lieber zu Hause geblieben bei seiner Frau und seinem Sohn und seiner Wirtschaft, anstatt in den Krieg zu ziehen. Interessanterweise war es ausgerechnet der listenreiche Odysseus, der sich drücken wollte. Auf seinem Mist war die Idee mit dem Schwur ja gewachsen!

Seine List schlug diesmal auf ihn selbst zurück. Palamedes, Nestor und Menelaos kamen also nach Ithaka, auf den Hof des Odysseus, und wollten ihn abholen. Odysseus war jung verheiratet mit der schönen, klugen Penelope, und sie hatten einen kleinen Sohn, der war knapp ein Jahr alt, Telemach.

Als Menelaos, Nestor und Palamedes zum Haus des Odysseus kamen, fanden sie ihn nicht vor. Es war nur Penelope da, sie hielt den kleinen Telemach auf dem Arm, und sie fragten: »Wo ist dein Mann, Penelope?«

»Mein Mann ist nicht hier«, sagte Penelope.

»Warum? Ist etwas mit ihm?« fragten sie.

»Ja«, sagte Penelope, »er ist eigenartig geworden.«

Palamedes traute der ganzen Geschichte von Anfang an nicht, er sagte: »Zeig uns doch deinen Mann. Wo ist er?«

»Er ist unten am Strand«, sagte Penelope.

»Dann führe uns zu ihm«, sagte Palamedes.

Penelope, das konnten die drei Helden sehen, war sehr aufgeregt, wirkte sehr unsicher. Sie trug den kleinen Telemach auf dem Arm und ging voran. Die drei folgten ihr zum Strand hinunter.

Dort bot sich ihnen ein seltsames Bild: Der listenreiche, für seine Klugheit im ganzen Erdenkreis berühmte Odysseus pflügte den Sand. Er hatte vor den Pflug einen Ochsen und einen Esel gespannt, auf dem Kopf trug er eine Narrenkappe. Er pflügte den Sand und säte in die Furchen Salz.

Menelaos, der ein weiches Herz hatte und den Odysseus immer sehr geliebt hatte, fing zu weinen an und rief: »Mein großer Freund Odysseus ist übergeschnappt! Er ist verrückt geworden! Wir können ihn nicht mitnehmen in den Krieg! Denn mit einem Verrückten kann man nicht Krieg führen!«

Wir wollen hier nicht so weit gehen und sagen: Odysseus war der erste Kriegsdienstverweigerer.

Palamedes sagte: »Wir wollen schauen, ob er tatsächlich verrückt ist.«

Er wandte sich plötzlich Penelope zu, riß ihr das Kind aus den Armen und legte es vor den Pflug des Odysseus. Da hielt Odysseus Ochse und Esel zurück, hob den Pflug hoch, so daß sein kleiner Sohn unverletzt blieb.

Da sagte Palamedes: »Verrückt hin oder her, so verrückt, daß er zwischen Leben und Tod nicht unterscheiden kann, ist er auf alle Fälle nicht.«

Das ist die gängige Version dieser Geschichte. Es gibt allerdings noch eine andere, und diese andere Version will ich auch noch erzählen:

Odysseus hatte, so heißt es, seherische Gaben. Aber was er sah, konnte er nicht in Worte fassen, er konnte es weder aufschreiben, noch konnte er es sagen. Er mußte es zeigen. Er hatte, wie wir wissen, Ochs und Esel vor den Pflug gespannt. Der Ochse ist ein Symbol für Zeus, der Esel ein Symbol für Kronos, beide zusammen stellen ein Jahr dar, Sommer und Winter. Odysseus hat mit dem Pflug neun Furchen in den Sand gezogen, und in neun Furchen hat er Salz gesät. Bei der zehnten Furche ist ihm der Telemach vor den Pflug gelegt worden. Das wird so interpretiert: Neun Jahre wird der Krieg dauern, neun unfruchtbare Jahre, denn wenn man Salz sät, entsteht nichts, und im zehnten Jahr wird die entscheidende Schlacht sein, dann wird der Krieg zu Ende sein. Denn Telemachos heißt: der den Kampf zu Ende führen wird. Denn das Wort »telos« mit Epsilon als zweitem Buchstaben bedeutet das Ziel, das Ende. Es ist dies eine vorhomerische Deutung der Sage. Homer schrieb Telemachos mit einem Etha als zweitem Buchstaben. In diesem Fall bedeutet der Name: der in der Ferne Kämpfende.

Odysseus, so die zweite Variante der Sage, hat mit seinem scheinbar absurden Pflügen des Strandes eine Weissagung gemacht, nämlich daß der bevorstehende Krieg zehn Jahre dauern wird, und daß es zehn fruchtlose Jahre sein werden. Wie es scheint, haben Menelaos, Nestor und Palamedes diese Botschaft nicht verstanden – oder sie wollten sie nicht verstehen.

Was auch immer die Motive für das seltsame Verhalten des Odysseus waren, dem Kriegsdienst hat er sich nicht entziehen können.

Nun mußte Achill gefunden werden. Aber niemand wußte, wo er war. Seine Mutter Thetis und sein Vater Peleus kannten einen Orakelspruch über ihren Sohn, er besagte: »Entweder er wird der größte Held der Welt werden und wird dafür sehr jung sterben, oder aber er wird ein ereignisloses Leben führen und sehr alt werden.»

Die Eltern wollten verständlicherweise lieber, daß ihr Sohn alt und ruhmlos sterben sollte. Sie versteckten Achill in einer Art Mädcheninternat. Sie zogen ihm Mädchenkleider an und dachten, hier wird ihn schon niemand finden.

Nachdem Odysseus mit seiner List nicht durchgekommen war, war er besonders kräftig bei der Sache: Er nahm den Fall Achill in die Hand, und bald brachte er in Erfahrung, wo Achill steckte. Dann wandte er einen Trick an: Im Speisesaal des Internats legte er auf einem großen Tisch verschiedene Dinge aus: Schmuck und schöne Kleider auf der einen, Waffen und Rüstungen auf der anderen Seite. Dann, als die Mädchen zur Schlafenszeit in ihre Betten gegangen waren, ließ er Alarm geben. Es wurde ausgerufen: »Feuer, Feuer, die Feinde kommen, die Feinde kommen, Feuer ist schon gelegt!«

Die Mädchen sprangen aus ihren Betten und liefen in den Speisesaal, und die Mädchen, wie sie halt sind, oder wie diese Sage meint, daß sie seien, stürzten sich alle auf den schönen Schmuck und auf die schönen Kleider, nur ein Mädchen griff nach den Waffen.

Da sagte Odysseus: »Wir wollen es dir ersparen, das Röckchen zu heben. Gib zu, du bist Achill.«

Nun war auch Achill dabei. Dem Feldzug gegen die Stadt Troja stand nichts mehr im Wege. Die Helden waren beisammen: Idomeneus war von Kreta gekommen, Diomedes von Argos, Odysseus aus Ithaka, aus Pylos der alte Nestor, der telamonische Aias war da, dieses Urvieh, ein Riese, wahrscheinlich gute 1,75 Meter groß, die Menschen waren damals kleiner als wir heute. Der giftige kleine, der lokrische Aias war da; Patroklos, Philoktet und viele mehr … Man traf sich in Aulis, von Aulis stachen die Schiffe ostwärts ins Meer.

Dieser Krieg – man weiß eigentlich gar nicht so genau, was in den ersten neun Jahren geschah, es war ein Scharmützel nach dem anderen, ein Angriff nach dem anderen, wieder Rückzug, dann wieder Feste gefeiert … Neun Jahre sind mit kriegerischem Geschehen vergangen, die Stadt Troja hat sich nicht einnehmen lassen, sie war eine der am besten befestigten Städte der Antike. Kein Wunder, ihre Mauern waren von Poseidon und Apoll persönlich erbaut worden, aber das ist eine andere Geschichte … Jedenfalls: die Entscheidung fiel im zehnten Jahr. Genau, wie es Odysseus in seiner Pantomime am Strand von Ithaka hatte vorhersagen wollen.

ILIAS

Vom Zorn des Achill – Vom Tod des Patroklos – Vom Tod des Hektor – Von zwei großen Trauernden

Im zehnten Jahr kam Agamemnon auf die Idee, die Tochter eines trojanischen Priesters zu entführen. Sie gefiel ihm, und er wollte sie zu seiner Pritschengenossin machen. Er war der selbstherrliche Generalissimus und wollte dieses Mädchen, das noch ein Kind war, zu seiner Geliebten machen. Er ließ sie rauben.

Der Vater des Mädchens aber war ein Priester des Gottes Apoll, und er flehte zu seinem Gott, er möge das Heer der Griechen mit der Pest strafen, weil der General sein Töchterchen zu sich ins Bett gezogen habe. Apoll hörte das Flehen seines Priesters und schickte die Pest ins Lager der Griechen.

Diomedes, einer der griechischen Helden, war, so heißt es, mit einer besonderen Gabe ausgestattet. Er konnte die Götter sehen, wenn sie auf dem Schlachtfeld fochten. Die Götter mischten sich nämlich in die Kämpfe ein, meistens in unfairer Weise. Diomedes empfand diese Gabe mehr als eine Belastung denn als eine Gnade. Und so sah er auch Apoll, wie er durch das Lager der Griechen schritt, wie er aus seinem Köcher die Pfeile zog, wie er den Bogen spannte ... Und Diomedes wunderte sich, daß Apoll diesmal nicht die üblichen Pfeile verwendete, sondern Pfeile, die statt der Spitze einen fauligen Lappen hatten. Das waren die Pestpfeile. Wen sie trafen, der starb am Aussatz.

Die Pest wütete furchtbar. Die Trojaner hätten nichts anderes tun müssen, als von den Zinnen ihrer befestigten Stadt aus zuzuschauen, wie die Seuche das gegnerische Heer Mann für Mann niederstreckte.

Die Panik fuhr in die griechischen Soldaten, und sie fragten ihren Seher Kalchas: »Was ist gegen die Pest zu tun?«

Kalchas antwortete: »Agamemnon soll das Töchterchen des Priesters zurückgeben. Wenn er es nicht tut, wird die Pest uns alle auffressen.«

Agamemnon gab das Mädchen zurück. Es war eine Niederlage für ihn, und um nicht sein Gesicht vor der Truppe zu verlieren, und vor allem vor seinen Offizieren, vor Idomeneus, der frech auf seinen Posten schielte, sagte er: »Gut, das Mädchen habe ich zurückgegeben, aber ich hole mir dafür die Bettgenossin von dem bedeutendsten eurer Helden, und zwar von Achill.«

Er nahm Achill seine liebste Sklavin weg.

Wie reagierte Achill darauf? Achill reagierte mit einem Tötungsstreik. Er sagte: »Wenn das so ist, dann werde ich nicht mehr an den Kämpfen teilnehmen. Ich werde nicht mehr kämpfen, und auch mein Freund Patroklos wird nicht mehr kämpfen.«

Zwischen Patroklos und Achill bestand eine homophile Beziehung, das kann man aus dem Homer herauslesen. Diese beiden hielten eng zusammen, sie waren innigste Freunde: Achill zog Patroklos jeder Frau vor, sie waren ein Bollwerk der Gewalt, die Trojaner zitterten allein bei der Nennung ihrer Namen, und diese beiden

Freunde sagten: »Wir werden nicht mehr an den Kämpfen teilnehmen.«

Agamemnon hatte die Ehre des Achill verletzt. Und genau an dieser Stelle setzt die Ilias des Homer ein.

In der Übersetzung von Johann Heinrich Voß:

»Singe den Zorn, o Göttin, des Peleiaden Achilleus,
Ihn, der entbrannt den Achaiern unnennbaren Jammer erregte
Und viel tapfere Seelen der Heldensöhne zum Hades
Sendete, aber sie selbst zum Raub darstellte den Hunden
Und dem Gevögel umher ...«

Achill und Patroklos mußten fürwahr mächtige Streiter gewesen sein; denn sobald sie nicht mehr in den Reihen der Griechen fochten, drangen die Trojaner immer weiter vor. Dieser eine Mann mit seinem Freund an der Seite hatte sie all die Jahre über aufgehalten? Wir müssen es annehmen. – Die Sache der Griechen sah schlecht aus.

Es wurden Abordnungen in das Zelt des Achill geschickt. Odysseus ging hin, Nestor ging hin. Aber Achill ließ sich nicht überreden. Er blieb stur und sah höhnisch-zufrieden zu, wie sich die Unverschämtheit des Agamemnon rächte. Eine Zeitlang schaute er zu.

Schließlich wurde ein Kompromiß geschlossen.

Achill sagte: »Gut, Patroklos, du bekommst meine Rüstung. Tu mit! Zeig ihnen, was kämpfen heißt!«

Achill gab seinem Freund jene goldene Rüstung, die Hephaistos als Hochzeitsgeschenk seinem Vater Peleus überreicht hatte.

»Zieh die Rüstung an, Freund, kämpfe für mich. Die anderen gehen dich nichts an. Nur für mich und meinen Ruhm sollst du kämpfen.«

Patroklos kämpfte. Aber er war bei weitem nicht dieser geschickte Streiter wie Achill. Jetzt stellte es sich heraus. Schon am ersten Tag, schon in der ersten Stunde, in der er allein, ohne seinen Freund neben sich, auf dem Schlachtfeld stand, wurde er vom berühmtesten Helden der Trojaner, von Hektor, erschlagen.

Welch eine Katastrophe für Achill!

Mit dieser Trauer, die den Achill nun erfüllte, hatte niemand gerechnet. Achill war am Boden zerstört. Achill war zerschmettert. Eine Traurigkeit erfaßte ihn, ein Schmerz, wie ihn die Antike nur noch von Orpheus kannte, als dieser seine Eurydike verloren hatte. Die Kämpfe wurden für einige Tage unterbrochen. Alles war unwichtig geworden, alles drehte sich nur darum, Achill zu beruhigen. Auch die Trojaner hatten Respekt vor dem großen Schmerz ihres Feindes. Es werden Trauerfeierlichkeiten abgehalten, wie sie keinem Kriegsteilnehmer bisher gegönnt wurden. Mit ausschweifenden Worten erzählt uns Homer davon, fast zwei Gesänge lang dauert die Schilderung der Totenfeiern für Patroklos.

Schließlich braucht es keine Überredung mehr, um Achill auf das Schlachtfeld zurückzuholen. Achill zieht wieder seine goldene Rüstung an und schwört: »Es gibt nur noch eines im Leben, was für mich Sinn hat, nämlich Hektor zu töten.«

Es kommt zum Zweikampf zwischen Achill und Hektor. Es ist ganz und gar nicht klar, wer diesen Kampf gewinnen wird. Hektor war ein gewaltiger Krieger, auch ein kluger Krieger. Aber Athene hat auf sehr unfaire Art und Weise bei diesem Kampf ihre Finger im Spiel gehabt, sie hat den Hektor während des Schlagabtausches geblendet, und Achill konnte Hektor töten.

Vor dem Kampf hatte Hektor seinen Feind Achill gebeten: »Laß uns, ganz gleich, wer von uns beiden den anderen besiegt, laß uns gegenseitig ein Versprechen abgeben: Der Sieger soll den toten Körper des Besiegten ehren.«

Aber Achill sagte: »Dich werde ich nicht ehren.«

Nachdem er ihn erschlagen hatte, schleifte Achill die Leiche des Hektor um den Scheiterhaufen, der für seinen toten Freund Patroklos errichtet worden war. Er tat das, um Hektor noch im Tode zu demütigen. Oben auf den Stadtmauern stand Priamos, der alte, greise Vater des Hektor, stand Hekabe, die Mutter, stand Andromache, die Gattin des Hektor, und sie blickten hinunter auf ihren Sohn und Gatten, dessen Körper geschändet wurde.

Nun folgt die vielleicht seltsamste Szene in der Ilias, auch die berührendste Szene, die ich oft und oft, immer wieder, gelesen habe, und jedesmal hat es mir das Herz zusammengeschnürt. – Priamos, der Greis, der König von Troja, der schon so viel Entsetzliches in seinem Leben erlebt hat, geht auf nackten Füßen, nur mit einem Schurz bekleidet, über das Schlachtfeld. Er geht, alles Hohngelächter mißachtend, auf das Zelt des Achill zu. Er fällt vor seinem Erzfeind Achill auf die Knie und bittet ihn, er möge ihm den Leichnam seines Sohnes Hektor herausgeben. Es stehen sich gegenüber der vor Schmerz rasend gewordene Achill auf der einen Seite, voll Verzweiflung über den Tod seinen geliebten Freundes Patroklos, und der von Kummer niedergedrückte Vater des Hektor auf der anderen Seite. Und sie sind Feinde, wie es Feinde nur geben kann. Aber in diesem Augenblick, es ist, behaupte ich, der berührendste Augenblick in der ganzen antiken Literatur, in diesem Augenblick stehen sich zwei Trauernde gegenüber, nur zwei Trauernde; und obwohl der eine die Ursache für die Trauer des anderen ist, begreifen sich die beiden in ihrer Trauer. Die Trauer, als wäre sie Fleisch und Blut geworden, ist so stark, daß sie diese beiden Männer vereint, und es gibt ein kurzes Zögern, da hätten sie sich beinahe umarmt. Sie wissen: Es gibt auf diesem Fleck Erde niemanden, der von der Gottheit der Trauer so erfüllt und so angefüllt worden ist wie wir beide.

Achill gibt die Leiche des Hektor frei.

Damit endet die Geschichte der Ilias.

Wie geht es weiter? Paris schießt einen Pfeil ab, der Pfeil wird gelenkt von Apoll, er trifft Achill in der Ferse. Achill stirbt.

Und wie endet Troja? – Merkwürdigerweise erfahren wir das weder aus der Ilias noch aus der Odyssee. Wir erfahren es von einem anderen, viel späteren Schriftsteller, wir erfahren es von dem Römer Vergil, aus seiner *Aeneis*.

Aeneas, der sich mit wenigen aus dem brennenden Troja retten konnte, erzählt später, wie Troja unterging. Es war eine Auslöschung.

Nicht Odysseus war es übrigens, der das trojanische Pferd erfunden hatte, wie immer wieder behauptet wird, sondern es war ein trojanischer Seher namens Helenos, ein Sohn des Priamos. Er hatte dem Odysseus geweissagt, wie Troja untergehen würde. Er hatte im Traum ein großes Pferd gesehen, in dessen Bauch die Vernichtung lauerte.

Odysseus hat das pragmatisch interpretiert, er ließ ein riesiges hölzernes Pferd bauen, darin versteckte er die Krieger. Die Griechen stellten das Pferd vor der Stadt Troja auf und zogen mit ihren Schiffen ab, so daß der Eindruck entstehen mußte, sie hätten aufgegeben und als ein kriegerisch-freundschaftliches Abschiedsgeschenk dieses Pferd zurückgelassen.

Kassandra, die Seherin, die verflucht war, alles Unglück zu sehen, aber gleichzeitig keinen Glauben zu ernten, warnte vor diesem Pferd. Sie sagte: »Holt es nicht in die Stadt! Es wird uns vernichten!«

Aber die Trojaner lachten sie aus, sagten: »Ein Pferd aus Holz soll uns vernichten? Die griechische Flotte konnte uns in zehn Jahren nicht vernichten, da soll es dieses Riesenspielzeug können?«

Sie zogen das Pferd in die Stadt. In der Nacht, als alle schliefen, sagte ihnen ein trojanischer Verräter Bescheid, eine Luke im Bauch des Pferdes wurde geöffnet, die Krieger stiegen heraus, schlichen sich an die Tore von Troja, öffneten die Tore. Draußen wartete das griechische Heer.

Die Soldaten marschierten in die Stadt und metzelten alles nieder, was lebendig war. Sie verschonten weder Frauen noch Kinder noch alte Männer, sie töteten die Hunde und die Katzen, die hübschen Vögel in den hübschen Käfigen, das Vieh, alles. Frauen, die hübsch genug waren, den griechischen Soldaten als Dirnen und Sklavinnen zu dienen, blieben am Leben. Sie wurden aufgeteilt. Agamemnon nahm sich Kassandra. Neoptolemos, der Sohn des Achill, nahm sich die Gattin des Hektor. Odysseus, heißt es, bekam die alte Hekabe. Aber es heißt auch, er ließ sie ziehen.

Die Griechen plünderten die Stadt. Sie sprengten die letzten Hausreste, und so verließen sie nach zehn Jahren das vorher blühende Troja, fuhren zurück, nach Hause, nach Griechenland. Fuhren zurück in ihre Städte, wo ihre Frauen sich entweder schon andere Männer genommen hatten oder wo sie, wie Agamemnon, von ihren Frauen erschlagen wurden.

ODYSSEE

Bei Kalypso – Telemach – Bei den Phäaken – Polyphem – Die Sirenen – Die Heimkehr – Noch einmal Telemach – Der Freiermord – Mann und Frau

Nur einer fand nicht den Weg nach Hause. Odysseus. Ihm war bestimmt, nachdem er zehn Jahre vor Troja gekämpft hatte, weitere zehn Jahre auf dem Meer herumzusegeln. Er mußte auf Irrfahrt gehen.

Ich möchte mich hier ganz auf die Dramaturgie des Homer verlassen. Seine Odyssee hält sich nicht an eine chronologisch richtige Reihenfolge der Ereignisse. Ich will so erzählen, wie Homer seine Odyssee geschrieben hat. Der Aufbau der Odyssee ist kompliziert und raffiniert, hat mit der archaischen Geradheit der Ilias nichts mehr gemein. Das ist einer der Gründe, warum die Forschung der Meinung ist, Ilias und Odyssee seien von verschiedenen Dichtern verfaßt. Wer hat diese beiden Werke eigentlich geschrieben? Wurde die Odyssee von einem oder von mehreren Autoren verfaßt? Das ist die sogenannte Homerische Frage. Sie ist interessant, und um ihre Klärung wurde erbittert gefochten. Mich hat diese Frage nie aufgeregt.

Nun, Homer – was auch immer unter diesem Namen zu verstehen ist – läßt seine Geschichte von Odysseus im Götterhimmel beginnen. Die Götter schauen herab und sehen die Insel Ogygia, und sie sehen dort die schöngelockte Nymphe Kalypso, wie sie den Odysseus festhält, und es ist bereits das zehnte Jahr seiner Irrfahrt.

Homer beginnt seine Geschichte also kurz bevor sie endet.

Was für eine Geschichte wird hier eigentlich erzählt? Hollywood-Produzenten fragen gern: »Was ist der One-liner?« Sie meinen damit, man soll ihnen in einem Satz die Geschichte erzählen.

Es ist eine Heimkehrergeschichte.

Es ist eine Abenteuergeschichte.

Es wird von einem Lügenbold erzählt, der behauptet, durch die Welt zu irren, derweil er in Wahrheit neun von diesen zehn Jahren bei Frauen zugebracht hat. – Das war mehr als eine Zeile.

Für mich ist die Odyssee in erster Linie eine Liebesgeschichte zwischen zwei Eheleuten, zwischen Odysseus und Penelope.

Bevor ich weiter berichte, was uns Homer erzählt, will ich erklären, warum ich den letzten One-liner vorziehe: Die reizende Kalypso hat dem Odysseus versprochen, daß sie ihn unsterblich machen wird, wenn er bei ihr bliebe. Sie werde dafür sorgen, daß er nicht stirbt. Nun kann man sagen, das ist das größte Versprechen, das die Liebe geben kann. Wir wissen zwar nicht, was nach dem Tod ist, vielleicht ist nach dem Tod etwas Wunderbares, dann hat sich das Leben nicht rentiert, dann dürfen wir uns alle auf das Leben nach dem Tod freuen. Kann sein. Wissen tun wir es nicht. Odysseus allerdings war einer, und wir werden es noch hören, der wußte genau, was nach dem Tod ist, denn er war in der Unterwelt gewesen.

»Vergiß deine Frau«, sagt Kalypso, »bleib bei mir!«

Odysseus weiß nicht, was mit seiner Penelope ist. Zwanzig Jahre hat er sie nicht gesehen, er weiß nicht, ob sie ihn noch liebt, er weiß nicht, ob er sie noch liebt, er weiß nicht, ob sie überhaupt noch lebt, und er weiß nicht, ob er sie je finden wird. Er weiß nichts. Er weiß gar nichts. Seine Hoffnung auf ein glückliches Wiedersehen hat lächerlich wenig Argumente. Dennoch: für diese lächerlich winzige Hoffnung verzichtet er auf das ewige Leben. Wie der Trojanische Krieg als eine düstere Wolke aus der Vergangenheit über jedem Geschehen in der Odyssee schwebt, so schwingt diese unglaubliche Liebe zu Penelope in jedem Wort des Odysseus mit, lenkt letztlich jede seiner Handlungen, gibt dem Ton der Sehnsucht, der durch die Erzählung klingt, erst die Melodie.

Zunächst führt uns Homer an der Hand der Pallas Athene nach Ithaka. In Ithaka nämlich ist Telemach inzwischen zwanzig Jahre alt geworden, und er muß zuschauen, wie an die hundert Freier seine Mutter belagern. Denn erstens ist sie eine schöne Frau, und zweitens ist sie sehr reich und mächtig, sie ist die Königin auf Ithaka.

Jeder der Freier will sie haben, sie sagen ihr: »Warte doch nicht mehr auf deinen Mann. Dein Mann ist seit zwanzig Jahren weg, er wird nicht mehr kommen, er ist tot. Glaub es endlich!«

Pallas Athene aber sagt zu Telemach: »Telemach, du sollst wissen, daß dein Vater Odysseus lebt, und er wird bald zurückkommen.«

Telemach glaubt ihr zunächst nicht, aber sie versichert ihm: »Es ist so. Aber du sollst nicht einfach nur auf ihn warten. Du sollst ihm entgegengehen.«

Unter dem Einfluß der Göttin setzt sich Telemach zum ersten Mal gegen die Freier zur Wehr, er beruft eine

Volksversammlung ein und fordert die Schmarotzer auf, den Hof des Odysseus zu verlassen. Dann macht er sich, begleitet von Mentor, seinem Lehrer, auf den Weg, um Erkundigungen über seinen Vater einzuholen.

Er besucht zunächst Nestor in Pylos, dann Menelaos in Sparta. Beide erzählen ihm alte Kriegsgeschichten. Wo sein Vater ist, wissen sie nicht.

Wir erfahren nun noch, daß die Freier in Ithaka planen, Telemach zu ermorden, sollte er wieder zurückkommen.

Damit endet der vierte Gesang der Odyssee. An dieser Stelle verlassen wir Telemach.

Nun kehrt Homer wieder an den Anfang zurück, zur Nymphe Kalypso und zu Odysseus. Wir – und das macht der raffinierte Aufbau der Odyssee –, wir wissen nun, was zu Hause geschehen ist. Odysseus weiß es nicht. Wir wollen ihm in die Geschichte hinein zurufen: »Odysseus, beeile dich, fahr schnell nach Hause! Wenn du nicht nach Hause kommst, dann wird dir deine Frau weggenommen! Dann wird dir dein Sohn umgebracht!«

Diese Gefahr schwebt wie das Schwert des Damokles über dem Haupt des Odysseus – ohne daß er davon weiß.

Die Götter wirken auf die Nymphe Kalypso ein, daß sie den Dulder nach sieben Jahren endlich aus dem Gefängnis ihrer sexuellen Reize freiläßt. Sie liebt Odysseus wirklich, aber was bleibt ihr anderes übrig, als sich dem Willen des Zeus zu beugen.

Odysseus baut sich mit Kalypsos Hilfe ein Floß, begibt sich hinaus aufs Meer, und prompt taucht der Gott des Meeres, Poseidon, auf, sein ärgster Feind, und zerschlägt ihm auch dieses Floß.

Nackt, wie er auf die Welt gekommen ist, so strandet Odysseus, dem Tode nahe, auf Scheria, der Insel der Phäaken. Er verkriecht sich ins Unterholz und denkt sich: »Soll so der große Held Odysseus enden?«

Aber am nächsten Tag spielt die Königstochter Nausikaa mit ihren Freundinnen am Strand, und sie finden den Schiffbrüchigen. Nausikaa ist von Liebe und von Mitleid erfüllt für diesen armen Mann. Sie gibt ihm ein Gewand und führt ihn an den Hof ihres Vaters.

Die Phäaken sind ein berühmt gastfreundliches Volk, sie geben ein Fest für den Fremdling. Es gibt dort einen Brauch, und ich glaube, es ist ein sehr schöner Brauch: Man darf einen Menschen erst nach seinem Namen fragen, nachdem er gegessen und getrunken hat. Man muß ihm die Gastfreundschaft vorurteilsfrei und ohne Wissen seiner Person und seiner Herkunft gewähren.

Alkinoos, der König der Phäaken, gibt ein großes Fest für einen armen Schiffbrüchigen. Bei diesem Fest tritt ein Sänger auf, der trägt Lieder vor, Heldenballaden. Unter anderem singt er vom Untergang Trojas. In seinem Lied kommt Odysseus vor, und siehe da, der Gast beginnt zu weinen.

Der König fragt: »Warum weinst du? Sag uns nun, wer du bist!«

Odysseus gibt sich zu erkennen, er sagt: »Ich bin ebendieser Odysseus, von dem dieses Lied erzählt.«

Alle sind erstaunt, voll Mitleid, gerührt und neugierig, und der König sagt: »Erzähl uns deine Geschichte. Was ist mit dir passiert?«

Nun beginnt Odysseus zu erzählen. Er erzählt seine Geschichte dem König der Phäaken, aber gleichzeitig erzählt er sie uns, den Lesern, denn der ganze mittlere Teil der Odyssee, in dem die Irrfahrt des Helden beschrieben wird, die Abenteuer, die er erlebt hat, diesen Teil hat Homer in der Form der Ich-Erzählung gehalten. Mag sein, daß sich Homer gedacht hat: »Was er hier erzählt, der erfindungsreiche Odysseus, das ist alles Seemannsgarn, dafür übernehme ich keine Verantwortung, das soll er selber erzählen.«

Odysseus erzählt von der Begegnung mit dem einäugigen Riesen Polyphem. Wie er und einige seiner Männer von Polyphem in die Höhle gesperrt werden, wie der einen nach dem anderen von ihnen auffrißt. Und Odysseus erzählt auch, wie er den Polyphem besiegt hat.

Er gab ihm Wein zu trinken, er sagte: »Hier, das wird dir schmecken, das paßt gut zu Menschenfleisch.«

Polyphem trank, und der Wein schmeckte ihm. Er trank noch einen Schlauch und noch einen, und er versprach dem Odysseus, daß er ihn als Dank dafür als letzten auffressen würde.

Bevor er völlig betrunken ist, fragt Polyphem: »Du, sag mir doch deinen Namen, ich möchte wissen, wer mir dieses wunderbare Getränk gegeben hat.«

Odysseus antwortet: »Mein Name ist Utis.«

Das ist griechisch und heißt soviel wie »Niemand«. »Niemand ist mein Name.«

Dann fällt Polyphem auf den Boden und ist ohnmächtig, stinkbesoffen. Die Kameraden des Odysseus wagen sich nun mit einem spitzen Pfahl heran und stechen dem Riesen sein einziges Auge aus. Der Zyklop brüllt vor Schmerzen auf.

Seine Brüder, die auch auf dieser Insel in Höhlen leben, kommen gelaufen und fragen: »Was ist denn los?«

Polyphem schreit: »Niemand hat mir das Augenlicht genommen, Niemand hat mich geblendet!«

Die Brüder denken: »Jetzt ist er verrückt geworden«, und gehen wieder.

Wir sehen, daß sich Homer, der gefinkelte Dichter, und Odysseus, sein Erzähler, hier einen alten Kinderwitz erlauben. Ich erinnere mich an einen ähnlichen Witz, der ging so: Aus einem Haus schauen drei Männer, der eine heißt Blöd, der andere heißt Niemand, und der dritte heißt Keiner. Der Niemand spuckt dem Blöd auf den Kopf. Herr Blöd geht zur Polizei und sagt: »Niemand hat mir auf den Kopf gespuckt, und Keiner hat es gesehen.« Die Polizisten fragen: »Sind Sie blöd?«, und er sagt: »Ja.«

Nachdem Odysseus und seine Kameraden den Polyphem überwunden hatten und mit einer weiteren List aus der Höhle fliehen konnten, landen sie als nächstes auf der Insel der Zauberin Kirke. Die verwandelte des Odysseus Kameraden in Schweine, ihn selbst verschonte sie. Sie wollte den stolzen Mann haben. Er ließ sich von ihr nehmen. Sie, so kann man aus Erzählungen außerhalb der Odyssee erfahren, gebar ihm einen Sohn, Telegonos. Ihm wurde geweissagt, er würde seinen Vater Odysseus töten. Aber das ist eine ganz andere Geschichte, eine Anverwandlung der Ödipus-Geschichte. Motive aus anderen Sagen wurden ohne Skrupel geklaut und waghalsig in die eigenen Lieblingsgeschichten eingebaut. Ich mag die Telegonos-Geschichte nicht. Eben, weil sie vom Tod des Odysseus erzählt, weil sie den Charakter des Helden verdreht, seine Handlungsmotive banalisiert und damit den unvergleichlichen Mythos dieser Gestalt zerstört.

Kirke rät Odysseus: »Wenn du nach Hause kommen willst, mußt du erst in die Unterwelt steigen. Du mußt in den Hades gehen und dort den Seher Teiresias treffen, der wird dir helfen.«

Sie weist ihm den Weg zur Unterwelt. Odysseus gehört zu den wenigen Helden, die wenigstens bis an die Pforten der Unterwelt gelangten. Von einigen anderen haben wir bereits erfahren. Er fand den Eingang zum Hades, schüttete das Blut eines Schafes in eine Rinne und wartete, bis die grauen Seelen, vom Blutdunst angezogen, heraufstiegen.

Es begegnen ihm dort seine Mutter Antikleia, aber auch die gefallenen Helden vor Troja. Eine der Begegnungen ist bemerkenswert. Von ihr will ich berichten.

Auch der Schatten des Achill taucht auf. Er sagt: »Odysseus, bist du so wagemutig geworden, daß du dich sogar an die Grenze des Hades traust?«

Odysseus sieht den großen Achill und sagt: »Was ist aus dir geworden, was ist mit dir?«
Und Achill sagt: »Glaube mir eines: Hier unten im Hades, es ist langweilig. Es ist grau, es ist nichts. Niemand respektiert den großen Achill. Der große Achill ist ein Schatten wie jeder andere. Hör zu«, sagt Achill, »wenn ich tauschen könnte, und wenn ich der kleinste Knecht des kleinsten Bauern oben auf dem unfruchtbarsten Land wäre, ich würde sofort tauschen, auch wenn ich hier unten der Herrscher über alle Seelen wäre. Denn das geringste Leben, blutvolle Leben, oben auf der Erde ist um ein Tausendfaches schöner, als hier unten der Größte aller Schatten zu sein. Odysseus, schau zu, daß du lange lebst!«

Mit diesem Ratschlag verläßt Odysseus die Unterwelt. Wenn er am Ende seiner Irrfahrt bei Kalypso angekommen sein wird, wird ihm Kalypso das ewige Leben versprechen. Er wird dann wissen, was ihn nach dem Tod erwartet, und er wird sich dennoch für den winzigen Hoffnungsschimmer, irgendwann einmal wieder mit Penelope vereint zu sein, entscheiden.

Wir sehen Odysseus auf seinem Schiff weitersegeln, wir sehen ihn durch die Jahrtausende segeln, bis herauf zu uns. Odysseus ist der Inbegriff des suchenden Menschen geworden: desjenigen, der seine Heimat sucht, seine Liebe, aber vielleicht auch desjenigen, der sucht, ohne zu wissen, was er sucht. Als solcher steht er neben einer anderen Figur, neben Faust.

Wir sehen Odysseus an der Insel der Sirenen vorüberfahren. Wer die Sirenen hört, verfällt ihnen. Sie singen so schön, wie sonst keine Wesen singen. Wer sie hört, der kann nicht anders, er muß ihre Insel betreten, und dort wird er von ihnen aufgefressen. Der Strand ist bedeckt mit den gebleichten Knochen der Opfer.

Odysseus, dieser überaus neugierige Mensch, will beides: Er will am Leben bleiben, und er will die Sirenen hören. Wieder denkt er sich etwas aus: Er gibt seinen Leuten Wachs, das sollen sie zerkneten und sich in die Ohren schieben, damit sie nichts hören. Ihn aber sollen sie an den Mastbaum binden.

»Wenn ich euch bitte, meine Fesseln zu lösen«, sagt er, »dann zurrt sie fester. Je mehr ich euch bitte, desto fester sollt ihr meine Fesseln schnüren.«

So fährt das Schiff des Odysseus an der Insel der Sirenen vorüber. Die Besatzung ist taub und hört den Gesang nicht, und Odysseus ist an den Mast gebunden. Er schmachtet vor Schmerz und schreit vor Sehnsucht und Gier nach dieser Musik. Er weiß, den größten Genuß kann man nur mit Schmerzen ertragen. So geht auch diese Gefahr an ihm vorüber.

Er fährt vorbei an Skylla und Charybdis, verliert dort fast seine ganze Mannschaft, und schließlich, als seine Kameraden die Rinder des Helios schlachten, werden sie alle vernichtet. Nur Odysseus bleibt übrig. Der nackte, einsame, alleingelassene Odysseus strandet auf Ogygia, auf der Insel der Kalypso.

Hier ist das Ende seiner Erzählung, seiner Ich-Erzählung am Hofe der Phäaken. Der Kreis der Geschichte schließt sich.

Alkinoos, der König der Phäaken, sagt zu Odysseus: »Wir werden dir helfen, damit du endlich nach zehn Jahren zurückfindest nach Ithaka.«

Ein kleiner, vielleicht etwas scheeler Blick auf die »Irrfahrten« des Odysseus sei mir an dieser Stelle nicht verübelt: Sie dauerten also zehn Jahre. Zwei Jahre davon war er bei Kirke, sieben Jahre bei Kalypso ...

Nun, die Phäaken geben ihm ein Schiff, die Schiffe der Phäaken brauchen keinen Steuermann, sie finden ihren Weg von allein. Während Odysseus schläft, trägt ihn das Schiff nach Ithaka. Als er erwacht, ist er zu Hause.

Hier nun schließt sich auch ein anderer Erzählkreis der Odyssee. Während Odysseus den Phäaken von seinen Abenteuern erzählt, haben wir ja die Geschichte seines Sohnes Telemach nicht vergessen. »Beeil dich«, wollen wir dem Vater zurufen, »schmücke deine Erzählung nicht zu sehr aus. Dein Sohn ist in Gefahr!«

Nun sind wir plötzlich in der gleichen Situation wie Odysseus. Wir wissen nicht, was mit Telemach ist. Was ist mit ihm geschehen? Haben ihn die Freier erwischt? Wir bangen.

Hier liegt der Grund dafür, warum mich die Frage, ob die Odyssee nun von einem oder von zwei oder von achtzehn Dichtern geschrieben wurde, nicht allzusehr aufregt. Es ist, ganz gleich wie, ein ungeheuer spannender Roman daraus geworden.

Nun ist Odysseus auf Ithaka gelandet, und wir hoffen, es ist noch nicht alles verdorben, wir hoffen, Penelope hat sich nicht bereits mit einem der Freier vermählt, wir hoffen, daß Telemach noch lebt.

Odysseus begibt sich zu seinem alten Freund Eumaios, dem Schweinehirten. Der aber erkennt ihn nicht. Zu abgezehrt vom Schicksal ist sein Herr. Der Hund Argos erkennt seinen alten Herrn, und er freut sich darüber so sehr, daß es ihm das Herz zerreißt. Er stirbt an blutendem Herzen.

Telemach lebt! Wir sind erleichtert und sehen mit einigem Staunen der Begegnung von Vater und Sohn zu. Wir haben uns ja schon vorher gefragt: Wie wird das der alte Homer machen?

Das ist ja eine ungeheuer schwierige Situation für einen Schriftsteller. Ein guter, aber doch nicht sehr guter Autor kann da alles verderben. Wie macht es Homer? Sehr kurz. Sehr kühl. Sehr sachlich. Sie umarmen sich, das ja. Aber viel mehr ist da nicht. Sofort werden Pläne geschmiedet, wie den Freiern beizukommen sei. Sorgt sich Odysseus mehr um sein Gut, als er sich auf seinen Sohn gefreut hat? Nein. Aber über all unser Verlangen nach Sentimentalität hinweg müssen wir uns doch sagen: Odysseus hat diesen jungen Mann, der nun vor ihm steht, nie gesehen. Er ist ihm ein Fremder. Ihn verbindet mit ihm nur ein Gedanke: Das ist mein Sohn. Nach zehn Jahren Krieg und zehn Jahren Irrfahrt ist dies ein recht abstrakter Gedanke. Telemach auf der anderen Seite sieht vor sich einen Mann stehen, von dem er bisher nur Sagenhaftes gehört hat. Er sagt sich: Das ist mein Vater. Und auch das ist lediglich ein abstrakter Gedanke. – Homer, der große, der von mir unendlich bewunderte Dichter, hat sich nicht dazu verleiten lassen, die psychologische Wahrheit einem sentimentalen Effekt zu opfern.

»Wir müssen sehr listig und sehr genau vorgehen, mein Sohn«, sagt Odysseus. »Hole deinen Großvater Laertes und hole die letzten zusammen, die noch zu uns stehen, und dann werden wir gemeinsam und mit der Hilfe der Göttin Pallas Athene die Freier deiner Mutter überwältigen.«

Odysseus, verkleidet als armseliger Bettler, trifft im Palast die Freier, die sich mit wüsten Wettspielen die Zeit um die Ohren schlagen, und er hört auch, wie Penelope aus ihrer Verzweiflung heraus eine letzte Bedingung stellt.

Penelope sagt: »Wer den Bogen des Odysseus spannen kann und damit einen Pfeil durch siebzehn Äxte hindurch schießen kann, den werde ich zum Gemahl nehmen.«

Es ist dies eine Bedingung, von der sie weiß, daß sie niemand wird erfüllen können. Aber der Wettbewerb wird veranstaltet. Es werden siebzehn Äxte aufgestellt. Dann wird der Bogen des Odysseus von der Wand genommen, und die Freier versuchen ihn zu spannen. Es ist nicht ein einziger darunter, der das könnte.

Da kommt der zerlumpte Bettler daher und sagt: »Laßt mich doch auch bei eurem Wettstreit mittun!«

Die Freier lachen ihn aus, aber er sagt: »Bitte, gebt doch einem alten Mann diese Chance.«

Um sich zu unterhalten, sagen sie: »Gut, Idiot, probier es!«

Odysseus nimmt den Bogen, reibt ihn mit Fett ein, dreht ihn über der Flamme, damit er geschmeidiger wird, legt einen Pfeil ein und schießt ihn durch die siebzehn Äxte hindurch.

Bevor sich die Freier fassen können, hat Odysseus schon den zweiten Pfeil an der Sehne. Der zweite Pfeil trifft den Anführer der Freier, den zynischen Antinoos, genau im Hals. Als Eurymachos, ein anderer Freier, mit Odysseus verhandeln will, trifft ihn ein Pfeil mitten ins Herz.

Nun geht ein Pfeilhagel von der Galerie auf die Freier nieder, oben stehen Telemach, der Sohn, Laertes, der Vater, und die anderen Verbündeten. In einem unglaublichen Massaker bringen Odysseus und seine Freunde die ganze Freierschaft um, bis am Schluß nicht einer mehr übrigbleibt. Die Mägde, die es mit den Freiern getrieben haben, werden an den Türstöcken aufgehängt.

Schließlich, am Ende der Geschichte, am Ende der Odyssee, kommt es zur Begegnung zwischen Odysseus und Penelope. Die beiden müssen knöcheltief im Blut gestanden haben.

Sie erkennt ihn nicht, Odysseus ist immer noch als alter, zerlumpter Bettler verkleidet.

Er tritt vor sie hin und sagt: »Ich bin dein Mann. Ich bin Odysseus.«

Aber sie glaubt ihm nicht, kann ihm nicht glauben. Sie ist voller Angst und voller Zweifel. Sie stellt ihn auf die Probe, sie sagt: »Gut, wenn du es bist, dann wirst du sicher über ein Geheimnis Bescheid wissen, das nur wir beide kennen. Aber du kannst es mir morgen erzählen. Heute war schon genug los. Ich werde einer von den Mägden, die noch am Leben sind, den Auftrag geben, dein Bett aus unserem Schlafzimmer zu tragen. Wenn du mir dann morgen das Geheimnis erzählt hast und ich überzeugt bin, daß du Odysseus bist, dann holen wir das Bett wieder zurück.«

Odysseus wird nun sehr wütend und sagt: »Was heißt das, mein Bett aus dem Schlafzimmer heraustragen! Hast du etwas ändern lassen? Unsere Betten kann man erstens nicht trennen, und zweitens kann man sie nicht aus dem Schlafzimmer herausnehmen. Denn sie sind aus dem Stamm eines alten Olivenbaumes herausgeschnitzt worden.«

Das aber war eben das Geheimnis, das nur Penelope und ihr Mann kannten.

Nun tritt Pallas Athene auf und verwandelt den zerlumpten Bettler Odysseus wieder zurück in den strahlenden Helden, und die beiden Eheleute haben sich, und sie schließen sich in die Arme.

Michael Köhlmeier

Sagen des klassischen Altertums

189 Seiten. Serie Piper

Die Begriffe sind jedem geläufig: vom Ödipus-Komplex bis zur Achilles-Ferse, von den Tantalos-Qualen bis zum Trojanischen Pferd oder zum Danaer-Geschenk, was übrigens genau dieses Pferd ist. Aber wer kennt noch all die Sagen und Geschichten wirklich, aus denen sie stammen? Wer hat heute noch die griechische Mythologie im Kopf? – Jene wundervollen Geschichten, auf denen so viel in unserer abendländischen Kultur basiert? Homer hat sie uns überliefert, und Köhlmeier erzählt sie uns neu – und ganz anders, als es Gustav Schwab tat.

05/1102/01/L

Michael Köhlmeier

Die Nibelungen neu erzählt

127 Seiten. Serie Piper

Vor achthundert Jahren entstand das Nibelungenlied. Michael Köhlmeier hat mündlich und frei seine Geschichten neu erzählt – vom jungen Königssohn Siegfried, seiner Werbung um Kriemhild, die schöne Schwester der Burgundenkönige, von ihrer Hochzeit am Hof zu Worms, von Siegfrieds Ermordung durch Hagen und schließlich von Kriemhilds furchtbarer Rache. Die abenteuerliche und märchenhafte Geschichte, wie Siegfried das Schwert Balmung bekommt, den Hort der Nibelungen erobert und dem Zwerg Alberich die Tarnkappe abgewinnt, sein Bad im Blut des Drachen, den er erschlagen hat, gehört zum klassischen Sagenschatz des Abendlandes – und ist erst der Anfang dieses Heldenepos, das Köhlmeier bis hin zum dramatischen und blutigen Fortgang der Ereignisse am Hof von König Etzel lebendig werden läßt.

05/1103/01/R

Michael Köhlmeier

Die Musterschüler

Roman. 570 Seiten. Serie Piper

»Michael Kohlmeier hat Schuld und Scham, Macht und Moral nicht pathetisch hochstilisiert. Vielmehr wickelt er den vielfach verknoteten Handlungsfaden straff, ja flott ab und genießt komische Situationen und witzige Pointen. Sein Stil ist elastisch, mal trocken-lakonisch, manchmal auch bildhaft-mehrdeutig. Und, was am wichtigsten ist, er legt seine genau beobachteten und präzise charakterisierten Figuren nicht fest, sondern läßt ihnen den Spielraum, sich zu verändern.«
Frankfurter Allgemeinen Zeitung

05/1104/01/L

Michael Köhlmeier

Geh mit mir

Roman. 191 Seiten. Serie Piper

Alois Fink, genannt Wise, ist zurück in seiner Heimat, zurück am Bodensee bei den Eltern, die noch immer in dem kleinen Wochenendhäuschen wohnen, das seine Mutter seit ihrem schrecklichen Unfall nur mehr selten verlassen hat. Eigentlich ist Wise aus Sorge um den Vater gekommen: Seine Schwester hatte angerufen und ihm erzählt, der Vater habe einen Herzinfarkt gehabt. Doch kaum ist er zu Hause, ergreift ihn die Nähe zu seiner Mutter. Und sie brechen zu einer ungewöhnlichen Reise im Auto auf. – »Geh mit mir« beschreibt das Leben unter der Oberfläche, geht der Unerklärlichkeit der Liebe nach und erzählt Michael Köhlmeiers eigene Familiengeschichte, deren verborgene Wahrheit er nach und nach zu begreifen beginnt.

05/1095/01/R

Michael Köhlmeier

Geschichten von der Bibel

Von der Erschaffung der Welt bis Josef in Ägypten. 268 Seiten. Serie Piper

Die Bibel ist nicht nur das Wort Gottes, sondern auch ein grandioses Geschichtenreservoir der Menschheit. Am Anfang steht die Schöpfung, und damit beginnt Michael Köhlmeier seine Geschichten von der Bibel, die er ursprünglich frei im Rundfunk erzählt hat. Am sechsten Tag bringt Gott mit Adam und Eva die Menschen in die Welt, die sich nach der Vertreibung aus dem Paradies schon bald in Mord und Totschlag üben, wenn Kain seinen Bruder Abel umbringt. Mit der Sintflut setzt der noch sehr unberechenbare Gott ein grausames Zeichen, bis mit dem Turmbau zu Babel die biblische Urgeschichte endet und die Menschheit in alle Winde zerstreut ist. Köhlmeier erzählt weiter von Abraham, Sarah, Isaak und Jakob und schildert schließlich, wie Josef zum zweitmächtigsten Mann in Ägypten wird.

05/1092/01/L

Michael Köhlmeier

Der Menschensohn

Die Geschichte vom Leiden Jesu. 140 Seiten. Serie Piper

Jesus Christus, Sohn Gottes und Erlöser, trat als Mensch auf, sammelte um sich Anhänger, predigte Liebe und Vergebung, bewirkte Wunder und wurde am Kreuz hingerichtet. Die Passion, die Geschichte vom Leiden Jesu und seiner Auferstehung, ist nicht nur das eindrucksvollste Glaubenszeugnis der christlichen Urkirche, sondern auch ein Mythos, eine Sage, die Michael Köhlmeier herausforderte, sie auf seine eigene Art frei zu erzählen. Ihn interessieren nicht die theologische Deutung oder die historische Beweisführung. Vielmehr reizt ihn die zeitlose Gegenwart, die in den Bildern und Zeichen der überlieferten Geschichten steckt. In den Mittelpunkt stellt er nicht Jesus, sondern einen der zwölf Apostel, der das Geschehen miterlebt hat: den ungläubigen Thomas, Baumeister im Dienst des römischen Statthalters, den Zweifler und Skeptiker.

05/1101/01/R

SERIE PIPER

Stephan Krawczyk

Bald

Roman. 361 Seiten. Serie Piper

Der junge Familienvater Roman Bald ist ein sympathischer Taugenichts und Arbeitsverweigerer. In seiner provinziellen Heimatstadt gilt er als verrückter Spinner. Als Mitglied der »Gesellschaft zur Bewahrung des Großen Kanons« kann er seiner etwas ungewöhnlichen Leidenschaft nachgehen, nämlich Wörter sinnstiftend zusammenzufügen. Überall im Land brüten die Teilnehmer über den regelmäßig verschickten Rätselbriefen und suchen bei ihren Treffen gemeinsam nach der Lösung. Was sie nicht wissen: Ihr harmloses Treiben beunruhigt die Obrigkeit, und aus dem Spiel wird bald bitterer Ernst… Mit einer ganz eigenen Poesie und einem liebevollen Blick für die Geschicke der kleinen Leute erzählt Stephan Krawczyk vom Abenteuer, widerspenstig zu sein.

05/1096/01/L

Radek Knapp

Franio

Erzählungen. 160 Seiten. Serie Piper

Bloß fünfzig Kilometer soll es von Warschau entfernt liegen, doch scheint das kleine Kaff Anin hundert Jahre hinter der Zeit zu sein – sogar die wenigen Züge, die hier halten, werden noch mit Dampf betrieben. Dort leben Franio, der Analphabet und wunderbare Erzähler von Lügengeschichten, der junge melancholische Konditor Julius, außerdem Weiberhelden und Weltverbesserer, die alle dem Leben in Anin einen unverwechselbaren Rhythmus geben. Humorvolle Geschichten voller verrückter Details, überraschender Wendungen und viel Wärme.

»Radek Knapp grundiert seine Erzählungen mit diesem flüsterleisen Humor, der seine Wirkung nicht aus der Fallhöhe bezieht, sondern aus dem Wissen um das Bodenlose.«
Frankfurter Rundschau

05/1097/01/R